荒城に白百合ありて

須賀しのぶ

角川文庫
23416

目次

序

半鐘が鳴ったのは、朝六ツ半時だった。

朝霧を切り裂く不吉な音に、幸子は箸を置いた。思いがけず高い音が響き、向かい側に座っていた母がわずかに眉を顰める。が、口に出して咎めることはせず、ぼんやりと明るい障子のむこうを見つめるように目を細めた。

「昨日の戸ノ口は勝ち戦と聞いたけれど」

母は平坦な声で言った。

政府軍が会津藩境の母成峠を突破したとの知らせがもたらされたのは二日前、慶応四年（一八六八）八月二十一日のことである。昨夜はいよいよ、割り場の半鐘が鳴らされたら、ただちに城に入るべしと通告が来た。祖母は、万全の備えをせよと家じゅうに命じ、幸子もいつでも城に走れるよう準備をしていた。

けたたましい鐘の音に、幸子はすでに腰を浮かしていたが、母の横顔は常と変わらず人形のように美しい。幸子は、この母が慌てたところを一度も見たことがなかった。

それでも、耳障りな半鐘の中、母が再び箸を手にとった時にはさすがに目を疑い、食事中は許しなく話してはならないという禁を破ってしまった。

「母上、早くあいばんしょ」

今朝もいつも通り、自分の朝餉(あさげ)の前に、病に臥(ふ)せている祖母の食事の給仕をした。ほとんど手足の動かぬ祖母の世話は、八歳の子どもには厳しく、母は何度も女中にやらせるから良いと言ってはくれたが、せめて食事だけはと幸子が頼みこんだ結果だった。目上のものを敬いなさい。藩の大事な教えである。自分より二歳下の弟も、あぶなっかしい手つきで父と母の給仕をしていた。弟がいなくなった今、自分が忠孝の勤めを受け継がなくてはならないという、強い意志があった。

しかし今朝の祖母は手強(てごわ)かった。いつもは口許(くちもと)に運べばおとなしく食べてくれるのに、今日は何を察していたのか頑として口を開かなかった。

へとへとになり、いつもよりずっと遅い時間に母とともに朝餉をとることになったが、母は文句を言わなかった。祖母のもとに運んだ時にはふっくらとして美味(おい)しかったであろうかぼちゃ飯も、すっかり冷えてべちゃべちゃになってはいたものの、感謝して口にした。正直、一昨日から緊張のし通しで眠れなかったせいで腹も空(す)かず、味もろくにわからない。それでも、いつも通り淡々と朝餉をとる母に倣い、必死の思いで胃の腑(ふ)に詰め込んだ。

　半鐘が鳴った以上、この味気ない食事も終わりだ。早く、早くお城へ。森名家は三の丸に近い場所にあり、今すぐ向かえば難なく入れることだろう。早くしなければ、鬼のような薩長が城下に雪崩れこんでくる。

　が、急く娘を凪いだ目で見やり、母は言った。

「さすけね」

　父や祖母が頻繁に使う口癖だった。さすけね。心配ない。五月、白河口に出陣した父は、不安げに見送る幸子や、涙をこらえる弟・虎之助の頭を順に撫でて、さすけねえと笑って出て行った。そして一月後、首だけ帰ってきた。

　一昨日、母成峠が破られたという知らせの後、若党に連れられ家を出る弟に、父そっくりの顔をした祖母が「さすけね」と力強く頷いた。六歳の幼い弟は、母方の遠縁の家を頼ることになり、幾度も振り返りながら去って行った。

　当主を失い、戦うにはまだあまりに幼い唯一の男子を若松の外へ避難させた今、森名家に残っているのは病がちの祖母、母と幸子、あとは老僕や女中ばかりである。

「けんど……」

「森名家の者が慌てて駆けつけては笑われますよ」

　母の声は決して高くはなかったが、逆らうを許さぬ響きがあった。

「立派におつとめを果たした父上の顔に泥を塗るようなことはあってはなりません」

　母はめったに会津の言葉を使わない。完璧な会津婦人との誉れ高い母の、唯一の欠点である。幸子は物心ついたころから、父や祖母と同じように会津の言葉を話していたから、ひとり江戸言葉を話す母のことが不思議ではあった。なにより、母にこのすっきりとした言葉で叱られると、ひときわ応える。決して声を荒らげることはなかったが、厳格な祖母に雷を落とされるよりもよほど、言の刃はするどく胸に突き刺さるような気がした。

「はい、母上。申し訳ありません」

　幸子は恥じ入って顔を伏せた。知らず、母の言葉遣いがうつっている。母は満足げに微笑んだ。

「最後までしっかり嚙むのですよ」

　その後は、静かに食事が続いた。障子の外で荒々しく鐘が鳴り響いているというのに、ここだけはまるで違う世界のようだった。

　母の言う通り、いつも以上によく嚙むことを心がけていると、ふしぎと心も凪いでくる。

　そうだ、ここから長い籠城戦が始まるのだ。この家で食事をとれるのも、これが最後かもしれない。幸子は心して、しっかりと味わって食べた。親しい友人たちはもう城に入っただろうかと気にかかったが、口に出すことはしなかった。

食事が終わるころには、霧は冷たい雨に変わっていた。幸子は自室に戻り、念入りに身支度を調えた。いざという時は城にあがり、照姫様をお助けせよと、父は言った。八歳の身ではできることもかぎられようが、誠心誠意お仕えするつもりだった。

「幸子」

音もなく、障子が開いた。雨と半鐘の音にまぎれて、足音が全く聞こえなかったので、幸子はぎょっとして振り向いた。そして、そこに立つ母の姿に声を失った。

「刻限です。こちらに着替えなさい」

母が差しだしたのは、自身が纏うものと同じ、白装束だった。

「……母上」

幸子は、震える声で母を呼ぶのが精一杯だった。白装束のせいか、母は生きた人間のように思えなかった。なにより、この香り。白檀にまじり、ほのかに血のにおいがする。

おばあさまは。

とっさに尋ねたが、驚いたことに全く声が出なかった。口の中が干上がり、喉はりついたように動かない。

「おばあ様とよく話し合って決めたことです」

動けぬ娘を前にして、母は穏やかに言った。

「城には城下の者たちが殺到します。一人増えれば、そのぶん一人が飢えることとなりましょう。もし父上が戦えぬ状態ならば、足手まといになるよりは、会津武士の誇りを守り、この先祖伝来の土地を守って皆で自裁しようと決めておりました」

装束こそ異様なれど、それをのぞけば母は全くいつも通りだった。口許に刷(は)いた淡い笑みは、語る言葉とはあまりにそぐわず、幸子の混乱していた頭はかえってしんと冷えた。

私は、悪い夢を見ているのだ。そう思った。

「父上がいらはんなくても、私たちも立派に戦えるのではないですか」

幸子は母を見据えて言った。

「母上は薙刀(なぎなた)の名手でおざりやす。私もいくらかの心得はおざりやす。死ぬのはそれからでもよいのではないですか。幸子は武家の娘として、城を枕にみごと討ち死にしとうおざりやす」

心臓が早鐘のようだった。母に口答えをするなど、いつ以来のことだろう。夢とはいえ、なかなかの勇気が要った。

だが、どうしても言いたかった。死は怖くない。死を恐れるなど、会津の武家の女としてありえぬことだ。すでに自害の作法も知っている。時を迎えた際にし損じることのないよう、薙刀の稽古(けいこ)を始めた時から繰り返し動作はたたきこまれている。扇を懐剣に見立てて、母がまず胸を突き、返す刀で首をすぱんと斬る様は舞のように美しく、見とれたものだ。憧れて何度も練習し、母が満足げに頷いた時には嬉しかった。

今こそ、あの成果を。しかも母と共に散ることができるのだ。そう思えば心も浮き立つが、その前にせめて一矢報いたい。幸子とて、薩長には腹の底から怒りを感じているのだ。一人でも、黄泉路の道連れとしたい。彼らが地獄に落ちゆく様を、浄土へ行きながら笑ってやる。

「幸」

母は不思議なものを見るように幾度か瞬きをした。目許と口許から、漣のように微笑みがひろがる。

「言うようになったこと」

叱責されるかと思いきや、母の声には喜色が滲んでいた。たちまち、幸子の心は弾んだ。

母が微笑むところを見るのが、幸子はなにより好きだった。

武家の妻の鑑、会津の華。物心ついたころから、母への賛辞は常に耳にしてきた。白百合のごとき美貌に優雅な物腰、しかし肝はそこらの男よりもよほど据わっている。江戸で生まれ育ち、教養高く、また武芸にも秀でた母は、幸子の目から見ても欠点らしきものが見つからなかった。この人の最初の子どもとして生まれたことを、幼いながらも何よりの誇りとしてきたのだ。

「幸子の心意気は立派なものです。父上もさぞお喜びになるでしょう。ですが、おばあ様は戦えません」

華やいだ幸子の心が、たちまち萎む。

昨年から寝込むようになった祖母は、今や人の手を借りねば起居もままならぬ状態だ。なんとか城まで運ぶことはできたとしても、足手まといとなることは明らかだった。森名の家名を何より重んじる祖母が、それを許すはずはない。

「……ばあさまはなじょしたのがし」

さきほどからの予感が確信に変わるのを感じつつ、幸子はとうとう訊いた。

「お見事でした」

母の答えは淀みなかった。

見事。祖母に、自らの胸を突く力など残っているはずがない。かすかな血臭を纏いつかせた、どこもかしこも白く輝くような母の姿を、幸子はこの時はじめて恐ろしく感じた。

「お城も、中野の竹子殿がいれば問題ありません。妹の優子殿も、ご母堂の孝子様も、たいそうな女武者でいらっしゃいますからね」

「では……」

つまり父上が死んだ時から、私はここで死ぬと決まっていたのですね。

非難めいた言葉が口をつきかけ、幸子は唇を引き結んだ。

今日の今日まで、母も祖母も、そんなことはおくびにも出さなかった。それがなぜかわかっている。幸子のためではない。一昨日家から出された虎之助のためだ。家族がここでみな自害すると知れば、あの子は出て行かないだろう。強引に連れ出させたとしても、耐えられないにちがいない。

ならば私だって、よかったではないか。森名の血を継がねばならぬなら、長子の私こそ相応しい。まだ木刀もまともに握れぬ虎之助よりは戦えるし、森名家の一員としての覚悟もある。なのに、たまたま女に生まれたというだけで、ここで犬死しなければならないなんて。

烈しい怒りが湧き上がる中、幸子ははっとした。

今、自分はなにを考えた。犬死？　まさか、そんなことはあるはずがない。これは、会津魂の昇華なのだ。国を思い親を思う心に、男女の差はない。

『大君の儀、一心大切に忠勤を存すべく、列国の例を以て自ら処るべからず。若し二心を懐かば、則ち我が子孫に非ず、面々決して従うべからず』

会津御家訓十五箇条、第一条。会津の魂は全てここに集約されている。

この日のため、まさにここで果てて盾となり、城を、殿を守るために会津のさむらいはみな一心に生きてきたはずなのだ。それが犬死などであるはずがない。言い聞かせるように、幸子は唾を飲み込んだ。

「……では母上、この屋敷は、なじょなりますか。骸を敵に晒すのですか」

「庄三に火を放ってもらいます。国難に殉じ、火を放つ家は多いでしょう。城を囲む炎は、薩長を阻む壁となります。私たちの、最後のつとめです」

それを聞き、ようやく幸子もほっとした。一度息をつき、迷いない目で母を見た。

「わかりました。森名家の娘として、お役目みごと果たしてご覧にいれます」

「それでこそ森名の娘です。まことの武士の血が流れていることを、母は嬉しく思います」

母の微笑みひとつで、不安はたちまち霧散する。おそらくここで抵抗でもすれば、祖母にしたように母に刺されて終わったのだろう。どんなことでも人より巧みにこなす母のことだ、万が一にも手違いがあろうはずがない。一刺しで心の臓をとらえてくれるはず。

それはそれで甘美な終わりかたのような気がしたが、武士の娘として、そこまで母に甘えてはならない。

母と並び、ただ会津の魂を胸に、誇らかに黄泉路へと旅立とう。

「では、さっさっと着替えます」

「手伝いましょう。万が一にも乱れがあってはいけません」

母が幸子の帯に手をかけた時だった。

突然、庭のほうから荒々しい足音が聞こえた。一瞬身構えたが、雨の中走ってきたのは老僕の庄三だった。

「なんですか庄三、ここにはしばらく近寄らぬよう言っていたはずです」

母が柳眉を逆立てて縁側に出ると、庄三はびしょ濡れになりながらも、懐から文を取りだした。

「悪りがったなし、へえ、げんじょもこれを必ずお渡しするようにと言われまして」

「……なんです、これは」

庄三の手から、母は気乗りしない様子で文を受け取った。雨が降っていなければ、受け取りすらしなかったかもしれない。

「わかりませんげんじょも、危急の知らせだとかで。ともかくお渡しせよと」

「ここに至って危急も何もあるまいに。いったい誰が」

文句を言いつつも、母は文を開いた。その途端、顔色を変える。

幸子の位置から、文はよく見えなかった。ただ、母の横顔がはっきりと強張ったのは見てとれた。

母の目が、勢いよく字面を追っている。長い文ではない。最後まで読み終えると、母は勢いよく文を握り潰した。

「これは、誰が」

庄三を睨む目は爛々と光り、声は震えていた。

「へ、へえ。そういえば見かけぬ者でしたが……」

「ここは郭内ですよ。そんなことがありえるのですか」

「だ、だげんじょも、森名家の鏡子様へとたしかに申したもので、ともかくお渡しせねばと」

おのれの名を呼ばれた瞬間、母の表情が変わった。変化は目を瞠るほど鮮やかだった。

白い、血の気のない肌が、ぶわりと華やいだ。今から死に赴こうというのに、春の盛りの花のような顔で、薄く開いた朱い唇を震わせる。そこから何も言葉を紡がぬかわりに、言葉がしたためられた紙を強く強く握りしめていた。まるで手から文字をとりこもうとしているようだった。

誰だ、これは。幸子は不安に駆られた。

目の前にいるのは、母であって母でない。一瞬にして、何かちがうものに変わってしまった。それが何か、なぜそうなったのか、幸子には全くわからなかったが、ただ変化してしまったことだけは確信できた。

「母上」

呼びかけると、母の細い肩が揺れた。こちらに向けられた黒い目には、戸惑いがあった。

「手伝ってくれっかし」

じっと見据えて念を押すと、母の目にはっきりとした動揺が走った。

幸子、と名を呼ばれた。最初はためらうように。二度目は、詫びるように。そして三度目は、その名が我が子のものだと確かめるように。

「幸子」

四度呼ばれた時、幸子はようやく返事をした。

母から動揺が消え、いつもの姿に戻りつつあったからだ。

「なんだん」

「あなたは……」

母はそこで一度、口を閉ざした。迷うように視線を床に向け、それから意を決したように幸子を見据えた。

その迷いのない視線を見て、幸子は悟った。

――ああ、母上は。

この美しい人は、今この瞬間、はじめて私を「見た」のだ。

第一章

一

三千石積みの船なのだ、と兄は言った。

「この国で一番大きいのは千石船だから、その三倍も大きいということだなあ」

するすると筆を動かす彼の目は、見たことがないほど輝いている。口と手を休むことなく動かし続ける兄の隣で、鏡子はまばたきも忘れて机上の紙に見入っていた。

墨を含んだ筆は、ただの薄っぺらい紙の上に、瞬く間に見事な帆船を描き出す。六つ上の兄・万真（かずま）は、幼いころから書が巧みで、齢（よわい）十六にして唐様の大家に認められるほどの腕前である。しかし兄は絵のほうをより好んでいるようで、書の練習をしていてもすぐに落書きを始める癖があった。

たしかに手習いは退屈だ。鏡子も六歳から、どこぞの奥方の祐筆（ゆうひつ）であった近所の婦人のもとに通っているが、朝早くから昼過ぎまで延々手習いが続く。まず見本を与えられて真っ黒な草紙で繰り返し練習をし、清書をして師匠に見せ、良しとなれば次の手本を与えられる。ひたすらその繰り返しだ。

今日は休日だが、家でも手習いは変わらない。いつもは家にいない兄が今日はたまたま家におり、せっかくだから妹の手習いを見てやろうということになった。しかし案の定早々に飽いて、黒船なるものを描き出した。

相模（さがみ）の浦賀（うらが）に異人の船が居座っており、その船が途方もなく大きいという噂は鏡子も耳にはしていた。たしか昨年の六月にもやって来て、その時は十日ほどで消えたそうだが、今回はしぶといらしい。嘉永（かえい）七年（一八五四）の正月が開けて間もないころにやってきて、浦賀に居座り二十日以上になる。

前回よりも大きな艦隊でやってきたものだから、江戸からも連日のように野次馬が押し掛けているらしい。万真もその物見高い人間の一人だった。先日家にやってきた父の朋輩（ほうばい）が、浦賀へ黒船を見に出かけると話しているのを聞いて、自分も行きたいと頼みこんだらしかった。子は娘ばかりだという朋輩は万真を我が子のように可愛がっており、二つ返事で承諾した。父は当初こそ渋い顔をしていたが、これからは世界の広さを知らねばならんと朋輩に説得されて、結局は送り出した。

世界の広さ。大きな船を見ることが、それを知ることになるのだろうか。鏡子にはさっぱりわからなかったが、出立前と兄の顔つきが変わっているところを見るに、正しいのかもしれないと思う。

会津藩こそは将軍家の信頼篤き天下の雄藩。長く江戸湾の防備に携わってきたのは会津であり、黒船が来た時も海上を警備していたという。万真は会津の威光があるからこそ夷狄の船は何もできずに去ったのだと行く前は嘯いていたが、帰ってきてからはもう黒船の話しかしなくなった。会津のあの字も出ない。

わずか一日で、いやほんの一目で、世界ががらりと変わることがあるのか。鏡子は、兄の躍るような筆遣いを見て知った。兄が動かしているのは手と口だけだが、隣にいるだけでもその体が熱を発しているのがわかる。ゆらめく陽炎すら見えるようだ。抱え込むように独占している火鉢のせいかもしれないが。

「そもそも千石船とは、どれぐらい大きいのですか」

黒船。その途方もない大きさで、兄をこれほど高揚させるもの。

力強い線で描かれる船は立派で、ずいぶんと強そうではあるが、なにぶん半紙の上では大きさはわからない。十歳になったばかりの身では、船自体あまり見る機会もなかった。

「なんだ、鏡子は千石船も見たことがないのか。でかいぞう。だが黒船はその三倍もある！」

まるで自分がその黒船の主であるかのように胸を反らす兄を、鏡子は冷ややかに見やった。父・青垣平左衛門は二十年前に定詰として江戸にやってきた会津藩士で、万真も鏡子も江戸城和田倉門内の会津上屋敷内で生まれ育った。兄は新橋の中屋敷内にある藩校に通っていることもあり、頻繁に門の外に出ているが、鏡子の生活範囲はごく限られている。今年に入って和田倉門の外に出たのは、一月の寺社の参詣が最後だ。八間にごく小さな庭。両親と兄、二人の奉公人。それが鏡子の世界のほとんど全てだ。近所の子どもたちと遊ぶのもあまり好きではないから、たいてい家にいたし、今まで外に出たいと思ったこともない。

この小さな家は鏡子にとって充分に広かった。納戸掛である父は織師や染め師にも知己が多く、身分に関係なく客がよく訪れた。また裁縫の名手である母のもとには、時々年頃の娘たちが習いにやってくる。一時的に華やかな風が吹き、彼らが去れば、また静寂が戻ってくる。自分は同じ場所にいるだけで、それを眺めている。生きるということはそういうことだし、それでよいのだと漠然と思っていた。

しかし、はるばる浦賀まで出向くことを許された兄の話を聞き、はじめて胸がざわついた。

「そんなに大きな船が来ては、水が溢れて浦賀は沈んでしまうのではありませんか」

鏡子は立ち上がり、障子をわずかに開けた。庇のむこうは雨に濡れ、築山も赤松も重たげな色に沈んでいる。綻びかけた梅はこの冷たい雨でまた蕾を固く閉じるだろうか。この寒さでは、雨は雪に変わるかもしれない。

築山の手前には、ごく小さいながらも池がある。今は時折金魚が跳ねる程度だが、昔は夏に兄がよく入り込んでは金魚を追いかけ、母に叱られていた。池の端で見ていた鏡子もよくびしょ濡れになったものだった。

自分が見られる光景は、これが全てだ。江戸にいながら、海もろくに知らない。浦賀など想像もつかなかった。

「ははは、そんなことはない。寒い、閉めてくれ」

そう言いながら、兄は黒船に海を描き足し、別の半紙にだいぶ小さな船を描きはじめた。たしかに黒船の半分もない。鏡子は仕方なく障子を閉めた。

「これが千石船。そしてこれが鏡子だな」

と、小さい船のほうに、ちょんと豆粒を足す。

「こんなに小さくはありません」

「小さいさ。あれを見ると本当に、俺たちはなんと小さいのかと思うぞ。米利堅の船乗りもなあ、大きいんだ」

万真は手を止め、遠くを見るように目を細めた。その澄んだ瞳に灯るものを見て、鏡子はまた首を傾げた。皆、この国を付け狙う夷狄と蔑む。兄も先日まではそうだったはずだ。

「夷狄の船乗りと会ったのですか」

「いや、遠目で見ただけだ。中にはわざわざ小舟で近づく者もいたが、さすがにあれはどうかと思う」

「そんなに大きいのなら、間近で見たいものではないですか」

鏡子の素朴な疑問に、万真は気まずげに笑った。

「本当は行きたかったのだが、さすがに止められた」

「やはりそうでしたか。船は、浦賀よりこちらには来ないのですか」

「あの船がいよいよこの江戸まで来たら、終わりだろう」

途端に、心臓が大きな音をたてた。

「終わり、とはどうなるのですか。彼らは何をするのですか」

「そうだなあ。まずは海から大砲を撃ち込む。あの大砲なら、このあたりまで届くかもしれないな」

「海から、お城に届く？」

繰り返して、鳥肌が立った。ここからではどうやっても海は見えないというのに、夷狄の船はそれほど大きいのか。なんと、凶暴なのだろう。

見たこともない船の、見たこともない大砲が火を噴くさまを想像する。大砲は知っている。だがそれが動くところは見たことがない。きっと巨大な火の玉が城下に降ってくるのだろう。黒い船から放たれた真っ赤な玉が、優美な白いお城に襲いかかる。誰もが仰ぎ見る、太平の世の象徴そのもののように揺るぎない城は無残に砕け、燃え上がる。

お城も、人も。何もかもが押し潰され、炎に舐め尽くされる——

「おい、大丈夫か」

心配そうな声に、鏡子は我に返った。瞬きひとつで、まぼろしは消える。かわりに、こちらを気遣わしげにのぞきこんでくる万真の顔があった。間近で見ると、頰の面皰が潰れ、血が滲んでいる。一昨年から急激に身長が伸び出した兄は、とうとう父と背丈が並び、頰からも丸みが消えてきたせいで、時々見知らぬ男のように思えることもある。しかし、こうして面皰を端から潰した跡を見るとやはり兄だと思う。

「怖い話をするからです」

「はは、悪かった悪かった。まさかそんなに怖がるとは。鏡子にも怖いことはあるのだなあ」

頭を撫でる万真は心なしか嬉しそうだった。

鏡子は豪胆だなあ。兄はよく言った。父にも言われたことがある。万真と性格が反対ならちょうどよかったかもしれん。あれはどうも、わしの悪いところに似てしまったようだ。たしかに兄は、好奇心旺盛でなんにでもとびつくが、堪え性がなく、飽きっぽいところがあった。これをしろと言われれば、やめろと言われるまで淡々と続ける鏡子とは正反対だった。

「ちょっと脅しすぎたな。大丈夫だ、ここまで届くわけがないし、そもそも近くに来ることなどないさ」

「でも去年黒船が来たおりは、公方様がおかくれになったり、大変だったではありませんか」

ペリー来航直後、突然、第十二代将軍家慶が薨去した時には大変な騒ぎだった。客人たちは、寄ると触ると夷狄の呪いだと恐ろしげに囁きあっていた。

「そんなことを言うとまた母上に叱られるぞ」

「でもあまりにも急でしたし、此度は去年より長いから何かあるかもしれません」

「なんだ、まるで夷狄に攻め込まれたほうがいいとでも言いたげだな。対岸の火事は愉快かもしれんが、自分の家が燃えるのはよろしくない。御公儀もそのへんはよくよくわきまえて……」

万真は突然顔色を変え、慌てて半紙を机の下に隠した。が、少し遅かった。

「何をしているのです」

開け放たれた障子の間には、母が立っていた。雨だれの音がやかましい。これほど雨が降っていても、部屋の中よりは庭のほうがまだ明るく、母の顔は陰になって見えなかった。それでも、目がぎょろりと動くのがわかった。

「鏡子の上達ぶりを見たいなどと言うから任せてみれば、また絵ですか」

「絵も文人の心得ではないですか」

兄は開き直ることにしたらしい。紙を机上に広げてみせた。

「あれもこれもと気ままに手を出しては何ものにはなりません。書をやれと言われているでしょう。殿様にお褒めの言葉を賜ったからと慢心しているのではないですか」

母の小言に、兄はまたか、という顔をした。

二年前、嘉永五年の二月に、会津藩第八代藩主・松平容敬が病没し、その六年前に高須藩より養子に迎えられた容保が会津藩主肥後守となった。齢十八の時である。四歳年下の万真は、その書の腕前で容保に賞賛されたことがあり、その時から母は、我が子を殿の御祐筆にと考えているようだった。優れた書の才能をもつ者は藩内にも少なくない。どうにも暢気な兄が、母には気にかかって仕方がないのだろう。

「失礼いたしました。では、まずは道真公にお詫びし、心を入れ替えてまいります」

母の説教が始まる前に、万真は紙もそのままにさっさと退散した。逃げ足は昔から速い。共同の菜園へと続く垣根の近くに菅原道真公のお宮があり、万真にとっては定番の避難所でもあった。お宮の前では母も声を荒らげない。

「鏡子、おまえがねだったのではないでしょうね」

案の定、母は行き先を失った怒りを鏡子に向けてきた。

「ねだりはしていませんが、黒船は見たかったので、止めませんでした」

「そんな絵、早くしまいなさい。黒船などおぞましい」

「母上、この船が江戸に大砲を撃ちこんだら、どうなりますか」

「そのようなこと、考えてはなりません。不敬ですよ」

「夷狄は不敬などと考えるでしょうか。私たちが考えたくなくとも、彼らが必要と判断すれば撃ちこんでくるのではないですか。清の息の根を止めてしまったように」

「またそのような理屈を……。いったい、誰に似たのだか」

母は呆れたようにため息をついた。

「いいですか、鏡子。私たちは、考えてはならないのです。私たちが考えるべきは親のこと、長じては夫のこと、そして我が子のこと。それだけです」

鏡子は今の師匠について四年だが、手習いをはじめたころはちらほらいた男児も今はよそに移っている。同じ年頃の弟子で残っているのは女児ばかりで、それもずいぶんと減ってしまった。残っている者たちも、あと二年もすれば、今度は裁縫の稽古に行くようになるだろう。彼女たちは、むしろそれを待ち望んでいるふしすらあった。なにしろ、手習いはあまりにも単調で退屈だ。兄が放り出すのもわからないではない。

しかも女子の場合は、仮名が読めれば充分だったので、内容もかぎられている。

まずいろはを習い、次は百人一首、女今川(おんないまがわ)、女大学、女庭訓(おんなていきん)、女孝経。男子ならば儒教の経典である四書五経を学ぶところだろう。このころから、すでに学ぶものが違う。藩士の息子は塾を終えていずれ藩校に通うが、鏡子たちは裁縫に励み、そして十五かそこいらで嫁に行く。そうたたき込まれてきたし、そういうものだと思っていたから、鏡子も「はい」と素直に返事をした。母の言うことはもっともだった。父とて、母の前ではあまり外の話をしない。近頃は万真と話し込んでいることもあるが、女の前でそのようなことを口にするのは好ましくないし、女のほうが興味をもつこともはしたないことなのだ。

「遊んでいるなら、糸繰りを手伝ってちょうだい。書は明日、父上に見ていただきましょう」

母は冷ややかに言って、踵(きびす)を返した。

はい、と小さく答えて鏡子は立ち上がる。一度そのまま部屋を出たが、ふと思い直して戻り、黒船と千石船が描かれた半紙をきれいに伸ばし、文箱にいれた。船の上で豆粒のように浮かぶ自分の姿は、改めてみじめで、しかし妙に愛らしかった。


その夜、鏡子は夢を見た。

江戸が燃える夢だった。

空からは火の雨が降り注ぎ、あちこちで轟音が響いている。炎が爆ぜ、朱色の風がごうごうと吹く中を人々が逃げ惑う。誰もが必死に、白い城を目指した。

鏡子はひとり、和田倉門へと殺到する人々を上から眺めていた。どういう仕組みなのかはわからないが、夢に論理的な説明を求めても無駄だ。

ああ、炎が来る。城壁の外を燃やし尽くせば、それはいよいよ城へと侵入してくるだろう。

私の、この小さな世界へ。生まれてから十年、何ひとつ変わることのなかったこの箱庭へ。家の中も、外もきっと変わらない。徳川の天下はずっと変わらず、そしてこれからも変わらない。城壁に守られて、ただじっとしているだけ。

だが、いよいよそれも終わるのだ。外からの容赦なき炎が、守りなど完全に焼き尽くす。

動悸がうるさい。もうすぐだ。ようやく、「終わる」。

けたたましい音をたてて、門が崩れた。その合間から、ぶわりと紅蓮が襲いかかる。

逃げる間もなかった。

ああ、私はとうとう——

汗だくで目が覚めた。まだ冬だというのに、炎に巻かれたように全身が熱い。

荒い息を整える間もなく、おそるおそる胸に手を当てる。早鐘のようだった。

生きている。ようやく、大きく息がつけた。

全身が心臓のようだ。凄まじい勢いで駆け巡る血潮を感じる。しつこいぐらいに、肺は空気を取り込もうと動いている。

鏡子はうすく目を開き、納戸の暗い天井を見つめた。頬にそっと手をやると、濡れていた。指先を口に含むと、わずかにしょっぱい。

そうか、私は生きているのか。なるほど、死んでいないことを、生きているというのか。

当たり前のことを、鏡子はしみじみと思った。炎に呑み込まれた瞬間を思い浮かべ、一度消えたはずの動悸と呼吸を全身で感じるのは、悪くない経験だった。

二

家族の髪を結うのは、母の仕事である。

父も城に上がる前、母に髷を結ってもらっている。月代が青々と映えるように丁寧に剃り、髷を結う。一筋の後れ毛もないように、鬢付け油をつけて髪を丁寧に梳き、きっちり固めて棒状に引き伸ばす。そこでようやく元結いで根元をくくり、折り曲げて完成となる。傍目で見ていても、相当に力がいる作業だ。母は時々、父を玄関先で見送った後、まだ肩で息をしていることもあった。

それに比べれば、鏡子の髪結いはよほど簡単なはずだ。鏡子の髪は父に比べると少なく素直で、くせ毛を矯正する必要もない。この日も手早く髪をとかし、いつものように頭上で丸い輪をふたつ作った。稚児輪だ。

礼を言って離れようとしたが、母は「輪の左右が少し違うような……まだ直します」と言って、元結いをほどいてしまう。

「なぜ崩すのですか」

「人様のお世話になるのですから。一分の隙なく整えるのが礼儀というものですよ」

母は気迫を漲らせ、鏡子の髪型が完璧になるまでああでもないこうでもないと試行錯誤していた。母に髪を結われるのは好きだが、さすがに何度も遠慮なくひっぱられるのには辟易した。

開け放った障子から入る空気は、柔らかい。火鉢はとうの昔に片付けた。梅と桃の花はすでに散り、池端には菖蒲があでやかに咲いている。犬黄楊の生け垣のむこうにある菜園では春掘りの長芋がとれるころだ。

「痛っ」

ぎゅうぎゅうとひっぱられ、声が漏れた。

「会津の女ならばこれぐらい我慢なさい」

間髪を容れずにぴしゃりと言われた。会津の人間は忍耐強い、とくに女はたいていのことは耐えられる。心構えさえあればわけはない。耳に胼胝ができるほど聞いた言葉だし、躾通りたいていのことは辛抱する自信はある。しかし今日は辛抱が必要な場面とも思えなかった。

母がむきになっているのにはわけがある。ことの起こりは、春先にさかのぼる。二月近く居座った黒船がようやく日本を離れ、江戸じゅうがほっとしたころだった。もっとも彼らはただで帰ったわけではなく、二百年にわたって固く閉じられていた日本の門を強引に開いていったらしい。それがどういうことかは鏡子にはよくわからなかったし、生活に何も変化はなかったが、ともかく二百年にわたって続いた鎖国は終わったのだという。

「鏡子、おまえ赤岡殿のもとに通うつもりはないか」

夷狄について兄と話をしていた父が、ふと思い出したようにこちらを向いた。夕餉を終え、鏡子は縫い物をしている母のそばでうつらうつらしているところだった。名を呼ばれ、反射的に手を床につき、頭を下げる。父の話を聞く時はいつもそうするよう躾けられていた。

「ああ、今は構えずともよい。赤岡殿のことは知っているか。赤岡大助殿だ」

そう言われはしたが、鏡子はなかなか頭をあげることができなかった。すぐそばに母がいる。ちら、と横目でうかがうと、母はわずかに頷いた。鏡子はそろそろと頭を上げ、背筋を伸ばして父を見上げた。

「失礼ですが、存じ上げませぬ」

「ふむ、そうだろうな。まだ若いが、武芸はもとより、会津藩きっての文雅の士だ。話をつけてきたから、来月から彼に弟子入りしなさい。すぐには難しかろうが、おいおい武芸も習うのもよいかもしれぬ」

「はい」

反射的に返事をしたものの、理解が全く追いついていない。

書なら今も手習いを続けている。先生を変えろというだけならわかる。しかし、武芸？

武家の女は薙刀を嗜むというが、形骸化して久しい。少なくとも、鏡子の周囲に薙刀ができる女性はいなかった。母は遠い昔、形だけ習ったことがあるそうだが、鏡子が生まれてからは一度も薙刀を手にしたことはないはずだ。

「武芸、でございますか。鏡子にはまだ早いのではないでしょうか」

困惑したのは母も同じらしく、控えめに反論した。薙刀そのものを否定するのではなく、あくまで年齢を理由にするところが母らしかった。

「もう十だ、早すぎるということもあるまい。中野殿の娘御は七歳から通われて、今年から剣術も始めたそうだ」

「ほう、中野様の。あちらのご長女は、鏡子よりも年下ではありませんでしたか」

声をあげたのは、万真だった。その名は鏡子も知っている。たしか万真が藩校に通う前に通っていた塾の師が中野だった。

「そうだ。中野殿の長女は鏡子の二つ下だが、五歳ですでに百人一首を諳んじ、中野殿自ら手習いを進め、今では『孝経』と『論語』の素読は難なくこなすとか」

「それはすごい。中野様が師匠とは贅沢な話ですが、それでもあえて赤岡様のもとに通われるのですか」

万真が感心したように言った。鏡子が物心ついたころには、万真は大声で四書五経の素読をしていた。鏡子たちが朝早く手習いに行く時間には、別の塾でも同じように男児の素読の声が響いている。男子ならばみな通る道だ。しかし、自分より年下の少女が、『論語』の素読をこなすとは。驚きよりも疑問のほうが強かった。そんなことをして、なんの意味があるのだろう。

「赤岡殿は一刀流の達人でもあるからな」

父の目が、鏡子をとらえた。細めた目は目尻の皺に溶け入りそうだった。躾には厳しいが、父は鏡子をたいそう可愛がっていた。

「中野殿と話していて、なるほどと思うてな。これからの世はおなごも学問や武芸が必要かもしれぬ。なにしろ国が開いたのだ。今まで通りというわけにはいくまいよ」

鏡子は無礼も忘れ、まじまじと父の顔を見つめた。

女は仮名が読めればよい。必要なのは学問でも剣術でもなく、家事をこなし家庭をまわす手腕である。父が口に出してそう言ったわけではない。この時代にあって、口に出すまでもない当たり前の認識だった。

「我々は中野殿や赤岡殿のように代々江戸定詰としてお仕えしてきたわけではない。江戸に来て二十年、会津の記憶ももはや遠いが、やはりどうしても会津時代の常識に囚われる。だが、ここは江戸だ。同じ会津藩士であっても、中野殿らはもっと先を見据えている。世代の違いもあろうが、考え方も驚くほど柔軟だ。とくにおなごについては考え方がまるでちがう。我々もそろそろ、江戸の流儀に倣ってよいのではないか。奥はどう思う」

父は、うつむき加減の母を見た。

「旦那様がお考えの通りに」

母の応えは、鏡子の予想と全く違わぬものだった。

「そうではなく、おまえの考えを聞いているのだ」

母の目が一瞬、困惑したように揺れた。

「……旦那様のお考えが正しかろうと存じます」

「そうか」

父は失望したように軽く眉根を寄せると、次に鏡子を見た。

「鏡子はいかがする」

鏡子は反射的に、父上のおっしゃる通りに、と答えそうになった。そう答えるのが正しいはずだった。今までずっとそうだった。しかし、母の答えと父の反応を見て、今はそれが間違いなのだと悟った。忙しく頭を巡らせる。正解は何か。どう言えば相手は満足するのか。まっさきにそう考えるのは、鏡子にとってごく当たり前のことだ。

「父上のご配慮、かたじけのう存じます。叶うことならば、兄上のように学問や武芸を学びたいと思っておりました」

一度も心に浮かんだことのないことをそれらしく口にすると、父は相好を崩した。

「やはり鏡子は江戸生まれだな。なに、我々は子々孫々、この江戸で過ごすのだ。こういうことは、早いほうがよい。赤岡殿に話は通しておいた。中野殿の娘御と仲良くやるのだぞ」

かくして鏡子の塾通いは決定した。母は口に出しては何も言わなかったが、やはり納得はしていなかったのだろう。とくに、中野家の長女を父がしきりに褒めたことが気に入らなかったらしい。その日から躾はいっそう厳しくなり、外に興味がない鏡子をして塾通いが始まるのを待望させるほどだった。ようやく赤岡大助の家を訪れる日がやって来たかと思えば、この髪結い地獄である。塾に通うのに髪などどうでもよいが、父の髪結いも完璧にこなす母には何よりも重要なのだろう。

母は、鏡子をたいへんに愛していた。父のほうも溺愛といってよい。兄もああ見えて、鏡子を相当に可愛がっている。

その理由のひとつは、鏡子が乳児のころ、一度死んだからだろう。まったくおぼえていないが、百日咳にかかり、たしかに一度脈が止まったのだそうだ。が、僧侶に経を上げてもらっている中、突然おぎゃあと泣き始め、皆を仰天させたという。鏡子は青垣家では四人目の子どもだった。長女は一歳を待たずに亡くなり、長男の万真は腺病質だったが無事に成長したものの、次男にあたる子も百日咳で死んだという。会ったことのない兄姉は死に、鏡子もたしかに息を止めたはずが黄泉平坂からあっさりと戻ってきた。この奇跡と、いつこの手を離れるかもしれないという恐怖が、両親や幼かった兄を過保護にさせた。決して母の目の届かぬところに行かぬよう、箱庭の中でいつも人の目を感じて育つこととなった。

そうして大切に育てられた鏡子は、たいへんに美しい少女となった――らしい。これも百日咳と同じで、鏡子にはわからぬことだった。なにしろ生まれてから常にひっさげている顔である。毎朝いやでも鏡で見るため感慨も何もない。しかし奉公人や、母のもとにやってくる娘たち、そして父の朋輩やらは、口々に褒めそやす。こんなに可愛い童は見たことがない。将来どれほど佳人となるか。世辞だけではないのは、さすがにわかる。そして誰かが褒めるたびに、母は腰低く謙遜するものの、口許が嬉しげにほころんでしまうことも。

母はもともと、四百石の上士の家に生まれた。たいそう厳しい家で、祖母から手習いはもちろん徹底的に礼儀作法や仕切りをたたき込まれたと聞く。会津婦人の鑑と称えられた祖母は、女性に求められるあらゆる美徳を備えていたが、中でも美貌は突出しており、会津に名を知らぬ者はいなかったそうだ。三女として生まれた母は、重たげな瞼をしたごく平凡な容貌だったが、鏡子は祖母に生き写しなのだという。そのせいか、鏡子が江戸で生まれたことを、母は今でも無念に思っているふしがある。

母がどういう経緯で中士である父に嫁ぎ、また父もなぜ突然江戸定詰となったのか鏡子には知るよしもないが、会津から遠く離れたこの江戸で、鏡子は会ったこともない祖母の雛形としてすくすく育っていた。

それがいきなり、父によってねじ曲げられた。母はおそらく否定されたと感じたのだろう。女が男のように四書五経を諳んじ、剣術を会得することになんの意味も見いだせぬ母にとって、これは最後の抵抗なのだ。ぎゅうぎゅう髪を引っ張られながら、この痛みは母の叫びなのだろうと鏡子は思った。

おのこと同じことを学ぶことに、興味はない。かといって、手習いや裁縫が好きかと言えばそうでもない。どちらも、鏡子にとっては同じようなものだった。

会津の流儀も江戸の流儀も知らぬ。女の生き方も男の生き方も、関係ない。

ただやれと言われたからには、最後まできっちりとやる。それが、青垣家の長女、鏡子の生き方であった。


赤岡大助は、穏やかそうな人物だった。会津藩屈指の文武の達人と聞いたが、柔和な笑顔で語り口調も優しく、あまりそのようには見えない。父よりはだいぶ若く、おそらく三十を過ぎたばかりだろう。江戸定詰の御徒(おかち)で、会津藩邸の目付を勤めているという。

「たいへんよく出来ている。さすが万真殿の妹御。形よく、心が行き届いた、優美な字だ」

清書を見せたところ、赤岡はたいそう褒めてくれた。今まで近所の師からは注意ばかりされていた鏡子には驚きだった。鏡子が特別というわけではなく、赤岡はどの生徒もよく褒めている。その効果なのか、真剣に手習いをしている者が多かった。手習いの塾といえば、退屈のあまり幼い子どもが遊びはじめ、その喧噪(けんそう)の中でするものと相場が決まっているものを。

「先生、できました」

さらさらと筆が走る音ばかり鳴る長屋内に、凜とした声が響く。幼い声だが、芯が通っている。鏡子が目を向けると、小柄な童女が清書を赤岡に差し出すところだった。生徒の中に女児は少ないが、その中で飛び抜けて目立つ童女だった。

「うむ、良い字だ。しかしこのあたりが、いくらか勢いに任せておる。竹子殿の悪い癖だな」

赤岡の言葉に、正座していた竹子の小さな背中に力が入るのが見えた。

竹子の書は、八歳とはとても思えぬ見事なものだった。同時に、言われなければ女の筆跡とも思えない。端正というよりも雄渾な筆遣いは、炎のような気性をもつ若武者そのものだった。おのこならば問題ないが、めのこならばいささか問題だろうと、一目見て鏡子も感じた。案外、竹子の父が手習いを赤岡に任せたのは、そうした懸念があったのかもしれない。

つらつらとそんなことを考えていると、竹子と呼ばれた童女がぱっと振り向いた。視線が絡む。切れ長の、鋭い目だった。齢八歳の女児がする目ではない。幼児特有の、無邪気な直視とはまたちがう。内側に燃え盛るものを、たじろがずまっすぐに乗せていた。

稚児結いでなければ、あるいはおのこと思ったかもしれない。顔立ちはたいそう整っていて愛らしいのに、目の光があまりに強い。小さな口はきりりと結ばれ、鼻は高かった。鏡子は、母に力任せに髪を梳かれながら眺めていた菖蒲を思い出した。


「青垣鏡子さま」

はっきり芯の通った声に、呼び止められる。手習いを終え、赤岡の家から出た直後だった。振り向けば果たして、竹子が怒ったような顔をして立っていた。

「私に何か用があるのではございませんか」

竹子の言葉に、鏡子は困ったように微笑んだ。

「いいえ。先ほどのことでしたら、ごめんなさい。竹子さんは凄いなと思って、ついつい見つめてしまいました。不躾で申し訳ありません」

「すごい？」

「とても書がお上手ですもの」

竹子の眉尻が跳ね上がる様を、鏡子は興味深く眺めていた。褒められて、照れるのでも謙遜するのでもなく、怒るとは。

「鏡子さまもとてもお美しい字を書かれるでしょう。私はいつも勇ましすぎると怒られてばかりです」

「赤岡先生がことさら熱心に指導なさるのは、竹子さんに期待されているからでしょう。剣術も先生に習われているのですってね」

「鏡子さまは剣術は習わないのですか？」

「私は向いておりませんもの」

おいおいは武術もと父に言われてはいたので、一度、稽古の見学をしたことがある。道場には、男子にまじって幼い竹子もいた。すでになかなかの腕前で、ひとまわり以上大きい男子をみごとに打ち負かしていた。たいしたものだと思ったが、それだけだ。とくに心は動かなかった。

「向き不向きはございません。武家に生まれたならば、武芸は修めねばならぬものでしょう」

竹子は憤然と言った。

「私たちはめのこですよ」

「武家に男も女も関係ありませぬ」

竹子はやおら右手を差し出した。握った拳（こぶし）を、鏡子は怪訝（けげん）そうに見下ろした。拳が開かれ、現れたのは、ひび割れた分厚い手のひらだった。家事で荒れたものとは明らかにちがう。たとえば、何度も皮膚を破き、それでも木刀を握り続ければ、こうなるかもしれない。

「……凄い手」

兄も藩校の道場に通っているが、こんな手はしていない。父もそうだ。そもそも父が木刀を握っているところなど、数えるほどしか見たことがない。今、江戸は剣術が大流行で、数百の道場があるらしいが、いったいどこの話なのかと思っていた。

「先生の門下に入ってから、一日千回の素振りを欠かしたことはありませぬ」

竹子は誇るでもなく、淡々と言った。鏡子は誘われるように、手のひらに触れた。予想していたよりも、厚く固い手だった。指にはひどい胼胝ができて、妙な形をしている。しかしきっちり切りそろえられた爪は桜色で、つやつやとしていた。

「なぜ、ここまでなさるのですか」

鏡子は尋ねた。竹子の手から、目が離せない。指が離せない。この娘はいったいなんなのだろう。女と男と、子どもと大人が全ていっしょくたになった、奇妙な手。何が彼女をここまで搔き立てるのだろう。人をここまでさせるものが、外には存在するのか。次々と疑問が湧いてくる。この沸騰するような感覚は、覚えがあった。

あの、夷狄が攻めてくる夢。

世界が壊れ、自分が壊れていく光景。

「必要だからです。戦えねば、意味がありませぬ」

「私たちはいずれ嫁に行き、母となるのです。戦うよりも、家を護る使命がございます」

「まもるには強くあらねばなりません。黒船をただ恐れ、世の変化も知らず、ただ家族の幸せだけを願うような女にはなりたくありませぬ」

「竹子さん、さむらいのようですね」

「ですから、さきほどからそうだと言っております」

「昔のさむらいだわ。神君家康公のころの」

武家の女も常に覚悟をもっていた時代。竹子はきっと、その時に生まれるべきだったのだ。

「それが正しいのです」

しかし竹子は、鏡子の皮肉にも動じなかった。

「会津松平家中は、いにしえのさむらいの心を今なお受け継いでいます。土津公の教えである御家訓からもわかるでしょう」

土津公。その名を知らぬ者は、会津藩の中にはいない。会津松平家始祖・保科正之公のことだ。第二代将軍・徳川秀忠の庶子であり、異母兄にあたる三代将軍・家光およびその子・家綱を輔佐した忠臣にして、屈指の名君と名高い藩主でもある。将軍の血を受け継ぎ、実質上の副将軍の立場にありながら分をわきまえ、学問に優れ、職において有能であり、生涯にわたって徳川家への忠義を貫き通した清廉潔白の士。松平の姓を名乗ることを許されながら、自身を引き取り育ててくれた高遠藩保科への恩を忘れず保科姓を通した義の人物・保科正之の志は、今なお会津松平家に脈々と受け継がれている。

彼が定めた『御家訓十五箇条』は藩是として、今も会津藩の柱だ。会津藩の子弟ならば物心ついたころからたたき込まれる。最も有名なものは、第一条。

『大君の儀、一心大切に忠勤を存すべく、列国の例を以て自ら処るべからず。若し二心を懐かば、則ち我が子孫に非ず、面々決して従うべからず』

すなわち徳川家への忠義こそが会津藩の正義であり、徳川に背くものは藩主にあらず、従うなということだ。

「何があろうとも公方様へ忠誠を尽くす。それが会津松平家家中の誇り。国が開いたのならば、我が会津が果たす役割はさらに大きく、困難も増えるでしょう。ですから私は備えねばならぬと思うたのです」

竹子はまっすぐ鏡子を見据えて言った。

御家訓第二条には「武備は怠るべからず。士を選ぶを本とすべし。上下の分、乱るべからず」とある。たしかに会津は今も武備を怠ってはいない。竹子の言う通り、それゆえ莫大な費用と人員を必要とする江戸湾警備や樺太への海防に駆り出されもした。今後はますます負担が増えると聞けば、なるほどそうなのだろうと思う。

「ですが御家訓には、『婦人女子の言、一切聞くべからず』とあります。おなごは黙って従うべきというのが土津公の教えでしょう。あなたがしていることは御家訓に背くのでは？」

鏡子の反論に、竹子の眼光が鋭くなる。鏡子はうろたえた。竹子の反応にではない。こうなることがわかっていたのに、この話を続けてしまった自分にだ。

手習いで会う子どもたちや裁縫を習いにくる娘たちは、じつによく喋る。鏡子はいつも聞き役に徹していた。話を振られれば、相手が望むような答えを返す。疑問を感じても、よけいな質問をしたり反論したりするようなことは決してしなかった。口数は少なければ少ないほどよいと教えられてきたし、かといってあまり喋らないのもお高くとまっていると言われてしまう。容色に優れていると何もせずともいらぬ嫉妬を買うことも、すでに身をもって理解している。だから空気のように、相手が望むように在るべく心がけている。とくに苦痛だと感じたことはないし、むしろそれで済むならば楽だと思っていた。

なのに、年下の子ども相手に、大人げなく反論してしまった。母が知れば呆れるだろう。

「皆、それを引き合いに出しますが」

竹子の声は低かった。怒りを押し殺している。

「よくお考えください、土津公のお立場を考えれば無理もないことです。生まれからして、おなごに苦しめられたのですから」

そもそも保科正之が将軍の子であることを伏せられ、高遠保科家に引き取られたのは、秀忠の正室お江の方の嫉妬が凄まじかったからだ。

「ですが今は違います。照姫様がこちらにお戻りになったのも、お殿様をお支えになろうとしたからにちがいありません。今こそおなごも一丸となって、殿をお支えし、ひいては御公儀をお護りしなければならぬのです」

「照姫様――ですか」

なぜ突然その名が出てくるのかわからず、鏡子は面食らった。

現会津藩主・松平容保の三つ上の姉君である。といっても、血は繋がっていない。容保も養子だが、照姫も弟が引き取られる四年前に会津藩の支藩にあたる飯野藩から養女として迎えられた。飯野藩主、保科正丕の娘である。血の繋がりはないとはいえ、二人ともたいそうな美貌の主で、聡明で仲が良く、まことの姉弟としか思えぬと評判だった。ともに上屋敷で育ったために、鏡子も何度か二人の姿を目にしたことがある。噂通り、雛人形のように美しい二人だった。とくに照姫は書や茶に堪能な才媛で、和歌ではきらめくばかりの才能を見せ、容保に手ずから教えることもあったという。

その照姫は、四年前に豊前中津藩の藩主・奥平昌服に嫁いだ。輿入れとはいっても、江戸の会津藩邸から同じ江戸の中津藩の藩邸へ移動しただけであり、行き来の距離はたいしたことはない。照姫は鏡子と同じように一度も会津に足を踏み入れたことのない、生粋の江戸育ちである。それは夫となる奥平昌服も同様で、当時二十歳となる彼とはたいへん仲睦（なかむつ）まじく過ごされていると風の便りで聞いていた。

　しかし春先、突然、照姫が会津上屋敷に戻ってきた。離縁されたのだ。

　子ができなかったことが原因と囁かれてはいるが、理由は明らかにされていない。ただ、円満に話し合いは進んだと聞いている。それでもやはり、どこか口にするのを躊躇（ためら）うような空気はあった。子を成せず、追い返された姫。肩書きはついてまわる。照姫がいかに美しく、当代を代表する才女であろうとも、その一点だけで、照姫の存在はこの上屋敷では腫（は）れ物を扱うようなものとなってしまうのだ。

「そうです。照姫様はお戻りになってから、武芸の稽古にもいっそう力を入れられるようになりました。薙刀の御指南にあたられているのは、赤岡先生です。ですから私は赤岡先生に武芸を習おうと決めたのです」

　胸を張る竹子を、鏡子は当惑した目で見やった。

「照姫様が、お殿様を護られるためにお戻りになっただなんて……そんなことあるかしら。婚家に骨を埋（うず）める覚悟でお輿入れされるものでしょう。御実家の弟君が気になるなどという理由で……」

「もともと照姫様は、ゆくゆくはお殿様のご正室となるべきお方だと父は言っていました。常に会津を第一に考え、お育ちになったのです」

「それは聞いたことはあります。でも、敏姫様がご正室になられるのでしょう」

照姫を養女に迎えて数年後、容敬に待望の実子が誕生した。それが敏姫である。やはり跡取りの正室とするには実子のほうが相応しいと容敬が考えたのか、照姫は他家に嫁に出された形となる。

「敏姫様は御年十歳。祝言はまだ先のお話です」

「だからといって照姫様がお戻りになる理由にはならないでしょう」

「敏姫様はお体が弱く、お殿様も決してお強いほうではないと聞きます。照姫様は昔から、母君のようにお二人を案じていらしたそうです。お殿様と敏姫様は会津そのもの。お二人を支えるために戻られたにちがいありません！」

竹子は目を輝かせ、誇らしげに言った。親から聞いたのか、それとも照姫の指南をしている赤岡から吹き込まれでもしたのか、離縁をずいぶん都合よくとらえているようだった。いや、むしろ離縁は恥という先入観を払拭しようと躍起になっているのか。

「ほんとうに、照姫様のことをお慕いしていらっしゃるのね」

鏡子は感心したふうを装うしかなかった。照姫。美しい、だが自分とはまったく別世界に住む、草紙の中の人物のような存在。たいして会ったこともない人間のことを、どうしてそこまで慕えるのか不思議だ。

「私は会津松平家中の者です。主君を敬うのは当然のことです。お殿様を支えようとなさる照姫様をお助けしたいと思うのは当然ではないですか」

毅然とした口調には、おまえはそうではないのかという怒りが透けて見える。

「ですが私たちにできることなど……」

「私は下士の娘ですが、書を究めれば祐筆としてお仕えすることができるかもしれませんし、武芸を究めればおそばでお護りすることができます！」

「ご立派です」

竹子は眦をつりあげた。

「鏡子さまはそうお考えにはならなかったのでしょう。同じだと思っていたのに、残念です」

ここでようやく鏡子も理解した。竹子は怒っているのだ。照姫の身の上の不遇に、そして同情めかして口さがないことをあれこれ言う無責任な輩に。同じ会津の娘ながら、何も考えずにぼんやりと赤岡のもとに通う鏡子に。そして、おのれがまだ無力なめのこでしかないことに。

どうしようもない、生まれもった理不尽さに、全力で怒っていた。こんな運命に逆らってやると、息巻いている。

「私は父に行けと言われたから来ただけなのです。ですが……竹子さんのお話をうかがって、私も照姫様をお助けしたくなりました」

鏡子が微笑むと、竹子は一瞬うれしそうに目を輝かせた。が、すぐに疑うように顎を引く。

「本当にそうお思いですか？」

「はい」

正直なところ、照姫にあまり興味はない。しかし、中野竹子には大いに興味が掻き立てられた。

この子を見ているのは、きっと愉快だ。まるで火の玉。視線も声もまっすぐ鏡子の中に届く人物など、そうそういるものではない。

「切磋琢磨するお友達がいればより上達も早いと聞きます。竹子さん、改めてどうぞよろしくお願い申し上げます」

「……お友達になれるかはわかりませんが。弟子ということならば、よろしくお願いします」

そのどこまでも強気な態度に、ふ、と口許が緩む。途端に竹子は眉尻を跳ね上げた。

「何がおかしいのですか」

「いえ、私たち、やはり良いお友達になれそうだと思ったのです」

「そ、そうですか。変な方ね」

竹子はぷいと横を向いた。頬は真っ赤だった。

三

眼前を、赤い葉がはらりと落ちる。

正午を過ぎたばかりにもかかわらず、あたりはぼんやりと暗く、その中で葉の赤がやけに目についた。あらためて足下を見れば、階段のそこかしこに赤い葉が落ちている。踏めば樟脳の香りが立ち上った。楠は、春の終わりに古い葉を落とす。顔をあげれば、鮮やかな緑葉と赤茶けた葉が渾然と生い繁り、合間から見える空はのどかに青い。歌を詠む時にしか気に留めぬ常磐木の落葉にしみじみ感じ入るのは、ようやくこの地に至ったという感慨ゆえだろうか。

岡元伊織は、薩摩の城下士、岡元家の三男としてこの世に生を受けた。岡元家は士分としては最下層の御小姓与であり、生活は苦しく、その三男坊ともなると先行きは暗かったが、伊織には幸い頭脳があった。十歳で全ての素読を終え、藩校・造士館でも俊才の名が高く、在学中に昌平坂へ推挙された。島津斉彬が薩摩藩第十一代藩主の座につくなり数々の改革を断行し、若い下級武士たちが多く登用されているさなかだったのも運が良かった。造士館も旧態依然とした儒教だけではなく、徐々に西洋の実学と武芸も取り入れている。そして伊織もまた、いずれは藩校の講師となるべく、若くして江戸に送りこまれたのだった。

伊織はおよそ緊張とは無縁な男だが、この地に立つと、さすがに身が引き締まる。神田川（かんだがわ）沿いに、東西に延びる練り塀で囲まれた敷地内は、外とはまるで別世界だ。木々の薄闇の中を再び辿（たど）れば、ふと視界が明るく開け、左手になお黒々と聳（そび）える切妻造の門が現れる。掲げられた扁額（へんがく）には金文字で『入徳門（にゅうとくもん）』とあった。さらに、門から伸びる二十段ほどの階段の先には、『杏壇門（きょうだんもん）』の文字が見えた。いよいよか、と息を吸い込み、階段を上る。ふたつの門を繋ぐ階段のあたりは明るく開け、初夏の日射しが惜しみなく降り注いでいた。

杏壇門の先にもやはり短い階段があり、その先には堂々たる大成殿（たいせいでん）が伊織を待ち構えていた。門と同じく、銅葺（どうぶ）きの屋根以外は全て黒漆で塗られており、日射しを吸い込み端然と佇（たたず）む姿は、正殿に相応しい威厳があった。

江戸の、いや日本の学問の中心。幕府唯一の官学教育機関『昌平坂学問所』の中核だ。孔子（こうし）を祀（まつ）る大成殿を中心に庁堂・学舎、学寮、文庫がこの神田川沿いの広大な敷地内に広がり、日本最高の知を会得しようと若者たちが刻苦勉励している。今も大講堂では、官儒による講義が行われているかもしれない。

大成殿の孔子像に参拝を済ませると、伊織は案内に従い、広大な敷地の北西部へと向かった。平屋の長屋づくりの棟が南北に並び、これが書生の寮だと聞いた。昌平坂の生徒は「稽古生」と「書生」にわかれている。稽古生とはすなわち、幕臣の子弟。正規の生徒である。もともと昌平坂学問所は幕臣の教育のために開かれた官学（朱子学）の学校で、入学試験である四書五経の素読吟味から始まり、幾度も吟味がある。甲を取れば、出世に有利だった。

一方、各藩からの留学生である書生には吟味はない。要は聴講生である。各藩選りすぐりの若者が送りこまれてきては、最新最高の知を吸収し、書を読み、書生同士で議論を戦わせ、おのれの学を確立し、いずれは藩に戻り活躍する。ここに送りこまれた時点で、藩内での出世は約束されたようなものだ。在学中は吟味漬けの稽古生からすれば、羨ましい身分かもしれない。

ここでは国を代表する大家、そして諸藩から集まった俊英たちがひしめいている。彼らとの議論はさぞ楽しいことだろう。いや、楽しくなければ困る。郷中で、藩校で、環境が変わるつど期待した。きっとここにはある。身命を擲ち、夢中に打ち込めるようなことが。今までは叶うことのなかった願いだが、昌平坂ともなれば、今度こそ。

足取り軽く寮に近づくと、ちょうど中から一人の若者が出てくるところだった。年の頃は伊織よりいくらか上で、髪は総髪の儒者頭。いかにも学者然とした男だが、体つきはどっしりとして胸は厚い。剣の腕も相当に立つだろう。どこか不満そうな顔をしていたが、伊織に気づくとさがっていた口角があがり、面長の顔がほころんだ。

「見ない顔だ。もしや新入りか」

伊織は膝に手を当て、深々と頭を下げた。

「お初にお目にかかる。薩摩から参上つかまつった。岡元伊織と申す」

「これはご丁寧に。庄内藩の斎藤元司と申す」

「斎藤殿、宜しくお願い申し上げる。庄内といえば武勇の誉れも高い武士揃い。薩摩の藩校でも武芸を取り入れるようになったところでしてな、ぜひご教示願いたく」

　すると斎藤は困ったような笑みを浮かべた。

「ああいや、ちょうどここから出ていくところなのだ。おそらく俺が抜けた部屋に貴殿が入るのだろう」

「なんと、そうでしたか」

　昌平坂には在学期間の決まりはない。大半は頃合いを見て藩から呼び戻されるが、十年近く居座る者もいるという。そのため、定員数が八十と決まっている書生寮がなかなかあかず、藩から送り出されたものの入校できぬ者もいると聞く。その場合は麴町にある予科に入り空きを待つことになるが、伊織は幸運にもすぐに寮へ入ることができた。どうやら、目の前の退寮者のおかげのようだった。

「庄内に戻られ、教鞭をとられるのでしょうか。庄内藩の致道館も素晴らしい藩校と聞いております」

「いや俺は郷士でな、藩校は出ていないのだ」

さらりと斎藤は言った。

昌平坂は武士以外にも門戸が開かれている。聴講だけならば町民も可能だ。郷士は武士ではあるが、士分に入るかどうかは藩によってちがう。半農半士の郷士のほうが俸給の少ない下級武士より裕福なことは多く、目の前の斎藤もそういう類いの男であることが見てとれた。

「七年前に江戸へ参り、長らく東条一堂先生の塾にいたのだが、一昨年安積先生の塾に移り、昌平坂に推薦いただいて、二月の末に入学したところなのだ」

「二月末？」

聞き違えかと思った。三ヶ月も経っていない。顔に出ていたのだろう、斎藤は悪戯が成功したような顔で笑った。

「そうだ。三ヶ月もいなかったな。ふむ、立ち去る身でなんだが、ここで会ったのも何かの縁。舎長の部屋へ案内ぐらいはしよう。ついてこい」

斎藤は身を翻し、北側の寮へと向かった。

「新入りは南寮だ。八畳と六畳があり、それぞれ三人と二人で使う。君は八畳だな、しばらくこき使われて勉強どころではないから覚悟しておけよ」

愉快そうに笑いながら、斎藤は北寮へと入った。

「おめはほんとに屁理屈ばかり語るなし！」

突然の大声に、伊織は立ちすくんだ。

「屁理屈とはなんじゃ、秋月殿！」

「水戸学は屁理屈語りばかりじゃ。まったく身が伴っておらんではないか。市之進も他のことではずいぶん頭がまわるのに、なじょして攘夷に関してはいぎなり頭が煮えて馬鹿になんのがし。これが水戸学の弊害だろうかのう」

「馬鹿とはなんだ！　いくら秋月殿とて、水戸学を愚弄するのは許しませんぞ！」

凄まじい勢いで、声が突き刺さってくる。出所はどうやら一番奥の部屋だが、ここにいても実によく聞こえた。すばらしい声量だった。

「はあ、またか」

斎藤は額を押さえた。

「斎藤殿、これは」

「舎長の秋月殿と、水戸の原殿ですな。まあ、日常茶飯事だ。原殿は、普段はたいそう冷静で実に博識なお人だが、攘夷のこととなるといろいろと吹き飛ぶ。話をされる時は、攘夷についてては避けるといい」

「なるほど。ご忠告痛み入ります」

「まあそうは言っても、避けることなど不可能だろうがな。今はどこもかしこも攘夷攘夷だ」

斎藤はうんざりした様子で歩を進め、奥の障子の前に立った。

「秋月殿、原殿。新入生が到着しましたぞ」

声をかけると、すっと障子が開いた。うかがうように顔を出したのは、目つきの鋭い若者だった。

「なんだ斎藤殿、まだいたのか」

「これ、市之進。斎藤殿、造作をおかけした」

奥に座る小柄な男が、手前の男を窘める。伊織はぽかんと口を開いた。障子の向こうの書籍の山に圧倒されたのだ。六畳一間の舎長室は、ほとんどが本で埋め尽くされている。奥に文机と行李があるばかりで、布団も見当たらない。いや、雪崩をうつ書籍の下からはみ出しているのがそうだろうか。そもそも横になれるような場所があるかどうか。こうして見ると、書籍の山の中で相対している二人の人間のほうがここでは異質に見えた。この空間の中によく器用におさまっているものだと思う。

「ようおいでなされた。たしか薩摩の岡元殿でしたな。舎長の秋月と申す。こちらは水戸の原市之進」

秋月と名乗った舎長は穏やかに笑った。斎藤しかり原しかり、昌平坂の書生は全国から集まっているというものの訛りはほとんどない。しかし秋月の口調にはわずかに東北方面の名残があった。

「ほう、薩摩か」

手前の原市之進が、鋭い眼光をわずかに緩める。

「近頃は薩摩の藩士がよく東湖先生のもとに参りますぞ。みどころが多い者ばかりで実に頼もしい。貴殿もどうだ」

「東湖……ほう、藤田東湖先生でございますか」

水戸藩の前藩主・徳川斉昭の腹心としても名高い水戸学の大家だ。さすがは江戸、書を読み名を眺めるだけだった当代の学者が次々と出てくる。

水戸学とは、第二代藩主・徳川光圀以来、二百年近くかけてなお完成をみない大事業『大日本史』の編纂過程で成立した学風である。もともと尊王思想が強いが、とくに藤田東湖によって、儒教と国学、そして神道が結びついた。天皇の権威を強調し、幕藩体制の安定をはかる、尊王敬幕の思想である。

今年の開国以来、そこに攘夷思想が結びついた。以前より水戸は攘夷論が強い藩である。鹿島灘に異国船がしばしば出没し、英国人が実際に上陸する事件も起きたため、夷狄を攘うという思想が根付きやすかったのだろう。ごく局地的なものにすぎなかった夷狄の脅威が黒船来航を機に膨れあがり、攘夷論は瞬く間に広がった。同時に水戸学も流行し、とくに若者の間では藤田東湖といえば絶大な人気がある。原市之進が言った通り、今年、斉彬の参勤交代に付き従い出府した若い薩摩藩士たちが次々と水戸学に傾倒しているのは伊織も知っていた。

　江戸に出てしばらくは三田（みた）の薩摩中屋敷に滞在していたが、若い藩士たちは熱病のように攘夷攘夷とやかましい。その時は、江戸では攘夷が流行なのかと思った程度だったが、その親玉たる水戸の藩士がここにいるとは。

「市之進は藤田先生の従弟（いとこ）でなあ。ここ昌平坂でも尊王攘夷の急先鋒（きゅうせんぽう）だ。まあそのうち水戸屋敷に連れて行かれると思うが、話半分で聞いておくと良い」

　秋月がからかうように笑うと、原は目尻をつりあげた。

「なにを申される！　国を揺るがす未曾有（みぞう）の危機を克服しうるのが水戸学であるからこそ、これほど急激に支持を集めているのではありませんか。長らく謹慎を命じていた我がご老公を、海軍参与として再び召し出したのは他ならぬ幕府ですぞ。これぞ、幕府も水戸学に理があると認め、この苦難を切り抜けるに値すると考えた証拠ではないですか！」

「まああれだけ海防について大口を叩（たた）いておればなぁ。それに謹慎で少しは頭も冷えたと考えたのだろう。御公儀は、攘夷の親玉を幕政に参加させることで、何かと噛（か）みつく攘夷派を宥めて落とし所を探すところだったのだろうげんじょ、相変わらずご老公は口ばかり達者で事態をよけい悪化させておるではないか」

「口ばかりとは失敬な。米利堅との条約締結はのらりくらりと引き延ばし、その間に軍備を強化して攘夷を実行せよと言っておるではないですか。実際、水戸ではおのが力だけで巨大な大砲を七十五門も造りましたぞ！」

「ふん、ご老公お得意の〝ぶらかし論〟がし。先送りばかりでなんの意味もない。海防ならば我が会津のほうがよほど現実を知っている。今までもさんざん外洋警備に駆り出され、黒船が来てからは品川に砲台を造れと尻を叩かれ続けているのだ。まったく、どれだけ金と人員を出したと思っている」

秋月の顔に苦々しい色がまじる。痛いところをつかれたのか、原も「む、むう」と唸った。

「参勤交代を免除されておりながら、砲弾が飛ばねで海さ落ぢっちまう大砲を七十五門も造ったご老公に海防など語られたくはないわ。大口を叩くなら身を削れと言っているのだ。我らは攘夷など不可能だとよく知っておる」

「国を売るつもりか、この会津っぽ！」

「国を守るためにも、もはや開国は不可避と言っているのだ。そもそも外つ国との貿易を望む国は少なくない。岡元殿、薩摩守様はたしか開国派でいらっしゃいましたな」

早口で繰り広げられる舌戦をぽかんとして眺めていた伊織は、突然水を向けられて、目を瞬いた。が、にこやかな秋月の目の中に探るような色を認め、同じように笑みを浮かべた。

「さようです。藩主を襲封されて以来、積極的に西洋の技術を取り入れております」

「大砲は造っているのか」

語気荒く、原が問い詰める。

「はい、磯地区に洋式の工場群が建設され、洋式造船などを試みているようです」

「見ろ市之進、新入りのほうがよほど今が見えておるぞ」

満足げに秋月は頷き、怒りのあまり顔がどす黒く変色した原を見やった。

「ふん、薩摩守様は蘭癖大名と名高いからな。それに薩摩は密貿易で金子を稼いで潤っているのだろう。しからば、貿易には賛成だろう」

「これ、市之進」

「このままでは庇を貸して母屋を取られることにしかならんと言っておるのだ。なぜわからんのですか」

「真に攘夷を実行したいのなら、屈辱を飲んで敵の技術を取り入れるぐらいはせねば。これが本当の攘夷ではないがし」

「思想なき技術などいずれ首を絞めるだけだ。このまま各藩が倣って次々西洋に阿れば、日本という国体は失われる。ゆえに今こそ朝廷に力を――」

「失礼、お二方」

再び議論が活発化しそうな気配を察し、斎藤は素早く口を挟んだ。

「岡元殿はこちらに着いたばかりです。そのあたりは改めてゆっくりとどうぞ。まずは部屋に案内したいのですが、部屋は原殿のところでよろしいのですかな」

伊織は耳を疑った。今、原の部屋と言ったか？

「ああ、そうだな。ちょうど俺の部屋が空いた」

原は少しばかり落ち着きを取り戻し、居住まいを正して伊織と向き合った。

「岡元と申したか、よろしく頼むぞ。今日からじっくり水戸学を仕込んでやろう。なに、西洋かぶれの薩摩者も、東湖先生と一度お会いすればみな尊王攘夷の素晴らしさに目覚めるからな」

にやりと笑う原に、伊織はかろうじて笑顔をつくり「本場の方に水戸学を直接ご教授頂けるとは光栄の極み」と言った。原は満足そうに頷き、秋月は苦笑している。細めた目は、「頑張れよ」と半ば憐(あわ)れんでいるようでもあった。

「まあ、このような次第だ」

舎長室を離れるなり、斎藤はため息まじりに言った。背後からはまた怒声が聞こえている。

「皆さん、あのような感じなのですか」

「あんなものではない。毎度、最後は取っ組み合いになる。原殿も血の気が多いが、まあ舎長にはさすがに殴りかからんな」

「なるほど。それにしてもさすが昌平坂。あれほどの書物が容易に手に入るとは」

薩摩にいたころは書物、とくに洋学関係のものを手に入れるのにずいぶん苦労をした。当時の藩主の島津斉興（なりおき）は保守的で、先代の赤字を解消しようとするあまり倹約が行き過ぎるきらいがあり、最新の学問、ましてや洋学の書を手に入れることは非常に難しかった。父に「蘭癖」と嫌われ、海外事情に明るく進取の気性に富んでいた斉彬が三年前に藩主を襲封してからは格段に楽になったが、江戸ならば——そして昌平坂ならば望む本がいくらでも読めるのだ。

「その点はたしかに素晴らしい。そら、あそこが文庫だ」

外に出たところで、斎藤は北側の大きな建物を指し示した。

「書生ならば好きな時に読める。ここに入ってよかったと思えることではあったな」

「宝の山ですね。薩摩だとなかなか読めませんから」

「まあ、書を読むのは大事だ。されどそれだけならば、わざわざ昌平坂におらずともできる。江戸ならばいくらでも手に入るのだから」

そう言ってから、斎藤は気まずそうに頭を掻いた。

「いや、すまぬ。水を差すつもりはないのだ。ここも愉快は愉快だ。さきほどの秋月殿や原殿をはじめ、八十名の書生はみな各藩の誇る俊才だからな。弁が立ち、議論はじつに面白いぞ」

「なれどここから去られるということは、斎藤殿は議論ばかりでは何もならぬとお考えなのですな」

伊織の言葉に、斎藤は苦笑した。

「まあ、俺は郷士なのでな」

「郷士は士族に比べると行動力があるものです。議論より行動に移される頃合いなのでしょう」

「ほう」

斎藤は微笑を消し、まじまじと伊織を見た。炯々とした目は、皮膚を通り抜け腸まで見抜くようだった。

「なかなかの洞察力だ。さすがにその若さで昌平坂に推挙されるだけある。俺は、実はあまり士分は好きではないのだが、岡元——と言ったか、貴殿はなかなか好ましい」

「お褒めにあずかり光栄です。されど、なにぶん薩摩は人口の四分の一が武士ですし、私は士分とはいえ一番下。武家という自覚は正直、乏しいのですよ」

「たしかに貴殿は薩摩隼人という気がまるでしないな。されど、細身だが、相当鍛えていると見た。やはり示現流か」

斎藤は検分するように伊織を眺めて言った。

「はい。斎藤殿も見事な腕前と推察いたします。どちらの道場ですか」

「北辰一刀流だ。文事ある者は必ず武備あり。大志ある者は剣も極めねばならん、当然のことだ。この心身をもって大命を果たすのだからな。しかしここの連中はどうも、文事に傾きがちでいかん。言葉をこね回しているばかりだ」

無念そうに、斎藤は書生寮を睨みつけた。

「ここでいくら話を交わしたところで何が変わるわけでもない。それにやはりここは武家のための学問所だ。皆、出世と箔付けのために来ていると言っても過言ではない。そしてどうあっても、藩に左右される。さきほどの秋月殿と原殿も藩を前提にこの国の将来を話している。それが武家の限界だ。尊王と言いながら、幕藩体制からは思考が逃れられぬ」

「郷士は陪臣ではない。士分に比べるとたしかに縛られてはいない。あなたのような方には、昌平坂は物足りないやもしれませんね」

今日来たばかりのくせに、わかったような物言いが我ながらおかしかった。しかし、この昌平坂で最初に会った人物が、今まさにここを去ろうという郷士であるということは、意味があるように思えてならなかった。

「どうやら貴殿にも物足りぬものとなりそうだがね」

「そんなことはありません。私はここから学ぶことが山積みです。さきほどの議論も楽しく拝聴しましたよ。藩の特色というのも実に興味深い」

「面白がれるのならば、それでよい。だがいずれは、その差異を超えたところを見てほしいものだな。その気になれば、俺の塾に来てくれ」

「塾を開かれるのですか。何を教えられるので？」

伊織は瞠目した。この若さで？　実現すれば、おそらく江戸で最も若い学者の誕生だ。

「無論、世を変える道だ」

斎藤は迷いなく言い切った。

「重要なのは実践だ。学問とは正しい道を行き、正しく実践するためのもの。開国も攘夷も、ここで理屈をこねくり回しても何も始まらん。かといって理論なき行動は、ただの蛮勇で終わる。俺は文武両道の、回天の意志をもつ者を育てたいのだ」

回天。これは大きく出た。伊織は、目の前の男を改めて見つめた。頑丈な休、意志の強そうな顔。弁は立つ。そして鍛え抜いた体には、はち切れんばかりの大望を抱いている。果たして分を越えた妄想か、それとも本当に回天をなし得る傑物か。それはまだわからない。

「それはいつかぜひうかがいましょう。どちらに開塾されるか決まっているのですか」

「三河町に構える予定だ。名も決めてある。清河塾だ」

「良い名ですな」

「ああ、塾を開いたなら斎藤の姓を捨てる。新たな名は清河八郎だ。よろしく頼む」

快活に笑い、わずか三ヶ月たらずの学生は、昌平坂を去って行った。武家のための学問所、その最高権威に背を向けて、たしかな足取りで歩いていく道が、伊織にはまぶしく見えた。

そして改めて、黒塗りの大成殿を見る。訪れた時は威厳があると感じたが、今は日射しを拒否して闇にうずくまろうとする意固地な老人のように見える。

「江戸には愉快な人物がいるものだ」

さきほどの斎藤、いや清河。秋月、原。いずれも才能溢れ、そして全く異なる見識をもつ若者たちだ。

岡元伊織は得な男で、たいていどこに出向いても、誰からでも好かれる性質を備えている。男ぶりがよいと評される姿に穏やかな笑顔、弁舌も巧みであった。生来の資質はもとより、多くは努めて身につけたものである。ごく幼いころから、相手の思考を読み、その通りに動く傾向があった。そうすれば衝突が少なく、万事もうまくいくとその時すでに知っていたように思う。

血の気の多い薩摩隼人の中にあって、子どものころから大きな喧嘩を経験したことがないというのは、伊織にとってひそかな誇りであった。武士の子がそれでは情けないと詰る者もいたが、無益な喧嘩など回避するにかぎる。相手が逆上しきる前に引いて宥めれば、だいたいどうにかなるものだ。それがいつしか、謙虚で礼儀正しいという評価になるのだから、人とは面白いものである。

ただ、穏やかに過ごしていても何も野心がないわけではない。出世をしたい、金がほしい。それも無いとは言えまい。しかし何よりほしいのは、大望だった。原が論じる攘夷、清河が議論の先に見いだしたもの。この命を燃やすに値するものを、切望していた。

まだわからない。しかしきっと、ここなら見つかる。その予感に、伊織は微笑んだ。

岡元伊織という人生は、ここから始まるのだ。

四

年が明けてから、にわかに地震が多くなった。

黒船が来てから世も大揺れ、大地もそりゃあ揺れるさなどと笑っていられたのは、この日——安政二年（一八五五）十月二日の夜までだった。

鏡子が目を覚ましたのは、亥の三ツ時（午後十時頃）である。

眠りは深く、一度寝入れば朝まで目が覚めぬ鏡子がこんな時間に起きたのは、地の底で轟くような音がしたからだ。

近頃すっかり馴染み深くなった感覚だ。また地震が来るのか、と思った途端、どんと突き上げるような揺れが来て、鏡子は布団から放り出された。さすがに仰天し、慌てて起き上がろうとするも、床が波打ち、とてもでないが立つことができない。

さらにどぉんと何かが崩れるような音がして、間近で悲鳴が上がった。母の声だった。

「母上！」

「お逃げ！」

苦悶の中、母は言った。声は近いのに、手を伸ばすこともできない。暗くて何も見えないうえに、周囲がぐるぐる回っていて、方向が全くつかめなかった。だが、簞笥が倒れたのであろうことはわかった。あんなものが、細い母の上に。早くどかさなければ。父はどこだ。兄は。

「母上、すぐに助けを」

「大丈夫です。いいから早く外へ！　足を挟まれただけです」

必死に張り上げようとする声もすでに弱々しい。鏡子はともかく外へ出ようとした。が、やはり場所がわからない。すぐそばにあるはずの障子が遠い。必死に這いずり、手探りでどうにか障子を見つけたが、勢いあまって破いてしまった。しかも、なかなか開かない。いつもは難なく動くというのに、がたがたと音をたてるばかりだった。

「父上！　兄上！　母上が下敷きに！」

叫びながら両手で必死に力をこめると、どうにか開いた。縁側にまろびでて、絶句した。目の前を何かが飛んでいる。薄雲ごしの月明かりのもと、それが屋根の瓦だと気づくのにしばらくかかった。ばらばらと音をたて、落ちるというよりも飛んでいる。

空気すら震えているようだった。ぐわんぐわんと短い間隔で響く鐘の音のせいかもしれない。この重い音は、近くの寺の鐘だろう。普段に比べてやたらと音の間隔が短いせいで、夜の闇まで激しく揺れているような気がする。

「鏡子、無事か！」

真っ先に声をかけてきたのは兄だった。同じように縁側に這いつくばっている。

「母上が下敷きに」

「なんだと」

兄が立ち上がると同時に、父もやって来た。同じように母の状態を告げると、顔色を変え「おまえは外へ、池の近くにいなさい」と言って寝間へ飛び込んだ。

「私は大丈夫です、それより早く殿様のもとへ」

飛び込んだ父と兄の背中に遮られよく見えないが、母の弱々しい声が聞こえた。池の近くにと言われたので、ひとまずそこまで走る。池まで行けば瓦も届かないが、近くの築山も崩れ、灯籠も倒れていた。池の周囲は濡れ、不運な金魚が地面で跳ねている。戻してやろうと屈んだ時に再び揺れが来て、とっさに地面に手をつく。右手の下で何かが潰れる感触がした。その不快感に手をのけようにも、揺れが恐ろしくて動かせない。ようやくおさまっておそるおそる手をのければ、予想通りの光景があった。掌にへばりついた小さな臓物をしげしげと見る。感触ほどには不快さを感じなかった。むしろ、あの小さな体の中にこんなものがきっちりおさまっていたことに軽く感動をおぼえる。

　さすがに生臭いので、手を池につっ込んだ。水は飛び上がるほど冷たかったが、おかげで動転していた頭は正気を取り戻した。手は変わらず生臭いが、ひとまず臓物は流せたので立ち上がり、母屋を見やる。いまだ箪笥が動く様子はない。父と兄だけではどうにもならぬようだったので、鏡子は隣家に助けを呼ぼうとした。そして絶句した。家が完全に潰れている。子どもが泣き喚きながら、瓦礫を掘っていた。その下から、腕らしきものがはみ出している。

　鏡子は弾かれたように走り出した。瓦がちらばっていて走りづらい。つんのめり、時には転びながら、気がつけば上屋敷の通用門まで来ていた。いつもは閉められているはずの門が、開いている。見張りもいない。それを疑問に思うこともなく、鏡子はふらふらと外へ出た。ほとんど無意識の行動だった。戻らなければ、とは思う。母も心配だ。だが、右手がどうしようもなく熱い。そこから熱が伝播し、風は冷たいというのに寝間着でもいっこうに寒さを感じなかった。

門を出れば、ただでさえうるさかった心臓はさらに大きく拍動した。

世界は一変していた。

門の外に出られるのは、年に数回だけだ。それでも光景はそう変わらぬので、どこに何があるかは覚えている。

斜め右の屋敷の立派な屋根が視界から消えていた。

鏡子は茫然とあたりを見回した。なんだこれは。これが、「外」か。このあたりは大名小路と呼ばれ、その名の通り大名屋敷が建ち並ぶ。美しく整然とした町が見る間に崩れ落ち、死都と化している。見慣れた通りには、瓦や土塀から崩れ落ちた土くれが散乱していた。人々は慌てふためいて逃げ惑う。見れば火の手があがっていた。

終わりが来たのだ。

いつだったか、兄が言っていた。夷狄の船が江戸の海から大砲を撃ち込めば、この町は終わる。その晩に見た夢は、今も鮮烈におぼえている。逃げても逃げても追ってくる轟音と炎。

あの時ほど恐怖を感じたことはなかった。今、同じぐらい心臓がやかましい。胸の中央ばかりではなく、全身が激しく脈打っているのを感じる。

右手を見る。潰れた塀を見る。私は潰れていない。死んでいない。終わっていない。それが、生きているということ。

鏡子はおぼつかない足取りで歩き出した。

終わりが来た。私は今、生きている。しかし、そのうち、このやかましいほどの心臓もきっと止まる。みな止まる。ならばそれまでのわずかな間、好きなように歩いてみたかった。とめどなくわき上がる熱に浮かされるまま、この足で。


後に「安政の大地震」と呼ばれる直下型の大地震は、「ただ煙草ひと吹きのいとま」と言われるほど短い、しかし激烈な揺れだった。

江戸では震度五から六が多く、被害もまちまちだったが、神田のあたりは被害も軽微で、昌平坂学問所でも崩れ落ちたのは文庫ぐらいであった。外に飛び出した時に落ちてきた瓦にぶつかったり、また部屋に積み上げた書籍の下敷きになったりした者もいたが、人事不省になるほどの大怪我をした者はいなかった。

とはいえ、文庫が崩れたのはおおごとである。貴重な書物が山ほどあるのだ。書生、そして寄宿舎にいる稽古生たち総出で瓦礫をどかし、書籍を持ち出した。

　地震で恐ろしいのは、とにかく火事だ。伊織もこの一年半で「火事と喧嘩は江戸の華」は伊達ではないと実感した。今年に入ってからは地震も多く、そのたびにぼや騒ぎが起きる。この日の揺れはとびきりだった。おそらく火事もそれなりの規模となるだろう。

　神田川沿いの高台に立つ昌平坂学問所に火が届くとは考えにくいが、下町のほうはわからない。ここの文庫が崩れ、瓦も落ちたということは、たとえ火が出ずとも町の被害も大きそうだった。

「ああ、やはり来たか」

　かがり火の中、汗だくになって書物を運び出していた伊織は、隣で同じように走り回っている仲間の言葉に顔をあげた。

　さきほどまで暗かった空が、明るくなっている。まだ夜明けは遠い。案の定、あちこちで火事が起きていた。ひときわ明るいのは、東——深川のほうだろうか。神田・本郷のあたりでもぼやが起きてはいるらしいが、そこまで大きな騒ぎは起きてはいなかった。

「待て、ありゃ小石川のほうじゃないか」

　原が顔色を変える。小石川には水戸の上屋敷があった。

「東湖先生が！　こうしてはおれん！」

原は突然書物を放り投げ、門へ向かって駆け出した。書生たちに指示を出していた秋月が気づいて、声を荒らげた。

「市之進どこへ行く！　出るでない！」

「東湖先生に万が一のことがあれば、日本は終わりだ！」

「岡元、止めろ！」

秋月の声が飛ぶ前に、伊織は飛び出していた。俊足には自信がある。郷中では負け無しだったし、この一年、巾着生として数々の使い走りに耐えてきた。

「原さん、上屋敷がそう簡単に崩れるはずがありませんよ」

「いやあの揺れは尋常ではない」

「なれど一瞬でした」

「それが何だ。厭な予感がする。認めたくはないがこういう予感は当たるほうなのだ！　ともかく東湖先生の無事を一刻も早く確かめねば！」

助けるも何も、ここから小石川まで駆けてどうにかできるとも思えない。が、原の横顔は必死だった。

上屋敷には、藩主・徳川慶篤や、海防参与の斉昭、数々の重臣や水戸学の権威が多くいる。その中で真っ先に原が案じたのが藤田東湖というのは、従弟であり心酔する水戸学の大家であるからというだけではないだろう。

東湖先生に万が一のことがあれば、日本は終わり。叫んだ原の気持ちは、伊織にも理解できるような気がした。

今年に入って、ずいぶん多くの水戸藩士と会った。小石川の上屋敷にも何度か足を運んだ。その上で伊織が感じたのは、藤田東湖こそが水戸学を攘夷に駆り立てた人物であり、また唯一水戸の老公の手綱を引ける人物であるということだった。

老公こと徳川斉昭が藩主の座についた時、股肱の臣となったのは東湖ら水戸学の学者たちだった。斉昭といえば気性の苛烈さで有名だ。賢君とも言われるが、暴れ馬とも評される。

斉昭は東湖らを従えて水戸学に基いた改革を行った。その結果、尊王攘夷が行き過ぎ、幕府から謹慎を命じられている。

もし東湖を失えば、まちがいなく斉昭および水戸藩士は暴走するだろう。いや、水戸だけの問題ではない。薩摩にも、東湖に心酔し、薩摩よりも斉昭や東湖のために命を捨てるなどとほざいている輩も少なからずいる。同じ御小姓与で斉彬の御庭方をつとめる西郷善兵衛（隆盛）などその筆頭だ。水戸学の影響力は、想像以上に凄まじい。まるで熱病だ。もしあれが暴走したらと思うと、ぞっとする。

二人は大成殿を抜け、階段を駆け下りた。門は閉ざされていたが、危急の用だと言って開かせ、外に飛び出した。

「小石川まではまだ遠いのですか？」

「なに、ここで……」


「おい、なぜおまえもついてくる？」

「今更ですね。私も気になるからです」

「そうか、おまえも東湖先生の偉大さをようやく知ったか！」

原は嬉しそうな笑顔を見せたが、喋ることができるのはそこまでのようだった。小石川までは距離がある。なにより、地上は想像以上にひどい有様だった。

倒壊している家が延々と続く。一部で済んでいるものもあれば、全壊しているものも少なくない。火事を恐れた幕府は茅葺きを禁じ、屋根を瓦にするよう命じていたが、地震の場合はそれが裏目に出る。崩れ落ちた瓦は道を埋め、たいそう走りにくかった。途中で瓦に埋まっている者を見つけ、慌てて手伝っているうちに原とははぐれた。

「しまった」

ここまで来て、ひとりで小石川に向かうのも面倒だ。そもそも、東湖が気にかかるのは確かだが、原に便乗した一番の理由は、町をこの目で見たかったからだ。我ながら悪趣味だと思う。しかし、伊織には昔から観察が趣味なようなところがあり、なんでも自分の目で確かめねば気が済まない。この二十年で経験したことのない大地震でいかに町が変容するか、見てみたかった。口が裂けても言えないが、昌平坂は多少崩れただけで、正直あまり面白くない。だから、飛び出した原には感謝しかなかった。秋月には後でたっぷり説教を食らえば済む。

火の手が次々とあがる。往来はごった返していた。またいつ余震が来るかわからないし、なによりこのあたりにも火の粉が降ってきた。伊織は巧みに人を避けつつ、江戸城を仰ぎ見た。いつもは暗闇に沈む城も、今は不吉にゆらめきながら浮かび上がって見える。周囲が燃えているのだろう。あのあたりは大名屋敷がひしめいている。瓦もたっぷり使っているだろうから、あるいは下町以上の惨状かもしれない。ひょっとしたら、江戸城も燃えているのではないか。

ふと、伊織は足を止めた。

逃げ惑う人々の群れの中に、少女がいた。他にも子どもはいるのに、なぜそこにだけ目がいったのかはわからない。

半狂乱になって叫ぶ町人たちの間を、その子だけは静かに歩いていたからかもしれない。

奇妙な光景だった。周囲はみな度を失って走り回っている。一人歩いている子どもなど、突き飛ばされてもおかしくない。しかしどういうわけか、誰もが彼女を避けているようだった。実際には彼女のほうが巧みに避けているのだろうが、そんな足取りでもなかった。

地に足がついていない。そういう歩き方だった。ふらふら、いやふわふわとその子は歩いていた。

なんだ、あの子は。伊織は茫然と見つめていた。親とはぐれたのか、なぜ一人で歩いているのか。あまりに危ない。もし一度でも転んでしまえば、もう二度と起き上がれず、そのまま踏み殺されてしまうだろう。伊織は人波を掻き分け、少女に近づこうとした。

が、その動きは途中で止まった。

伊織は大きく目を開き、ゆらゆらと近づいてくる少女を見た。顔が見える距離まで来ている。

美しい少女だった。卵形の白い顔は煤（すす）で汚れていたが、その顔立ちは際だって整っている。髪はほぼ解（ほど）け風に煽（あお）られ、時々顔にもはりついていたが、少女は気にもとめていなかった。赤い唇は薄く開き、頰は桜色に上気し、そして切れ長の目は夢見るように潤んでいた。色褪（いろあ）せた浴衣（ゆかた）からのぞく足は、真っ赤だった。瓦礫に足を取られ、すでに何度も転んでいたのかもしれない。しかしその足取りからは苦痛は感じられない。彼女は空を見上げ、舞うように歩いていた。

伊織の背筋に冷たいものが走る。あれはもしや、あやかしか？　馬鹿げた考えが浮かぶほど、少女の姿は浮世離れしていた。瓦礫が積み重なる道を、火の粉が降り注ぐ中を、悠然と歩く彼女の周囲だけ、空気の流れがおかしい。

あれは駄目だ。本能的に、そう思った。

それなのに、目は少女の姿に吸い寄せられたまま動かない。

少女は歩き続ける。背後でひときわ大きな火柱があがる。その瞬間、少女の表情が変わった。夢見るようだった目が、ぎらりと輝きを増す。半開きだった唇は、はっきりと笑みの形をつくった。

伊織は頭を殴られたような衝撃を受けた。

朱色の炎と轟音を従え、舞うように歩くあやかしは、いっそ涼しげだった。優雅だった。おぞましく、美しかった。

伊織は喉に手をあて、忙しなく息を吸い込んだ。しばらく呼吸すら忘れていた。今、伊織に聞こえるのは、自分の脈動だけだった。悲鳴も家が崩れる音も、何もない。そして見えるものも、目の前の少女だけだった。忙しなく行き交う人々の姿は、いつしか消えていた。

気がつけば、伊織は足を踏み出していた。人波を無造作に掻き分け、少女に近づく。幾度もぶつかり、よろめきながら手を伸ばし、羽のように揺れる腕を横から摑んだ。

爛々と輝く双眸が、ゆらりと動く。炎の加減か黄金に輝く双眸が伊織をとらえた瞬間、総毛立った。爆ぜたのかと思うほどの痛みだった。

「そなた」

絞り出した声は震えていた。また大きな揺れが来た。いや、ちがう。揺れているのは自分の体か。少女の目はまっすぐ伊織に向けられている。血が沸騰しそうだった。なんという目だろう。あきらかに正気ではない体なのに、この深く澄んだ瞳はどういうことだ。こんな目は、見たことがない。

玻璃（はり）のように美しい、だが人形のように虚（うつ）ろではない。感情もない。もっと原始的な、ただ一色の色だけがそこにある。じっと見ていると、命ごと吸い込まれそうだった。

「ひとりでは危ないだろう。親御さんはどうした」

それは問いというよりも、伊織自身が踏みとどまるためのものだった。そうしなければ、連れて行かれてしまう。

少女の反応はない。ただ、静かに燃える明るい褐色の目は、まばたきもせずに伊織を見ていた。いや、見てはいない。ただ茫洋と向けられているだけだ。

「どこの子だ。ここは危ない、ひとまず近くの……」

「――ね」

少女の唇が動いた。

「なに？」

「黒船は？」

予想だにしなかった言葉に、伊織は目を瞬いた。

「黒船？」

「夷狄が攻めてきたの？　江戸は燃えるの？　このくには、終わるの？」

立て続けに少女が訊いた。口調は抑揚がなく、柔らかい。だが聞き逃せぬ切実な響きがあった。伊織は視線の高さを合わせると、落ち着かせるように言った。

「攻めてこない。これは地震だ。一晩立てば火事も収まる。くにが終わるわけがないだろう」

「終わらない……終わらない？」

少女は虚ろに繰り返す。

「終わらない。だから大丈夫だ。そなた、どこから……」

「なんだ」

つぶやいた瞬間、彼女の体が頽れた。とっさにもう一方の手を出し、抱き留める。驚くほど軽かった。

「おい、しっかりしろ！」

少女は気を失っていた。あの異様な目は、薄い瞼に覆われている。慌てて首筋に手をあてると、脈は問題なかった。しかしいざ間近で見れば、全身傷だらけだった。足も血塗れだったが、腕もひどい。顔も、口許とこめかみのあたりが切れていた。唇が妙に赤く見えたのは血に濡れていたせいだ。浴衣もところどころ千切れている。

血が沸騰するような感覚が、瞬く間に引いていく。ここにいるのは、無力で憐れな子どもにすぎない。なぜこれを、あやかしなどと思ったのか。これだけの怪我で平然と歩いていたのには驚くが、明らかに彼女は正気ではなかった。ひどい光景に、感覚が麻痺（まひ）していたのだろう。ひょっとしたら、目の前で家族が崩落に巻き込まれでもしたのかもしれない。

「気の毒に」

知らず零（こぼ）れたつぶやきに、ほっとした。ああ、今たしかにかわいそうにと感じた。よかった。自分は踏みとどまっている。

ひとりでよかった。もしあんなところを、学問所の友人にでも見られていたらと思うとぞっとする。おそらく、見るに堪えないような顔をしていただろう。

攘夷だ、と血走った目で叫ぶ者たちの顔が脳裏をよぎった。伊織は唇を震わせ、少女を抱え上げた。この少女の目にうつる自分は、おそらくあれと同じ顔をしていたことだろう。いや、もっと醜いかもしれない。

この娘は、それを見た。自分も知らぬその顔を。

深く沈んでいた意識を引きずりあげたのは、喚き声だった。

眠りからうつつに近づくにつれ、頭が痛みだす。体がずいぶん重かった。もう少し眠っていたい。だが、赤岡先生のところへ行かなくては。最近は、朝一番に行くようにしている。手習いだけではなく、道場にも通うようになったからだ。最初に道場に行って札をかける役を、みなとりたがっている。夜明けには家を出てくるのに、道場に行くといつも竹子が素振りをしていて、鏡子を見て明るく笑う。ああ、また竹子さんの勝ちね。鏡子も笑って、ようやく朝が始まるのだ。

しかし今日はどうも体が重すぎる。はじめて、休もうかと考えた。できることなら一日寝ていたい。それなのに、いったい誰がこんなに騒いでいるのか。青垣家にこんなに騒がしい人間はいない。隣家の赤子が泣いているのだろうか。それにしてはもっと——

鏡子は唐突に目を開けた。

昨夜のことを思い出したからだった。目を開けても、何もかもがぼんやりしてろくに見えない。赤ん坊の泣き声と思ったのは、泣き喚く子どもの声だった。苦しい、と叫ぶ嗄(しゃが)れた声も聞こえた。

鏡子は、口を開けて忙(せわ)しなく息をした。喉がからからだった。顔をしかめて右手をあげ、喉に触れようとした途端、手に激痛が走った。目をやると、腕には巻木綿が巻いてある。治療された傷を見た途端、今度は全身がずきずきと痛み出した。視線を巡らせれば、周囲にも負傷した者や火傷を負った者が横たわり、苦悶の声がそこここであがっていた。診療所らしい。和田倉門の中にあるものではないことはわかった。

あたりはすでに明るい。閉められた障子からさしこむ光は、昼近いことを示していた。鏡子はおそるおそる起き上がった。これはどこの診療所だろう。見たところ母の姿はない。知り合いらしき者もいなかった。

母はどうしたのだろう。あれからどうなったのか。いや、そもそも自分はなぜこんなところにいるのだろう？　記憶が鮮明になってくるにつれ、血の気が引いた。震える手をもう一度見下ろす。金魚を潰した感覚が、まざまざとよみがえった。明白に覚えているのは、そのあたりまでだ。それから私は何をした？

震えはじめた体を、鏡子はたまらず抱きしめた。それだけで体のあちこちが悲鳴をあげる。痛い。だが、母はもっと痛かったはずだ。母を置いて飛び出してしまった。誰にも何も言わずに。母を見捨てるような形で。

なぜそんなことをしでかしたのか、わからない。しかしあの時はそうせねばならなかった。それは確かだ。体の奥底から湧き上がる衝動に、逆らえなかった。生まれてはじめて、自我が飲み込まれてしまうほどの欲求を感じた。たったひとつの感情で、全身がすみずみまで支配されていく。恐ろしく、同時に痺れるような快感に背中を押され、門の外に飛び出した。その瞬間の衝撃は、今も覚えている。記憶とまるで違う

「外」の世界。破壊の爪痕は凄まじかった。秩序は瓦礫の下で押し潰され、宵闇に塗りつぶされた世界にはあちこちで炎が生まれつつあった。破壊の中で漂うように生まれ、瞬く間に勢いを増していく炎の、なんと美しかったことか。

ああ、世界は生きている。断末魔の叫びをあげ、身をよじっている。私はまさに、この瞬間のために今まで生きていたのだ。鏡子は歓喜した。このおぞましい、全身を駆け抜ける歓喜を味わうために、この光景を見るためだけに、日々を繰り返してきた。そう確信した。

もう少し見てみたい。もう少し感じたい。この生まれてはじめての喜びを。血が全身を勢いよく駆け巡り、全ての感覚がはっきりと立ち上がる。貪欲に世界を吸い込み、噛み砕きたい。獲物を見つけた時の野生の獣とは、きっとこんな感じなのだろう。いや、追われている獲物のほうだろうか。死がすぐそこに迫っている。だから何もかも忘れて駆けて逃げる。そんな時に感じる世界は、きっといつもよりずっと鮮烈で、獰猛で、美しい。

そうだ、自分はそのまま死ぬはずだったのだ。

なのになぜ、自分はまだ生きている？　世界はまだ続いている？　全身傷だらけのみっともない姿で。

「おや、起きていたか」

知らぬ声に、我に返る。ぎこちなく首を動かすと、男がひとり障子を開けて入ってくるところだった。鏡子と目が合うと、にこりと笑う。

「加減はどうかな」

声と同じ、涼しげな風体の若侍だった。年の頃は万真よりやや上といったところで、背は高い。細身だが、襷掛けした袖から覗く腕は強靱だった。総髪の儒者頭で、鬢がわずかに乱れている。鏡子の傍らに膝をついた時には、汗のにおいがした。

「ひとまずこの診療所に運び込んだが、人手が足りないとかで今の今まで手伝っていてな。起きた時に心細い思いをさせてしまった」

謝る男を、鏡子は茫然と見返した。知らない男だ。なぜこんなに親しげに話しかけてくるのだろう。

「あの……」

尋ねようとした矢先、激しく咳き込む。

「煙で喉を痛めているのだろう。水をもってこよう」

男はすぐに立ち上がり、部屋から出て行った。涙で霞む目で、背中を見送る。喉が痛い。息が苦しい。必死に息を整えているうちに、男は水を汲んで戻ってきた。目礼して受け取り、少しずつ水を口に含む。何度か咳き込みながらも、ようやく飲み込んだ。炎で炙られた体が喜ぶのを感じる。悪寒が少しばかりましになった。この体は生きている。疎ましい。

「昨日のことは覚えているか？」

鏡子が落ち着くのを待って、男は言った。穏やかな声だった。鏡子は反射的に首を横に振った。

「そうか。それはいよいよ心細かったことだろう。ここは神田の診療所だ」

神田？　鏡子は耳を疑った。ひとりでそんなところまで来たというのか。

「私は岡元、岡元伊織という。昌平坂の書生だ。そなたもこのあたりの子どもだろうか」

鏡子は再び首を振った。口を開こうとすると、手で制される。

「ああ、無理して話そうとしなくていい。まだ痛むだろう。そうでないかと思ったよ、草履もぼろぼろで怪我もひどかったからね。相当歩いたのだろう。……親御さんとははぐれたのかな」

最後の質問は、慎重だった。鏡子はうつむいた。気遣う視線を見ていられない。ただ小さくかぶりを振った。

「そうか。それは、大変だったな」

いたわりに満ちた声に、胸が痛む。ちがう。私は苦しむ親を見捨てて飛び出してきたんです。

「外は大変でな、今はこの診療所もてんてこまいだ。落ち着いたら必ずそなたをご両親のもとに送り届けるが、少し待っていてくれるか？　足の怪我がひどいからな、そなたも今は動けぬだろうし、窮屈だろうがここで休んでいてほしい」

　武家とは思えぬ、穏やかな口調だった。聞いているだけで、激しく揺れ動いていた心が徐々になだらかになっていく。

「……あの」

　何度か深呼吸をし、喉を整えてから、鏡子はおそるおそる口を開いた。自分のものとは思えぬほど掠れていたが、声は出た。

「なんだ？　大丈夫か？」

「お水をいただいたので。ありがとうございます。ご迷惑をおかけいたしました」

　深々と頭を下げると、伊織は慌てた様子で「あまり動かぬほうがいい」と言って体を起こさせた。

「あんな状況だ、助けられる者を助けただけだ。改めて尋ねるが、どこの子かな。親御さんはご無事か？」

　目線を合わせ、柔らかい口調で尋ねる様は、年の離れた子どもの扱いに慣れているのだろうと思わせた。

「わ、私は……」

御曲輪内の会津上屋敷から参りました。そう言おうとした。が、声になる前に言葉を飲み込んでしまった。

言ってどうなる。私は母を見捨てて出てきてしまったのだ。今さら戻れるのか？

常軌を逸している。ますます震える体を、鏡子はたまらず抱きしめた。美しい？あれが？　信じられない。瓦礫の下からのぞく、真っ白な手。泣き叫ぶ子どもの声。血。炎。

再び震え始めた鏡子を見て、伊織はやさしい手つきで頭を撫でた。

「すまない、思い出させてしまったな。まずは怪我を治すことに専念しよう。話せるようになったら話してくれればよい」

切れ長の目を細めて笑うと、驚くほどやさしい顔になった。しかし鏡子の震えはいっこうにおさまらなかった。笑顔はやさしい。口調も包みこむかのようだ。それなのに、目が笑っていない。腹の底まで見通すような、冷たく鋭い視線だった。

無言で身を退く鏡子を見て、伊織は困ったように笑った。

「ああ、不用意に触れてすまなかった。もう行くから安心してくれ。でも最後に、名前だけは教えてくれるだろうか」

「……鏡子、です」

姓を名乗るつもりはなかった。少しでも、身柄を特定できるようなことは言いたくない。この男は、両親のもとに送り届けると言った。帰りたい。今すぐ母の無事を確かめたい。父と兄のもとで安心して眠りたい。しかし、それ以上に帰るのが恐ろしかった。

「鏡子殿か、よろしく。では、また後で来よう」

伊織は立ち上がり、足音を立てぬように気をつけながら去って行った。その後ろ姿を鏡子はぼんやりと見送った。

「おかもといおり」

教えられたばかりの名をつぶやく。彼が自分を救ったという。ならばあの男は、夕べの自分を見たのだ。鏡子も知らなかったばけものを、見てしまったのだ。だからきっと、あんなに冷たい目をしていたのだ。

ここからも逃げ出したい。しかし当分、歩けそうにもない。鏡子はいらいらと爪を噛んだ。

あなたはなぜ私を助けてしまったの。本当は、そう言ってやりたかった。

第二章

一

中段の構えで対峙(たいじ)する。

防具ごしの竹子の視線は、鏡子の面をひたととらえ、動かない。美しい目だ。

道場に立つつま先から、構えた竹刀の先まで、ぴしりと芯(しん)が通っているのがわかる。竹刀を握るようになってわずか三年だというのに、構えは自然で、すでに体と一体化しているようだ。

たいしたものね、と鏡子は思った。精神を集中せねばならないのに、相手への感心ばかりが先に立つ。竹子はどんなことでも懸命に、集中して打ち込む。だからこそ上達が早い。苦手なものなどあるとは思えない、少なくとも鏡子は知らない。

けれど、得意とするものなら知っている。

武芸を、明らかに竹子は好んでいた。そしてとびきり筋が良い。書の師のもとで机を並べている時よりも、はるかに良い顔をしていると思う。

竹子は竹刀を、鏡子は薙刀を構えたまま、にじり寄る。こちらが踏み込めば竹子が下がり、構えを下段に変えて切っ先を返して下がれば竹子が進み出る。

突き刺さる視線は熱を帯び、汗が背中を伝う。最後に上段に構え、間合いをとる。

わずかに、竹子の眉が動いた。二年前に出会ったころの稚児結いの童は、今や匂うような少女となった。切れ長の目、意志の強さをそのままあらわしたような高い鼻梁は、ともすれば男勝りにも見えようものを、唇の可憐さがそれを裏切る。今のように固く引き結ばれていても、また早口で強い言葉を矢継ぎ早に発する時であっても、竹子の小さな、花びらのような唇はどうあっても愛らしく鏡子には見えた。

「やあっ！」

一喝とともに、竹子の体が動いた。とっさに鏡子も動く。眉間に迫る竹刀を払う。それだけで腕にじぃんと痺れが走った。竹子はかまわず踏み込んでくる。気性そのものの、迷いのない苛烈な打ち込み。避けるだけで精一杯だった。が、とうとう払い切れず、竹刀が眼前に迫る。眉間の皮膚がぞわりと蠢く。籠手に鋭い痛みが走った。

「そこまで」

響いた低い声音に、張り詰めた空気が弛緩する。竹子は、鏡子の籠手を打ち据えた竹刀をおろし、距離を置く。鏡子も同様に薙刀をおろし、一礼した。

「ありがとうございました」

向き合ったのはそう長い時間ではなかったはずなのに、息があがっていた。竹子のほうはまるで乱れがなく、それどころかどことなく不満そうだった。物足りぬ、と顔にはっきりと書いてある。

「鏡子殿はたいそう筋がよい。一年たらずで竹子殿の動きにここまでついていくとは」

道着を纏(まと)った壮年の男が、鏡子に柔らかく微笑みかけた。避けるだけで精一杯だったが、鏡子は深々と頭をさげた。

「ありがとうございます、赤岡先生」

「竹子殿、攻め気が強すぎる。ねじ伏せるのではなく、相手をよく見るようにしなさい」

赤岡は、竹子に対する時には表情を改め、語気もやや強めて言った。

「申し訳ありませぬ」

竹子は殊勝に頭を下げたが、不満の色がありありと見える。

「竹子殿の才はたいしたものだが、武は心技一体でなければならぬ。強さのみを求め技ばかり磨けば、いずれはおのれが食い尽くされるぞ」

苦言は、竹子をかっているからこそだ。彼女は天賦の才に恵まれている。今は薙刀ではなく竹刀を手にしていたが、薙刀も立派なものだ。

「やっぱり、竹子さんは凄いわね」

稽古の帰り、鏡子はしみじみと言った。目の前を、秋茜が横切っていく。沈みゆく夕日に似て、黄みの強い赤だ。雌だろう。雄は燃えるような朱色をしている。

並んで歩く竹子も、同じように蜻蛉を目で追いながら、「何がです」と訊いた。

「本当にお強くて。まだ腕が痺れているもの」

鏡子の言葉に、竹子は気まずそうに鏡子の腕を見た。袖に隠れて見えないが、打たれた箇所にはあざができている。

「痛みますか」

「少しね。竹子さんの苛烈な打ち込み、私は好きよ」

「……いつもは、もう少し冷静にできるんです。気をつけます」

「赤岡先生はああおっしゃったけれど、今のままでいいじゃないの」

武家の女子のたしなみなどという範疇は、とうに超えている。だがそれでこそ竹子だろう。なにごとも心身一途。それゆえに竹子の鋒は鋭く重い。

「守るための刃が、まず攻撃を覚えてはいけない。あのような荒れた剣では、きっと照姫様にも厭がられてしまうでしょう」

「竹子さんは本当に照姫様がお好きね」

「もちろんです。家中に姫に恩義を感じぬ不届き者はいないでしょう」

竹子は目を輝かせ、大地震の時の照姫の活躍がいかに素晴らしかったのかを喜々として語り出す。すでに地震は一年も前のことで、鏡子は少なくとも両手で数えられる以上は同じ話を聞いているが、微笑んで耳を傾けた。

昨年十月に発生した大地震では、隅田川の東側が最も大きな被害を受けたと聞いている。しかし江戸城周辺も揺れが激しく、堅牢な山手台地に建つ江戸城はほとんど被害を受けなかったものの、その周辺の御曲輪内――若年寄や親藩の屋敷が建ち並ぶ、いわば官庁街といった区域には甚大な被害が出た。その中で最も被害が大きかったのが、江戸城西丸下に位置する会津藩上屋敷だった。藩邸は崩壊し、周囲を囲む長屋はほぼ焼失、中には全員焼死した棟もあったという。

上屋敷が使用不能となれば中屋敷に移るのが普通だが、中屋敷のある新橋も被害が大きかった区域で、例に漏れず会津藩中屋敷も大破し、とても住める状態ではなかった。結局、三田にある下屋敷に一時避難したが、折り悪く藩主の容保は会津に戻っている時期だった。容保がようやく江戸入りできたのは地震から半年以上経ってからのことで、その間は照姫が精力的に動き回り、藩士たちを励ました。傷つき、疲れ果てた藩士たちの前に出て、慰めの言葉をかけ、救護の指示を出す姿はまさに天女のようだった。

「ええ、母にもわざわざお見舞いを届けてくださって、ずいぶん便宜を図っていただきました。本当にお心のやさしいお方」

　こう応じるのもすでにもう何回目かわからないが、竹子は初めて聞いた時のように頰を染めて頷いた。

「ええ、本当に！　鏡子さま、私たち必ずいっしょに照姫様をお守りいたしましょうね」

「そうしたいのは山々だけれど、竹子さんはともかく私は難しいわね」

「なぜですか」

「私は武芸も学問も竹子さんほどできないもの。凡庸そのものよ」

　途端に竹子の目から光が消えた。不機嫌そうに眉根を寄せ、そのまま足を速めて歩き出す。

「竹子さん、どうしたの」

「……鏡子さま。いつも加減しているでしょう」

「加減？」

「前々から感じてはいたのですが、今日確信しました。いつも私をよく見て、必ずここぞという時に手を緩めて勝ちを譲ってくださる」

　鏡子は目を瞠った。

「まさか。いつも防ぐので手一杯なだけよ。そもそも私には、まだ打ち合いは早いと思うぐらいだもの」

「早かったら先生は決してさせません。鏡子さまのこと、筋がいいと褒めてらしたではないですか」

「先生は褒めてのせるのがお上手だもの。でもそれは、凡百の教え子相手のこと。これぞと思う相手には、才を伸ばすために厳しく接するものでしょう。赤岡先生が竹子さんのことをかっていらっしゃるのは、見ていてよくわかるわ」

鏡子の言葉に、竹子はぴたりと歩みを止めた。まとわりつくように飛んでいた秋茜が、道しるべを失ったのか、ふらふらと遠ざかっていく。あの蜻蛉はたぶん明日の朝日を見ることはないのだろう。秋茜は、蜻蛉の中でも短命なほうだと兄が言っていた。

それでも、寿命を迎えられるのならば、幸運なほうだろう。ほとんどはその前に喰らわれるか、潰れて死ぬ。いや、果たして天寿を全うできるのは本当に幸せなのだろうか。

「これだから、鏡子さまは腹が立つ」

低い声に、行く当てもなくさまよう秋茜を追っていた鏡子は我に返った。目を向ければ、竹子がじっとこちらを見ている。

「少しでも、悔しいとか、羨ましいという感情が見えたら、私も嬉しいと思えるのに。

鏡子さまの中にそんなものがちっともないことがわかるから、腹立たしいのです」

「負ければ悔しいわよ」

「加減している人が悔しがるはずないでしょう」

　はなから馬鹿にしたような口調に、さすがにかちんときた。

「ずいぶんな言いようね。加減なんてしていないと言っているでしょう」

「そうですね、鏡子さまに自覚がないだろうとは思っていました。だからこそ、先生も鏡子さまには一線を引いているのだと思います」

「自覚がない？」

　繰り返すと、竹子は憐れむように目を細めた。

「鏡子さま、無我夢中に何かに打ち込まれたことありますか？」

「真面目にやっているつもりだけれど……」

「ええ。でもどれもつまらなそう」

　鏡子はますます驚いた。

「そう見えるの？」

「見えます」

「つまらないなんて思ったことはないわ」

「そうですか。ええ、それも嘘ではないのだと思います」

竹子は自分の右手を見下ろした。何度も破れ、固くなった掌(てのひら)。肉刺(まめ)だらけの指。鏡子も自分の手を開いて見た。同じように肉刺だらけだ。掌の皮膚も破れて、しばらくは沁(し)みて沁みて辛(つら)かった。だがそれも最初のうちだけで、今はなんともない。人は慣れる。どんなことでも。

「武家のたしなみとして、お上手にこなされるけれど、好きなわけではないですよね」

「好きは好きよ。でも、正直に言えば、薙刀を手にしているよりは、書を読んでいたり、縫い物をしていたりするほうが性に合っているとは思うわ」

「ええ、でも学問も楽しんでいるようには見えません。縫い物もお上手だけれど……」

そこで竹子はもどかしげに顔を歪(ゆが)めた。

「ごめんなさい。鏡子さまを責めているわけではないのです。鏡子さまのようなありかたが、武家の女として正しいのだろうというのもわかるのです。ただ……」

竹子は急に口を閉ざした。たよりなく視線をさまよわせ、秋茜がもうだいぶ遠くに行ってしまったことを知ると、諦(あきら)めたように目を伏せる。

「私も、鏡子さまのように、いつも穏やかでいられればいいのに。私はあまりにも、欲が深すぎるのです」

「そんなことはないわ。私は出会ったころから、竹子さんのような方が理想の会津のおなごになるのだろうと思っていたもの」

「私が？」

「ええ。目指すものがはっきりしてらして、勤勉で、我慢強くて。これぞと思えばどんなことでも耐えてみせる。羨ましいと思ったものよ」

竹子は何度も瞬きをした。

「……ほんとうに？」

「ほんとうよ。私は何度も竹子さんに救われているもの」

「でも私のような女は、生きにくいだろうと……母からも言われました」

竹子は目尻を染めて、うつむいた。常に気丈にふるまう彼女も、大人たちのありきたりな言葉にはこうしてたやすく傷つくのだ。

「何を言うの。竹子さんも聞いたでしょう？　今度公方様にお輿入れする薩摩の姫君は、たいそうお気が強くて、男勝りだとか。ご自分のご意見もはっきり言うお方だそうよ。これからはそういう女性が必要とされるのよ、きっと」

篤姫の名を出すと、竹子は再び顔をあげた。

「篤姫様ですか。型破りなお方だという噂は聞きますね。さすが、開明派の薩摩守様のご息女……ああ、たしか篤姫様も養女に入られたのでしたっけ」

「そのようね。島津の分家のご出身だとか」

「お輿入れのために養女……。珍しくないことなんでしょうけれど、照姫様と重ねてしまいますね」

照姫と篤姫はたしか四歳違い。もし歯車が噛み合えば、照姫が御台所という未来もあったのだろうか。

「会津藩は親藩の中でも最も御公儀に忠実ですもの。照姫様が御台所になられていたら、よりいっそう強固な絆で結ばれたでしょうに」

鏡子の胸中を見抜いたような言葉に、つい笑いが洩れた。竹子がむっとする。

「なんですか」

「いいえ。同じことを思っただけよ。それもよかったかもしれないわ。会津は間違っても攘夷などと言わないもの」

「本当に。ここで薩摩の姫をお迎えするなんて、やはり次の公方様は一橋公なんでしょうか。英邁と名高い方だそうですけれど、あの水戸のご老公の実子でいらっしゃるでしょう……」

現将軍・徳川家定は生来病弱で子がなく、継嗣は切実な問題だった。現在は一橋家の慶喜と、家定の従兄弟である紀州藩主・慶福が候補にあがり、この二者を擁立する一橋派と南紀派が真っ向から対立している。一橋派は薩摩や土佐といった外様の雄藩が多かったが、慶喜の実父である前水戸藩主・徳川斉昭をはじめ、現藩主の徳川慶篤や尾張藩主・徳川慶勝、越前福井藩の松平春嶽といった親藩の面々も名を連ねている。

一方の南紀派は大老・井伊直弼を筆頭に、御三家の紀州家、会津藩主・松平容保、高松藩主・松平頼胤ら溜間詰の大名が揃い、大奥も味方につけていた。こちらは「能力より血筋」という継嗣問題の原則に則っているため、やや優勢だったが、薩摩の篤姫が御台所として輿入れすれば、最大の勢力といってもよい大奥の色が塗り替えられる可能性が高い。

「一橋派だからと言って皆様が攘夷派というわけではないそうよ。篤姫様のお父上である薩摩守様は、開国を支持していると聞いたわ。もしかしたら、攘夷へのいい防波堤になってくださるかもしれない」

鏡子の言葉に、竹子は意外そうに目を瞬いた。

「お詳しいんですね。鏡子さま」

その驚いた顔を見て、鏡子はようやく喋り過ぎたと気がついた。

「……兄がよく、そういうことを話すのよ。私に話しても仕方がないのにね」

「私もそういう話を聞きたいのですが、政治となると父もよい顔をしないのです。いいなあ、私も兄がいれば」

遠くを見るような目をしてつぶやく竹子を見て、ほっとする。これ以上深く追及されては困るところだった。

近頃、薩摩の話を聞くことが多いのだ。万真が話すと言ったのは嘘ではないが、より正確に言えば、万真と薩摩の客人が話している声が勝手に耳に入ってしまうのだ。聞きたくないのに、このいまいましい耳は声を拾ってしまう。

「他の者とはこんな話はできないし、嬉しいです。またこういうお話も聞かせてくださいね」

「ええ、そうね」

竹子はようやく晴れ晴れと笑い、一礼した。ちょうど家についたところだった。赤岡の家からは、中野家のほうが近い。一時、三田の下屋敷に避難していた時は互いの家も近かったが、今では急ぎ再建された上屋敷に戻っている。再建を急いだのは、容保公と敏姫の祝言のためでもあるのだろう。このところ、篤姫といいこちらといい、慶事が続く。地震の影を払拭し、復興を印象づけたいのだろう。

鏡子は頭をふった。これも、受け売りにすぎない。気を抜くとすぐに、あの穏やかな声を拾ってしまう。ここには誰もいないのに。せっかく竹子と楽しい時間を過ごしたというのに、台無しだ。

鏡子は竹子が好きだった。彼女は一点の曇りなく、健全だ。その名のごとく、若竹のようにしなやかに、ひたすら天を目指して伸びていく様を眺めていると、自分もまた健やかに天を目指せるような気がする。

この二年で、自分もだいぶましになった。そう思っていたのに、みずからぶち壊すなんて。

すっかり気分は塞いでいた。頭の中では、何度か家にやってきた薩摩藩士が笑っている。快活な笑顔ではない。一見人懐こいが、その目は冷たい。俺は全て知っているんだぞと笑っている。

岡元伊織は、鏡子にとって命の恩人だった。つまり、青垣家にとっても恩人だ。

鏡子が両親のもとに戻ることができたのは、地震から丸二日経ってからのことだった。伊織は地震の夜、ひとりさまよっていた鏡子を保護し、両親を探し出して送り届けてくれた。上屋敷が崩落していたため、わざわざ避難先を探り当て、足を痛めて歩けぬ鏡子を背負って向かうという菩薩のような人物だった。実際、地震直後から姿を消した娘の生存をほぼ諦めていたらしい家族からは、拝まんばかりに感謝されていた。

鏡子とて、もちろん感謝している。感謝はしているが、目下の悩みの種であることも事実だった。

「本当に厄介だこと」

秋茜の舞う空を見上げ、鏡子はため息まじりにつぶやいた。

二

入り口のあたりがにわかに賑やかになり、母の目が険を増す。

「岡元様がいらしたようね」

眉根は寄っているが、その手はじつに素早く規則正しく、寝具を縫い上げていく。母の仕立てるものは全て美しく整っている。

地震の際に箪笥の下じきになった母は、当初はまるで動けず、ほぼ寝たきりの状態が続いていたが、半年近く経過したころから徐々に足が動くようになった。本人の努力もあり、二年近く経過した現在では、驚くほどの回復を見せている。歩き回るのはまだ難しいため常に鏡子がそばにいて、立ち上がる時などは手助けをしていたが、座っている作業ならば問題ない。今日も暗いうちから起きて寝具をほどいて洗い張りにし、今は仕立て直しているところだった。今日は気持ちよく眠れることだろう。洗い立ての布の感触を思い出し、鏡子は口許を緩ませる。

「そのようですね」

鏡子も手を休まずに答えたが、母の出来には到底及ばない。伊織の声を聞いた途端、縫い目が乱れた。母が気づいていませんようにと願うしかなかった。

「ここのところよくいらっしゃること」

「御台様のお輿入れも一段落ついて、お時間ができたのではないですか」

娘の言葉に、母の眉がぴくりと動いた。

地震のために延び延びになっていた篤姫の輿入れは、昨年末にぶじ終わった。渋谷の薩摩屋敷から出発した輿入れの行列は、先頭が江戸城に入っても、まだ後尾が屋敷を出ていなかったというほど長く、豪奢なものだった。当日は鏡子も外に出て手をつき出迎えたが、最初のうちこそきらびやかさに驚いたものの、途中からはいつ終わるのかということばかり考えていた。島津斉彬肝いりの、これでもかとばかりに薩摩の国力を示す行列は、話題になりはしたが反感も大きかった。

「そう。博識な方だし話上手のようだから、旦那様も楽しいのでしょうけれど、あまり頻繁に呼ぶのはどうなのかしら」

母の口調には隠しきれぬ苛立ちが滲んでいる。

岡元伊織は、月に一度、家にやって来る。一度ぐらいならば頻繁とは言わないような気がするが、母にとっては多すぎるのだろう。もっと頻繁にやって来る客には、厭な顔ひとつしないにもかかわらず。もちろん、父や兄の前でそんなことはおくびにもださない。鏡子の前だけだ。

「昌平坂に通われている方ですから。兄上もいろいろなところに連れて行って頂いているようですね」

鏡子の言葉に、母の手が一瞬止まった。

「……どこへ行っているのかしら」

「詳しくは存じませんが、岡元様の書生仲間の方が開いている塾だとか」

母の眉間の皺がいっそう深くなる。針は再び動き出した。

「そんなところに行っている場合ではないでしょう。やっと藩校を終えて講釈所に進んだというのに……安積先生のような方のところならばともかく、そんなあやしげな」

兄の万真は近頃、清河八郎なる学者の塾にしばしば通っているらしい。母に塾長の名前まで言わなかったのは、鏡子のせめてもの情けだ。「回天の志をもつ」者たちが集まる塾で、旗本もいれば、ごろつきと変わらぬ浪人もいると聞く。万真には愉快でならないらしく、よく鏡子には興奮ぎみに話をした。兄は昔から、父や母に言いにくいことも、鏡子にはこっそりと打ち明ける。

しかし鏡子とて、いいかげん腹に据えかねていた。

母の言うとおり、岡元伊織は「頻繁に」家に来る。この薩摩の男は、どういうわけか万真ばかりか父にもたいそう気に入られているのだ。こうして月に一度は招くし、万真にいたっては塾でよく顔を合わせているらしい。

外で会うのはかまわない。家に連れてこないでほしいと切実に思う。大恩ある相手だから口にはできないが、あの声を聞くと落ち着かない。

「岡元様はご立派な方だと思うけれど、万真にあまりおかしなことを吹き込まないでほしいものだわ。あの子まで攘夷だなどと言い出したらどうなるのでしょう」

母は物憂げに言った。すでによく言っていますよ、と教えたら倒れかねないので、鏡子は無難なことを口にした。

「薩摩藩は一部の者は攘夷に染まっているそうですが、薩摩守様は違うそうですし、岡元様も違うのではないですか」

「だといいけれど……会津と薩摩ではあまりにも立場も考え方もちがうと思うのですよ」

「危険なようなら、父上がお許しにならないでしょう」

「……そうであればいいけれど」

母はため息をついた。そこで会話は終わった。向き合った母と娘は、黙々と寝具を縫い続ける。時折、笑い声が座敷から聞こえた。父がこれほど大きな声で笑うところなど、あの男が来るまでは聞いたことがなかったように思う。寡黙な質で、声を張ることもめったになかった。

父が大声を出したのは、一昨年の秋——あの地震の後だった。伊織に連れられ戻ってきた娘を見て、「鏡子！」と周囲の者たちがぎょっとするような声をあげた。我を失った様子で駆け寄ると、鏡子の無事を確認し、それから伊織に深々と頭を下げた。

　このご恩は忘れませぬ。父は絞り出すように言った。伏せた顔から落ちる涙をぼんやり見ていた鏡子は、その後ひどく叱られた。

　あれから父は変わった。いや、変えられたのか。兄も同じだ。変えたのは、あの男。するりと入り込んできた、いつも笑みを湛えた薩摩の書生。

　最初は恩義が双方を結びつけた。が、それが情に変化するのに時間はかからなかった。父と兄は、はっきりとこの客人を好いていた。そして母は、彼らを変えた伊織を蛇蝎のごとく嫌っていた。

　伊織が来ると、鏡子はいつも針の筵だった。なにしろ、彼を引き入れるきっかけをつくったのは、ほかならぬ自分なのだ。しかも彼は、自分のおぞましい面を知っている。あれは悪い夢、地震で錯乱しただけ。そう言い聞かせて忘れようとしても、伊織の爽やかな笑い声が聞こえるたびに、記憶は鮮明に甦る。

忘れるな。あの晩の姿こそが、おまえの本性なのだ。そう笑われているように感じた。

「鏡子、手が止まっていますよ」

　母の声に、我に返る。見れば、針を上に向けたまま、動きを止めていた。

「申し訳ありません」

「集中できないようですね」

母は珍しく苦笑した。

「ここはいいわ。座敷に、お茶をお出ししてきなさい」

驚いて手を止める。

「りくさんがいるでしょう」

女中の名を出すと、母はうっすらと微笑んだ。

「夕餉の支度があるわ。あなたが行きなさい」

なぜ突然、そんなことを言い出すのかわからなかった。普段の母ならば、余所の藩の客人の前に娘を出すことなど決して許さぬに違いない。全く気はすすまなかったが、言い出したら退かぬだろう。鏡子は仕方なく厨に向かい、りくに驚かれた。

「ご新造様が？　なんとまあ、珍しい。ですがさきほど、お酒をお運びしたばかりですよ」

酒と聞いて、鏡子も驚いた。

「まだ昼間よ」

「ええ、お客人が、薩摩のなんとかという酒器をお持ちになりましてね。きれいでしたよ。それで折角だからと」

「あきれた」

しかし、言いつけは守らねばならない。おそらく母のあれは、様子を見てこいということだろう。りくに訊けば済む話だが、彼女はお人好しだ。誰が相手でも良いところを探し出し、褒めあげるところがある。

りくに頼み、茶と乾き物を用意して書斎へと進む。障子の前で盆を置き声をかけると、「鏡子か？」と父の驚いた声がした。

「はい。よろしいでしょうか」

「おまえが来るとは。入りなさい」

「はい、失礼いたしま――」

最後まで言い切る前に、勝手に障子が開いた。開けたのは、兄だった。顔が少し赤い。

「いかがした、母上に言われて偵察か？」

笑う口から吐き出される息が、酒臭い。

「まだ陽も高いので、少し醒ましたほうがよかろうということでお持ちしました」

冷ややかに返すと、兄は目を丸くし、それから呵々と笑った。

「お気遣い痛み入る。岡元さん、どうですか。あなたが助けてくださった娘は、こうも可愛げがないのですよ」

兄は、隣に座っていた伊織に笑ったまま目を向けた。伊織はにこりと笑い、軽く目礼する。

「鏡子殿ほどお可愛らしい方を私は知りませんよ。ご無沙汰しております、鏡子殿。その後はお変わりありませんか」

「はい。岡元様、ようこそおいでくださいました」

鏡子も淑やかに頭を下げる。横目でちらりと父をうかがうが、微笑んでやりとりを見守るだけだった。その手には、見慣れぬ硝子製の猪口がある。見事な切子細工につい目を留めていると、父が「これは薩摩切子だ」と笑って説明した。

「江戸切子ではないのですか」

「そう。薩摩切子だ。岡元殿から、薩摩守様ご自慢の集成館の話を聞いていてね」

「集成館ですか。たしか薩摩守様がおつくりになった、洋式の工場でしたか」

「そうそう。よく知っているじゃないか」

わがことのように誇らしげに、万真が続ける。

「薩摩だけではない、各藩で洋式化の動きは進んでいる。やはり異国とやり合うには、黒船と同じものをつくれなければ話にならないからな」

「今の薩摩守様は、琉球を通して国外の事情もよくご存じだ。やはりそういう方は行動にためらいがない」

父は、そこで薩摩切子のお猪口を手に取った。

「集成館では軍艦を建設しているそうだが、軍艦には窓がある。硝子もつくらねばならん。その硝子から、薩摩切子が生まれたそうだ。此度のお輿入れには、集成館でつくられた薩摩切子のそれは素晴らしい酒器もあるという話をうかがったのでな。見てみたいと言ったところ、わざわざお持ちくださったのだ」

「これがそうなのですか？」

見れば父だけではなく、万真も同じ猪口を手にしていた。江戸切子もまじまじと見たことはないのでわからないが、藍が色濃く鮮やかなように感じる。午後の陽光を吸ってきらめく様は、たしかに美しかった。

「もちろん、お輿入れの品ではありませんが」

伊織は微笑んで答えた。

「そちらははるかに細工も細やかですが、さすがに持ち出せはしませんでした。ただ、薩摩切子と江戸切子の違いを説明するために、適当なものをお持ちしたのです。ご覧になりますか？」

「いえ……」

反射的に断ったが、目はどうしても硝子に吸い寄せられる。部屋の空気は酒で緩んでいた。ならば言ってもいいかと、口を開く。

「やはり拝見してもよろしいですか」

伊織は「どうぞ」と自分が口にしていた猪口を袖口で拭き、鏡子の前に置いた。

おそるおそる手を伸ばす。切子硝子は予想に反し、ほんのりと温かかった。薩摩の硝子。集成館。洋式の工場。黒船と同じものをつくるための場所から生み出されたもの。たしかに美しいがなんということのない酒器なのに、そう思うと急に物珍しいもののように感じる。

「岡元殿は、御台様お輿入れの調度品を調える大役についていたそうでな。薩摩ならではの物珍しいものをずいぶんご存じだそうだ」

「いえ青垣様、私はただ手伝いをしていただけです。私は書生に過ぎませんので。調度品を揃えていたのは、先日ご紹介した西郷さんですよ」

「ご謙遜（けんそん）めされるな。岡元殿の審美眼が確かなことは私もよく知っておる。これでも納戸掛を務めて長いのです、美しいものには目がありませんでな。まして岡元殿は口がたいそううまくていらっしゃるから」

　娘の動揺も知らず、父は機嫌よく語った。

　こうして、場に出るとわかる。父も兄も、鏡子や母の前にいる時とはまるでちがう。いや、他の客人を相手にしている時ともちがった。まるで古い知己に会ったように、心からくつろいでいる。おかしな話だった。伊織は三年前に薩摩から江戸に来た若者で、年齢は万真の三歳上だ。彼らを結びつける要素などないはずだった。鏡子さえいなければ。

胸の奥から、不快な熱が湧き起こる。自然と、酒器を取る手に力がこもる。

「なんだ鏡子、欲しいのか」

目ざとい兄に指摘され、ぎょっとして手を離す。当然、猪口は畳の上に転がった。

「ああ、なにをしてるんだまったく」

兄は呆（あき）れて猪口を拾い、割れていないか確かめた後、伊織に手渡した。

「隠したほうがいい、岡元さん。妹が獲物を狙う虎みたいな目をしていたからな」

「兄上、私はそんな！」

反論しかけ、鏡子は慌てて伊織に向かって平伏した。

「岡元様、申し訳ありませんでした」

「お気になさらず。鏡子殿、この器がお気に召しましたか」

鏡子は息を詰めた。顔を伏せていてよかったと心から思った。

「美しい器だと思います。我が家に硝子の器はありませんので、物珍しくてつい。不（ぶ）躾（しつけ）でした、申し訳ありません」

「とんでもない、嬉しいですよ。お顔をあげてください。これは適当に持参したものですから、鏡子殿のために何か見繕っておきましょう」

「いえ、とんでもないことにございます。お心だけで結構です」

慌てて言い募るも、意外にも伊織は頑固だった。

「私がぜひお贈りしたいのです。青垣様にはいつもお世話になっておりますし」

伊織は留学してきたはいいが、仕送りは少なく、なかなかに厳しい生活を強いられているらしい。それを知った父がなにくれとなく書や金を渡しているという。鏡子の家も決して裕福なほうではないが、父は惜しいとはまるで思っていないようだった。

「それはこちらが望んでしていることです。岡元殿こそなかなか受け取ってくださらぬではないか。岡元殿には娘の命を救っていただいただけで、もう充分なものを頂いております」

鏡子は汗を流しながら、おそるおそる顔をあげた。すると、兄と目が合った。にやりと笑う。厭な予感がした。

「ふうむ」

ぱん、と手を打つと、父と伊織がこちらを向いた。

「こうして見ると、なかなかいい。絵心がそそられる二人だ」

兄は満面に笑みをたたえ、伊織と鏡子を見比べた。

「鏡子も十三。子どもだ子どもだと思っていたが、気がつけば嫁入りしてもおかしくない年になったわけだ。どうです岡元さん、うちの妹を貰ってくださる気はございませんか」

「は」

「兄上、何をおっしゃいますか！」

ぽかんと口を開けた伊織とは対照的に、鏡子は即座に嚙みついた。

「いや、実は父上とも先日そのような話をしてな。岡元さんが鏡子を貰ってくだされば一番よい。命の恩人だし、お互い知らぬ相手ではない」

「これ、万真」

父が苦笑まじりにたしなめる。

「岡元殿、申し訳ない。あくまでこうであればよいというだけの話でしてな。この先、折を見てお話ししようとは考えておりましたが、愚息が先走り失礼した」

伊織は柔和な笑みを浮かべた。

「たいへん光栄なお話です。ただ私はいずれ薩摩へ戻る身。薩摩へお越し頂くのはさすがにためらわれます」

「なんの、嫁入りとはそういうものです」

「さよう、鏡子にとっても良い話だと思うがなぁ」

万真は鏡子のほうへと身を乗り出した。

「どうだ、鏡子。岡元さんに嫁ぐなら、文句はなかろう」

ぐっ、と喉(のど)が鳴った。何を言っているのか、この馬鹿兄。怒鳴りとばせたらどんなによいか。

「……父上が、そう望まれるのでしたら」

能面のような顔で答えた妹に、万真は興ざめしたようだった。身を引き、わざとらしく大きなため息をつく。

「まあまあ、いずれにせよ先の話ではないか」

とりなすように、父が苦笑する。

「鏡子はまだ幼い。嫁入り修業も始めたばかりだ。それに岡元殿であればすでにお国許に許嫁がいてもおかしくはないでしょう」

「ははは。私は三男坊ですよ」

「いやいや昌平坂を出られた俊才となれば、引く手数多。薩摩に戻られればご実家から独立され、新しい家名をたてることとなるでしょう。縁談が山のように持ち込まれるのは目に見えておりますぞ」

「ではその前に決めてしまいましょう」

「万真、落ち着け」

意気込む万真を、父は苦笑まじりに制した。

「言っただろう、他愛ない雑談だ。鏡子を救っていただいた上に嫁に貰ってくれなど図々しいにもほどがある。岡元殿は薩摩を背負って立つお方。あちらで名家とご縁が出来るのなら、そうあるべきだ。ただ、岡元殿ならばまたこの江戸に参られることもあろう。万が一、その時にまだ身を固めていないようであれば、お願いしてもよいかもしれぬと話したではないか」

「青垣様、光栄なお話ではございますが、どうか今日のところはこの辺で。鏡子殿も困っておいでです」

伊織が気遣わしげに鏡子を見やる。鏡子は「いえ、私は何も」と無表情に応じてから、淑やかに頭を下げた。

「それではこれで失礼いたします。どうぞごゆるりとおくつろぎください」

静かに広縁へと下がり、障子を閉めるなり、唇を噛みしめた。なぜこんなところで、厄介な荷物を押しつけるような扱いを受けねばならないのだろう。

竹子の怒りが、今ようやく我が身のこととして理解できた。なるほど、これは腹立たしい。そもそも、これからはおなごも学問や武芸が必要だと言ったのは父ではないか。国が開いたのだから今までのようにはいくまい？　どの口が言うのだか。何をしようが、結局はこうして父の一存で全てが決まる。

結局、塾など無駄だった。この年になれば、なぜ父が三年前にあんなことを言い出したのかは察している。あれはちょうど照姫が嫁ぎ先から出戻ってきた頃だった。いざという時のために娘にもさまざまな技を身につけさせておくに越したことはない、そう考えたのだろう。竹子の父と話したと言っていたし、江戸定詰の者たちに感化された——というよりも、父のほうが彼らに馴染もうと懸命だったのだと思う。

　幼いころは、気づかなかった。青垣家は、この上屋敷において異端である。同じ会津藩士でありながら、代々江戸で暮らしている者と、父の代になって江戸に出てきた青垣家では、目に見えぬ壁があった。

　何かされたと言うわけではない。ただ、父も母も、江戸に来てから違和感を抱えているようだった。江戸で生まれ育った鏡子には、会津と江戸の差などわかりようもないが、おそらく父は今も異邦人のような感覚が抜けきらぬのだろう。会津と縁もゆかりもない伊織を歓迎するのも、きっとそのせいだ。

　万真も鏡子と同じように江戸生まれだが、両親の違和感を敏感に感じ取ったのか、それとも生来の気質か年頃か、ここ数年は思い悩んでいる様子だった。それが伊織と出会い、清河塾なるものに通うようになってからは、目に見えていきいきしている。

　結構なことだ。違和感があろうとなかろうと、外に出ていきさえすれば、何かを見つけることはできる。しかし自分には結局、そんな道はないのだ。

　鏡子は怒りをやり過ごし、立ち上がった。できるだけ足音をたてぬよう細心の注意を払い、板を踏む。

「鏡子殿」

　突然、背後から声をかけられた。驚いて振り向くと、伊織が立っている。いささか顔色が悪かった。

「……岡元様。どうなされたのですか」

「申し訳ない」

突然頭を下げられ、鏡子は少なからず驚いた。

「なぜ岡元様が謝られるのですか。お顔をおあげください」

しかし伊織は頭をあげようとはしなかった。

「さきほどの話、鏡子殿にあまりに失礼でした」

鏡子はあたりをうかがった。こんなところで客人に頭を下げさせていると母に知れたら、大変なことになる。座敷からは誰も出てくる気配がない。厠か何か適当な理由をつけて中座したのだろうが、早く戻ってもらわないと面倒だ。

「話をしたのは父と兄です。岡元様にこそあまりに礼を失していたと存じます。かわってお詫び申し上げます。ですからどうか、お顔を」

声をひそめ、早口で促すと、伊織はようやく顔をあげた。

「失礼などと。さきほど申し上げた通り、私は光栄なお話だと思っております」

「……岡元様はまこと、おやさしいお方にございますね」

鏡子は顔に笑みを貼りつけ、伊織を見た。皆に美しいと言われる微笑みだ。

「ご恩は片時も忘れたことはございませぬ。言わば、この命は岡元様のもの。父や兄の言葉通り、お好きなようにお使いくださってかまいませぬ。お望みとあらば明日からでも喜んでお仕えいたしましょう」

案の定、伊織は困ったように微笑んだ。

「お心はかたじけなく存じますが、そのようなつもりでお助けしたのではありません。一生のことです、安易に決めてはなりませんよ」

「であれば、どうぞお捨ておきください。酒の席での戯れ言です。父も兄も、どうせすぐに忘れましょう」

伊織はようやく、鏡子の怒りが調子のよい自分に向いていることに気がついたようだった。

「ああ……これは失礼いたしました。ただ、光栄というのは嘘ではありません。地震の晩のことを、鏡子殿は覚えていないとおっしゃいましたが」

鏡子は息を呑んだ。今ここで、あの日のことを持ち出すとは思わなかった。伊織は今まで、すすんで地震の話をすることはなかった。鏡子を助けた時のことも、詳しくは語らない。

「……はい。それが何か」

「私はよく覚えております。ですから、万真殿のお話もなるほどと思うたのです。私にとっては戯れ言ではない、それを鏡子殿にもお伝えしたかった」

鏡子は表情を消し、伊織を見た。伊織の目は玻璃(はり)のようだった。この目はあの晩、鏡子を映した。心臓がうるさい。この目を見たくない。何も聞きたくない。この場からすぐにでも立ち去りたかった。

「なぜですか」

それでも矜持(きょうじ)が足をこの場に縫い止める。

逃げぬ鏡子を満足そうに見やり、伊織は言った。

「あなたはおそらく、私と同じ人間だからですよ」

三

安政五年七月、伊織が江戸に来て五度目の夏である。

相も変わらず読書と議論に明け暮れる日々は充実してはいたが、五年目ともなるといささか飽きを感じるのも事実。焦燥に耐えられなくなると、伊織は駿河台(するがだい)の淡路坂(あわじざか)へと足を運んだ。

「やりやがったのう、幕府め。まさか勅許なく米利堅と修好通商条約を結ぶとは」

清河八郎は唸(うな)りながら、伊織が持参した白魚の鮨(すし)を口に運んだ。一瞬、眉間の皺がほぐれるが、飲み込んだ後はまた深い皺が寄る。

「これはさすがに京も黙っておらんでしょうなあ」

伊織も蛤を摘まんだ。江戸に来て五年経つが、来てよかったと思うことのひとつは鮨だ。安価で美味い。

「当然だ。水戸のご老公も再度謹慎を喰らうはめになり、もう尊王攘夷の炎は止められんぞ」

「朝廷もまず折れないでしょうしね。まったく下手をうったものです」

二人は鮨を口に運ぶ合間に喋り、喋る合間に酒を飲んだ。

二年前より、日本初の総領事として下田に居座っているアメリカ全権タウンゼント・ハリスは、幕府に対し強硬に自由貿易を求めていた。幕府はのらりくらりと躱していたが、昨年十月にとうとうハリスが江戸城に登城し、大統領の親書を将軍に手渡すに至り、条約締結やむなしという空気が漂っていたのは事実である。

しかしまさか、幕府が勅許なくしての締結を断行するとは思わなかった。真っ先に反応したのは攘夷派の急先鋒である水戸藩・徳川斉昭で、彼は同じ一橋派の越前藩主・松平慶永（春嶽）と尾張藩主・徳川慶恕（慶勝）、そして一橋慶喜とともに無断で江戸城に登城し、井伊大老を詰問した。

「それで、薩摩の動きはどうなんだ。今や水戸に次ぐ、攘夷派の巣窟だろう。薩摩守様が折り悪く国許に帰っていたせいで、抗議の無断登城に参加できなかったと地団駄を踏んでいる連中がいたぞ」

　清河は、今度は口にこはだを放り込んだ。剣術の稽古の後だとかで、腹が減って仕方がないらしい。

　四年前、薩摩から江戸へ来て間もない伊織が昌平坂学問所に足を踏み入れた日、まさに出ていこうとする男と会った。彼は、これから塾を開くのだと言った。宣言通り、ほどなく神田三河町に清河塾を開き、伊織が訪れてみると、予想以上に生徒が集まっていた。驚いたことに、昌平坂で見る書生や稽古生の姿もあった。

　行くたびに生徒が増え、旗本までいるのには驚いた。講義の水準はきわめて高く、また熱気があった。言うだけはあると感心していたら、その年の十二月に神田一帯をおそった大火であっけなく塾は焼け落ちた。翌年には薬研堀にて塾を再開したが、これも地震でやられてしまった。しかし清河はとくに落ち込んだ様子もなく、よい機会だからと故郷に帰り、さらに母を連れて旅行に出たという文が来た。清河本人が江戸に戻ってきたのは一昨年のことで、今度は駿河台淡路坂に再び塾を開いた。以前の塾を覚えていた者も多かったらしく、こちらも人がよく集まった。薩摩藩の者も多いらしい。

「折り悪くというよりも、折良くだと思いますがね。水戸のご老公が海防から退いてくださって、むしろよかったでしょう。たしかにそのせいで攘夷派が激怒しているのは事実で、薩摩の上屋敷でも、水戸の無念を自分たちが晴らすのだと息巻く声は聞きますがね」

「おぬしは何も思わないのか、岡元さん」

「公儀が自ら首を絞めているとは思いますが、条約締結はやむをえず、またこれを機に水戸が海防と軍制改革から身を退かざるを得なくなったのはよいと思いますよ。改革が進むのでは？」

「辛辣（しんらつ）だな。原殿が聞けば怒り狂うぞ」

「原さんも今は水戸ですからなあ。今こそあの名演説が聞きたいのですが」

伊織は懐かしさに目を細めた。かつて、あれほど熱心に尊王攘夷を語っていた原市之進も、水戸藩の藩校で教鞭（きょうべん）をとるために帰藩した。あれから水戸学も勢いは落ちている。三年前の大地震で藤田東湖が圧死したのも大きいだろう。将軍継嗣問題も、南紀派の徳川慶福（家茂（いえもち））でほぼ決まり、一時は江戸城で暴れ回っていた水戸の斉昭もずいぶん大人しくなった。

その矢先の、無断締結である。いったん収まりかけていた攘夷熱に、幕府は火を放り込む形となった。

「よく言う。辟易（へきえき）して頻繁に逃げ込んできたではないか」

「そりゃあ毎日ですと応（こた）えますよ。原さんも秋月殿も国許に帰り、寮もずいぶん顔ぶれが入れ替わりました。なんだかんだ、江戸に来てから清河さんが一番古い友人ということになるかもしれません」

伊織は杯を傾け、しみじみと庭を見やる。風鈴が涼しげな音をたてた。今年の夏のはじめに伊織が贈った薩摩切子の風鈴である。七月に入り、暦は秋に変わったが、まだまだ残暑は厳しい。硝子の音は、よい風を運んでくれる。

「よく四年もあんなところにいられるものだな」

清河は鼻で笑い、白魚の鮨を口に運んだ。

「なに、まだまだ学ぶことは多い。秋月殿のように十年を目指すのもよいかと」

「すっかり腑抜けおって情けない。そろそろ薩摩に帰ったらどうだ」

「帰還の命が下るまでは粘ろうと思います」

「では我らのもとに来ればよい」

「いやいや清河先生、岡元さあが帰らんとは女に固執していちょっからだそうですよ」

突然、第三の声が割って入った。伊織は声のほうには目を向けず、黙って杯を口に運んだ。しかし清河のほうはわざわざ鮨を口に運ぶ手を止め、伊織を見た。

「なに、本当か」

「ちがいますよ」

「ふむ、女か。それは仕方ない。よし、落とすまで充分粘れ。惚れた女を娶るのは大事だぞ」

　腕を組み、真剣な面持ちで頷く清河を、伊織はうんざりして見やった。一昨年江戸に戻った際、清河は嫁を連れていた。なんでも庄内の湯田川温泉で一目惚れした酌婦だという。

　庄内では名士でもあろう郷士の長男が、よりにもよって遊女と結婚。ずいぶん思い切ったことをしたものだと思うが、いかにも清河らしかった。

「なかなか粘っていますよ、ふられても一年粘っているんですから」

　伊織の背後で伸びていた体が、ゆっくりと起き上がる。欠伸まじりの言葉に、清河は「ほう」と口角をつり上げた。

「それはそれは。岡元さんを見直したぞ。なかなか根性があるではないか。して、どんな女だ。吉原のか？」

「それが驚きですが、青垣殿の妹御なのですよ！　会津の白百合と謳われる佳人だそうで。いやはや、私も一度お会いしてみたかなあ、うるわしの鏡子殿」

　顔を赤くして薩摩弁まじりで捲し立てるのは、伊織より幾分若い青年だった。丸みの残る顔立ちは青年というより少年に近い。名を池上四郎左衛門といった。薩摩藩の侍医の息子で、一昨年の夏に江戸へやって来た。医学の勉強のために来たはずだが、伊織が彼と出会ったのはこの清河塾だった。二度目の開校をしてすぐに入門したらしく、今では清河の愛弟子(まなでし)の一人――と自称している。普段は聡明(そうめい)だが、いかんせん今は酔いすぎて、目が完全に据わっている。

久しぶりに顔を出した伊織を歓迎し、清河が酒を出してくれたところまではよかったが、所用で清河を呼びにきた池上に見つかり、そのままなし崩しに酒盛りになってしまった。池上は酒に弱くはないが、道場で一汗かいてきた直後だったためか、誰より杯を重ねた上に酒のまわりが早かった。本当に、何を勉強しに江戸に来たのだろうかと思う。

「青垣殿の？　ほう、意外だな」

清河は興味深げに目を瞠り、こはだを口に放り込んだ。鏡子の兄、青垣万真も昨年から清河塾にしばしば通っている。会津藩の講釈所では物足りなそうだったので、試しに誘ってみたところ、即入門を決めてしまった。文事ある者は必ず武備あり。その言葉通り、今では熱心に剣術にも励んでいる。藩校時代はむしろ武を疎んじていたそうだが、人が変わったようだった。回天の志、とかつて清河は言った。この先行きが見えぬ時代、何かを成さねばと願う者は多いのだろう。

「今年十四になったばかりですが、美しいだけではなく四書を諳(そら)んじ武芸も達者にこなすと聞いておいもす」

「ほう、さすが教育藩と名高い会津だ。おなごもそこまで教養があるとは」

「妹御の美しくたおやかながら凜とした立ち姿は、まさに白百合のごとく。いまだ蕾ながら、その姿に見合う誇り高さで、昨年、嫁入りの話になった時に、妹御はみずからきっぱり断られたそうで」

「ほうほう。それで」

「おい、池上」

低い声で窘めてはみたものの、酔っ払いには届かない。

「いやこげなことは、清河先生に相談したほうがよかが。まあ私がこれ以上語るのもなんなので、あとはご自分の口でどうぞ」

「いや、わざわざ言うことでもない。ただ、青垣様の家を訪ねた時に、冗談まじりに娘はどうかと言われ、妹御が怒ったというだけの話です」

「おや、青垣殿から聞いた話と少し違うような」

「合っている」

きっぱりと伊織は言った。これ以上、この不毛な話を長引かせたくはない。しかし伊織が厭がっているのを見て、清河の目が意地悪く光った。

「なんだかよくわからんが、岡元さんはその妹御に惚れているわけでないのか」

「美しく聡明な妹御だとは思いますが。惚れた腫れたは私にはどうもわかりません」

「もてる人が言うとこれほど厭味な言葉もなかですなあ」

池上が口を尖らせる一方で、清河は心底案じている様子で伊織を見つめた。

「学問漬けは結構だが、色を知るのも大事だぞ。息抜きはしろ」

「そのような金もないので」

伊織はにこりと受け流した。あいにく全くの朴念仁というわけでなく、花街には幾度か行っている。が、わざわざ話すことでもない。

惚れた腫れたはわからない。それは嘘ではない。物心ついたころから、色恋とはとんと無縁だった。人並には欲はあるが、それだけだ。色恋だけではない。そもそも、誰かに好意を抱くということがあったかどうか。学識や武芸に感服することはあっても、それはあくまでその知識や技術に対してで、人物そのものに興味はなかった。

「しかし青垣殿は、諦めておりませんぞ。むしろ、妹御がああもはっきり断るなど、逆に脈があると。それまでは、生まれてこのかた妹御が否と言ったことを一度も聞いたことがないとか。ですからこれはただごとではない、なんとしても嫁に貰っていただきたいと熱弁をふるっておいででした」

「ほう、それはそれは。逆に妹御が貴殿に惚れているわけか」

「いや……そういうことではないのですが……」

伊織は困り果ててしまった。今日はこんな話をしにきたのではなかったはずなのに。

鏡子との奇妙な縁は、なんと説明してよいものかわからない。池上の言葉通り、万真はあれからいっそう縁談に力を入れるようになった。彼の目から見ても、妹は感情や興味が希薄らしく、ひそかに案じてはいたらしい。唯一、自分の意思を示した相手が、伊織だったのだそうだ。それがたとえ拒絶でも、いや鏡子が一度もしたことがない拒絶だからこそ、無視しえぬことだという。

縁談話が出た時、鏡子は感情を失った目で承諾した。その直後に彼女を怒らせ、「決してあなたと結婚などいたしません」と強い拒絶の言葉を引き出してしまったのは自分の落ち度だ。思い返してみれば、拒否されて当然だった。

あの時、なぜあんなことを言ってしまったのかわからない。だが、伝えねばと思ったのだ。

炎を背に、忘我の境地で歩く鏡子を見た瞬間に知った。これは、自分だ。この少女はおそらく、自分と同じいきものだ。だがまだ幼く、おのれの中に巣くうものに気づいていない。自分がどうも他とはちがうと薄々気づいていても、どう扱えばよいか全くわかっていないのだ。

あれから鏡子のことは気に懸けていた。かつて自分が苦しんだ道を、彼女はこれから行くのだろうと思うと、痛ましかった。伊織にはまだ、身の内に生まれ持った虚ろな洞を埋めるすべがある。情などなくとも野心はもてる。しかし鏡子は制約の多い女の身だ。それも難しいだろう。

鏡子が必死に、あの晩のことをひた隠しにしていることは見てとれた。さぞおそろしく、息苦しいだろう。だから昨年のあれは、良い機会だと思ってしまったのだ。一人ではない、ここに同じような人間がいると伝えられれば、少しは心が晴れるのではないか。もし鏡子が望むなら、手をとってもかまわない。伊織にとって結婚はいずれは行う通過儀礼でしかなく、相手は問題ではなかった。だから鏡子でもまったく問題はない。もしこれで彼女を救えるならと、傲慢なことすら思っていた。今思えば、悪手だった。

あなたはおそらく、私と同じ人間だからですよ。

そう言った時、鏡子の顔色がはっきりと変わった。意味は正しく伝わったのだろう。一瞬だったが、あの美しい顔が激しい嫌悪に歪んだからだ。自分はやはり致命的に人の心がわからない。観察を重ねればたいていの反応は先読みできるのに、鏡子に関しては完全に読み違えた。

「ままならんものだな」

伊織は物憂げにつぶやき、酒を手に取った。清河と池上が意味ありげに顔を見合わせるのを視界の端に認めたが、面倒くさいので何も言わなかった。

半刻のち、伊織と池上はそろって清河のもとを辞した。

日が傾きかけた道を歩きながら、伊織は前を向いたまま言った。

「準備は済んだか？」

「万全でごわす」

池上もやはり前を向いたまま言った。すでに酔いの影はない。

「では明日に」

「承知しもした」

短い言葉だけを交わし、四辻で左右に分かれる。

小袖の下で、かすかに紙が鳴る。今朝方、藩邸より届けられた文だった。

記されていたのは、至急京へ向かえとただ一言。清河に問われた時には濁したが、今回の条約勅許問題ではすでに薩摩も動いている。むしろ、水戸や同志が謹慎を食らい手も足も出なくなった以上、彼らの無念を一手に引き受けることとなった。

斉彬は極秘に号令を出した。抗議のために藩兵五千を引き連れ上洛し、朝廷に訴え出て、次の将軍を一橋慶喜とする。そうせねば、もはやこの国の滅びは逃れられぬ。

世を正しく見据える藩主は、いよいよ決意した。

昌平坂に籍を置く伊織には、この召集に応じる義務はない。しかし、一も二もなく従った。

いよいよ、動く。天が回る。この学問漬けの日々も、もう終わる。

薩摩が、この国を動かすのだ。そう思うと、いてもたってもいられない。まさにこの日のために、今まで学んできたのだ。ここで起たずして如何する。

逸る思いが、足を急がせる。これでは攘夷と喚く連中を何も笑えぬとおのれを笑う。薩摩の国事ゆえ清河には打ち明けられなかったが、事が成った後はきっと彼の驚く顔が見られるだろう。そう思うと、愉快でならなかった。

しかし、事は成らなかった。

伊織と池上が京都の藩邸に向かうと、通夜のような暗さだった。みな、待ちかねた挙兵に意気をあげていると思いきや、いたるところから泣き声が聞こえる。近くの者を捕まえても、話にならない。斉彬を迎える準備を進めるべく先に入った西郷吉兵衛（隆盛）のもとに急ぐと、彼は広間で若い藩士に囲まれていた。異様な空間である。みな啼泣している。獣のように吼えているものも少なくない。

その中にあって、西郷の様子は際だっていた。顔色は蒼白で、全身が細かく震えている。大きく見開かれたまま虚空に向けられた目は血走っていた。

「西郷さあ、殿んご上洛はいつごろになりもんそかい」

到着の挨拶もそこそこに尋ねると、西郷はぼんやりと伊織を見た。いや、見たといえるのか。焦点が合っていない。かわいた唇は何かを訴えようとして幾度か開かれたが、声が聞こえてくることはなかった。もう一度名を呼ぶと、ようやく目の焦点があった。

「岡元さあ、よう来ちょっくれた。じゃっどん、何もかも無駄になってしもいました」

西郷の声は、聞いたことがないほどか細かった。

「どげんされもしたか」

厭な予感はほとんど確信に近づいていた。誰に何を訊いても、言霊を恐れるように何も言わずただ泣くばかりだった。それほどの事態が起きたのだということは容易にわかる。そしてここで考えられる事態といえば、ただひとつだった。

「何か……いやもう何もかも終わりもした」

「西郷さあ、しっかりしてください。おはんの口から聞かせてくれもんそ」

伊織は励ますように肩を摑（つか）んだ。分厚い肩だった。しかしまるで力が入っていない。西郷の体は不安げに揺れた。それでも西郷は幾らか正気を取り戻した様子で唇を噛みしめ、震えを恥じるように拳（こぶし）を握った。

「殿が、お亡くなりになりもした」

途端、広間を覆っていた泣き声が消えた。水を打ったような静寂が広がる。あるいはそれは、伊織の耳がいっさいの音を遮断しただけだったのかもしれない。

真っ先に浮かんだのは、やはりという思いだった。斉彬が演習で体調を崩したという話は江戸にも伝わっていた。もともと、江戸にいたころから斉彬は病がちだった。

伊織が昌平坂に入校した年には、斉彬と世子が揃って病に伏し、生死の境を彷徨った。斉彬はかろうじて生き延びたが世子はそのまま逝去し、西郷たちなどは先代である斉興の側室、お由羅の方の呪詛だと怒り狂い、あの女狐どもに天誅を食らわすと息巻いていたほどだ。それでもここ数年は斉彬もずいぶん精力的に動き回っていた。何もかも、これからだった。

「……まさか。そげなはずはなか」

背後の池上が、蚊の鳴くような声でつぶやいた。一刻も早く京に着こうと、暑さも疲労も吹き飛ばして旅路を急ぐ若者の心が折れる音が聞こえた気がした。そしてここには、同じように芯を折られた者たちが時を止めて蹲っている。

無理もない。全ては、斉彬あってこその話だ。藩の改革を推し進めたのも、国の将来を見据えて一橋派に与したのも、全て彼だ。藩主を襲封しわずか七年、その短い期間でさまざまな改革を推し進め、今なお道は半ばだった。ここにいる若者たちはみな、斉彬に見いだされ、引き揚げられた。

いよいよ殿とともに旗を揚げるのだという、まさにこの時に。

「まさか、まさか、まさか。何度問うてもこいが現実じゃ！　この世に救いはなか！」

突如、西郷が吼えた。同時に、広間で再び悲嘆の声が爆発するように広がった。

大変な騒ぎだった。信じられない、信じたくない。命に等しい藩主を失った者たちの悲嘆は、凄まじかった。伊織は自分の腕を擦(さす)り、泣き喚く同胞たちを眺めていた。さきほどまで汗がとまらなかったというのに、寒い。擦っても、震えは去らない。

傍らで、獣が唸るような音がした。池上が顔をくしゃくしゃにして男泣きに泣いている。無念という言葉を人のかたちであらわせばこのようになるだろう。斉彬と入れ替わるように江戸にやってきた彼は、斉彬と会ったことはない。しかし、江戸に来て西郷の薫陶を受けた彼は、伊織よりよほど斉彬に心酔していた。

この中で悲しみに沈んでいないのは伊織ぐらいなものだった。だが伊織に言わせれば、悲嘆にくれている場合ではない。今考えねばならないのは、次の藩主のことだ。斉彬は男児をことごとく亡くしている。唯一残った末子の哲丸(てつまる)はまだ幼いため、斉彬は弟・忠教(ただゆき)（後の久光(ひさみつ)）の長男である又次郎(またじろう)を養嗣子としていた。しかし、又次郎が襲封すれば高崎(たかさき)崩れで隠居を余儀なくされた斉興が黙っているとは思えず、彼が実権を握るだろう。

そうなれば、ここにいる者たちはどうなるだろう。九年前に薩摩藩の家督相続をめぐって起きた高崎崩れでは、ここにいるほとんどの者が斉彬についた。西郷などは正面きって忠教の襲封を願っていたお由羅を弾劾し、斉興を批判した。斉彬という後ろ盾を失うということは、将来を失うも同然である。彼らは国とともに自分自身も失うのだ。絶望は凄まじい。

「……やっぱいあん女狐、確実に息ん根を止めちょくべきじゃった」

ひときわ激しく慟哭していた藩士が、呻くように言った。ただ泣き声ばかりが響く中、ひどく掠れてはいたが言葉の形をとっていた声は、異様に響いた。

それが引き金だった。ただ悲嘆に暮れていた藩士たちが、拳を握り次々と立ち上がる。

「じゃっで、殿が慈悲をおかけになったで、こげなこつに！」

「今度こそあん物ん怪を成敗せんと、薩摩は終わっ！」

「今すぐ薩摩に向こどっ、後手に回っては手遅れじゃ」

「殿の仇討ちを！」

今の今まで重い絶望に支配されていた広間の空気は、たちまちのうちに憤激へと塗り替えられた。

自失と悲嘆が去れば、次は怒り。予想はしていた。出口のない絶望は、人を蝕む。おのれの心を救うために、人は理由を求める。この悲劇が偶然などであってはならない。この怒りをぶつけるべき対象を、必ず欲する。自然な流れだ。

「西郷さあ！　薩摩に戻りもんそ。今度こそあん奸物どもを一掃すっとじゃ！」

未だ突っ伏したままの西郷に、藩士たちが唾を飛ばして呼びかける。その目は異様な輝きを放っていた。ああこれはまずいな、と伊織は思った。自暴自棄の暴走が一番恐ろしい。このままでは最悪の結果を迎えかねない。

「やめんか！」

西郷の一喝が轟いた。畳の上に伏せているせいか、足下からじんと肚に響くような声だった。一同はぴたりと口を噤み、西郷を注視した。

「今さらそげんこっをしてないになっとじゃ。もう、殿はおらんとじゃ」

西郷は、ゆらりと立ち上がった。その顔は涙でぐしゃぐしゃだった。

「……もう、何いもかも終わいもした。薩摩も日本も、終わいもした」

伊織は唖然とした。彼だけではない、他の者たちも皆そろって、蒼白になって西郷を見た。

彼は大きな男である。体も心も、声もなにもかも。しかし畏怖よりも人に安堵を与える人物だった。激情をてらわず見せる時ですら、その裏表のない心に触れ、怯えよりも共感を抱かせる。そういう男だった。

それが、ひどく小さく見えた。涙とともにあれほど熱く揺らがぬ芯まで流れ落ちてしまったのか、その目は虚ろだった。

「おいは、腹を切る」

彼の言葉に、全員が目を剥いた。

「西郷さあ、何を！」

「そいしか、もうできるこっはなか。殿ん墓ん前で皆で腹を切る——そいが殿への最後んご奉公であり、またあん奸物どもへの抵抗じゃ。おいは死んでも、あいつらを許さん」

静かな声だった。これはいよいよまずい。自暴自棄の暴走を最も恐れていたが、まさか西郷がとどめの一撃を食らわせるとは思わなかった。虚無は伝播(でんぱ)する。時には、怒りよりも強力に。悲壮な覚悟というのは、最もていのよい逃げ口だ。

現に、幾人かはすでに、顔つきが変わっている。伊織は横目で池上を窺(うかが)った。目を見開いたまま西郷を見ている。その目にあるのは驚きだったが、嫌悪は見られなかった。

このままでは、呑み込まれる。今の西郷は、黄泉そのものだ。

殿ん墓で皆で腹を切る。その光景が、脳裏に浮かんだ。西郷が、仲間たちが、池上が。そして伊織自身が、斉彬の墓の前にずらりと並ぶ。そして一様に腹を切る。斉彬への詫びと現世への呪詛を吐きながら。伊織は総毛立った。なんと愚かしい、おぞましい光景なのか。だが何より恐ろしいのは、ほんの一瞬、見たいと思ってしまったことだった。

『このくには、終わるの』

あどけない声が耳の奥で聞こえる。焔を映し、夢見るように輝いていた目が、伊織を見ている。

伊織は勢いよく首を振った。駄目だ。引きずりこまれるわけにはいかない。まだ何も始まってすらいないのに、終われるものか。自分のものですらない怒りに、無様に黄泉へ引きずられるなど冗談ではない。

「いいや、ここで終わらせてはないもはん」

凜と響く否定に、藩士たちの目がいっせいに声の主を見た。

突然注視されることとなった伊織は、敢然と顔をあげていた。すでに寒さは一片も感じない。むしろ今は暑いほどだった。

「殿とともに掲ぐっはずやった勤王ん火を絶やしてはないもはん。おいたちは殿から選ばれた身じゃ。ひとりひとりは殿ん才覚に遠く及ばずとも、手足たりうると一度は認められたとじゃ、集えば不可能はあいもはん」

西郷は未だぼんやりしていた。

「西郷さあ、大久保さあな後継についてはなかと言っちょ。哲丸様じゃろか、又次郎様じゃろか」

名を呼ばれ、西郷はようやく伊織を見た。奇妙なものを見る目をしていた。西郷さあ、と今一度促せば緩慢な仕草で文をあらため、「遺命で周防(すおう)様（忠教）か又次郎様とある」とかすれた声で応じた。文を見ずとも、答えはわかりきっている。それをあえて尋ねたのは、なんでもいいから西郷の気を逸らす必要があったからだ。

「じゃっどん急ぎ、周防様にお会いにならんな。御隠居様（斉興）は又次郎様ん後見として実権を手に入れようとすっじゃろう。あいは遺命に反し、哲丸様をお立てになろうとすっかもしれん。そうなっては手出しができもはん」

伊織の言葉に、周囲が再びざわつき始めた。衝撃に真っ白になっていた頭が、ようやく現実を認識し、動き出す音だ。池上は、目を瞠って伊織を見ていた。

「御隠居様は、殿が推し進めてこられた改革を全て擲ち、天保改革時代に戻すに違いなか。公儀にも決して逆らわん。薩摩の進化は止まり逆行が始まり、そして公儀とともに沈むしかなか。そいだけは避けねばないもはん。阻止しきったぁ周防様しかおいもはん」

「そげなこっはわかっちょっ……じゃっどん周防様とて、正直さして変わらんとではなかか」

口調は相変わらず力ないものだったが、そこにわずかに侮蔑の響きを感じ取り、西郷も次第に正気を取り戻しつつあるなとほっとした。生まれも育ちも江戸で、知識も豊富だった斉彬に比べると、薩摩で生まれ育った忠教を地ゴロ（田舎者）と侮る風潮は、斉彬派の若者の間にはとくに根強く存在する。なにより、高崎崩れは斉彬と忠教の跡目争いだった。良い感情などもちようはずがない。

「周防様は、殿より軍役方名代を任されちょっ。そいに、たしかに高崎崩れで殿と敵対すっ形になっちょったが、周囲ん奸臣どもに担がれただけで不本意だったと聞いちょ。殿とは一貫して親しゅうしちょられたじゃなかか。志は殿と同じはずじゃ。御隠居様はそこが明確に違っ。なんとしてん周防様に実権を握ってもらい、殿にかわって上洛していただきもんそ」

「無茶じゃ」

「無論、今すぐちゅうわけにはいきもはん。じゃっどん勤王ん説得すっ価値はあっ。西郷さあは殿ん願いをここで終わらすっつもりでごわすか」

「そいは言うちょっ、だいが説得すっとな？」

　西郷は力なく周囲を見回した。誰が行っても、まず忠教と目通りがかなうとは思えなかった。

「おいが参りもす」

　伊織は胸を叩（たた）き、毅然（きぜん）と言った。

「こん中で以前ん騒動に全く関わっちょらん者となっと、おいと池上君ぐらいのもんじゃ。おいはしばらく薩摩に戻っちょらんし、昌平坂におったで、きっと警戒はされん」

　忠教は学問好きと聞いている。そのあたりはよく似た兄弟なのだ。斉彬は蘭学（らんがく）に夢中だったが弟は国学派で、昌平坂を出たばかりの伊織ならば名目が立つ。

「わかいもした」

しばしの沈黙の後、西郷は頷いた。顔色は相変わらず悪い。しかし、その目から狂的な光が消えていた。

「じゃってまず、正助に会うてくいやい。大久保正助じゃ。わかっか」

「存じちょいもす」

「よか。……明日、文を書く」

「あいがとしゃげもした」

伊織は深々と頭を下げた。明日、と言った。わずかなりとも、西郷の心が明日へと向いたと思いたい。

少なくとも、場の空気は変わった。悲壮な覚悟を顔に貼り付けているものは見当たらない。それだけでも、万々歳だった。

藩邸を出てからしばらくは、互いに無言だった。

池上は難しい顔で思案に沈み、足早に坂を下りていく。しかし橋を越えたあたりで、

「大丈夫じゃろかい」とつぶやいた。

「何が」

「西郷さあ、腹を切りもはんどかい。気持ちがわかるので……」

「君も腹を切りたいのか」

我知らず、口調に棘が混じる。池上は渋面をつくった。

「そうじゃね……あん時は、そうしてもよかという思いはあったと思いもす。岡元さあの説得で目が覚めもしたが」

「それはよかった」

「正直、驚きました。岡元さあは、攘夷を嫌っちょっと思っちょったで」

「嫌いだが殿のご遺志は理解できる」

「はい。じゃっとなあ」

強張っていた池上の顔が、ようやくほころんだ。

「今日ほど、岡元さあがいてくださってよかったと思ったことはあいもはん。そげんでなければ、全員で腹を切っていたかもしれもはん」

「今どき赤穂浪士でもあるまいに」

「まったくじゃ。でもあん時は、その気になっちょった。岡元さあはやはり、頭がきれる」

視線にこめられる信頼と敬意に、どうにも腹のあたりがむずむずした。

西郷に言った言葉は嘘ではない。斉彬が灯した火を絶やしてはならない。しかし名乗りをあげた理由は、それだけではなかった。

自分が終わるのはここではない。あの業火のような絶望の中にあっても、伊織の心は冷えていた。ああ、ここではない。自分は彼らのように命を燃やすことが、一瞬でもできなかった。これ以上ここにいても、何も摑めない。今まで人生の折々で幾度も味わってきた苦い諦念と怒りが、あの場で伊織の口を開かせた。

まずは、忠教の知遇を得る。ともかく、そこからだ。

薩摩をあの異様な攘夷の熱に沈ませるわけにはいかなかった。

四

幼いころ、雛祭りは心躍る行事だった。

年が明けたころから指折り数え、一週間前からあちこちに雛市が立ち、江戸は一気に華やぐ。女中に背負われて祭りのように賑わう市をまわったことを今もよく覚えている。もっとも市に出るまでもなく、鏡子の家には立派な五段の古今雛があった。百日咳から甦った愛娘のために、職人につくらせたものだと聞いた。一年のうち、わずかな期間しか会えぬ美しい雛人形たちを、ひとつひとつ桐箱から出して緋毛氈の上に飾る。その時に、春が来るのだとしみじみ実感した。鏡子にとって春のしらせは、梅でも桃でもなく、王朝文化を纏う雛人形と一年ぶりに再会する瞬間である。

紅綸子に鮮やかな金糸を使った豪奢な衣装は、指に冷たく、硬かった。その馴染まぬ感触が心地よい。自分を見返す玻璃玉の目を見つめていると、ほっとする。この目は綺麗だ。虚ろで、とても清潔だ。人形だけではなく調度品もおそろしく精巧にできていて、草紙でしか知らぬ王朝文化にこの手で触れられるのも楽しかった。京には行ったことがない。今後も行くことはないだろうが、漠然とした憧れのようなものはある。朝廷には、今もこんな人たちがいるのだろうか。冷たく清潔な目をした、人形のような人たちが。

もっとも、最近の京都は物騒だと聞いている。二年前の夏、前将軍・家定が薨去し、第十四代将軍の座を家茂が継いでから、京都から罪人が次々と送られてくることがあった。いずれも攘夷派の志士だという。彼らは江戸で死罪や遠島といった極めて厳しい刑に処せられ、その数の多さは、京都から人が消えるのではないかと噂されるほどだった。志士だけではなく、慶喜を将軍に推した一橋派の大名、公家も次々謹慎や落飾に追い込まれ、攘夷派を一掃せんとする幕府の強い意志を感じた。

弾圧はいまだ続いている。仮に今訪れたところで、京都は重苦しい空気に閉ざされていることだろう。あの古都に、まだ春は来ない。

雛壇の準備も、いよいよ終わりに差し掛かっていた。最後に桐箱から出したのは、男雛だった。品の良い顔立ちに、玻璃玉の目。ふと、ある面影が重なった。同じような目をした男を知っている。人形の目は安心できるのに、それが生きた人間の眼窩に塡めこまれるとただただ不快だということを、いやというほど思い知らせてくれた相手だった。

そういえば、あの薩摩藩士も京にいるのだったか。鏡子は改めて、いかにも都ふうの顔立ちをした男雛を見つめた。最後に会ったのは、一昨年の夏だろうか。兄が焦った様子で、岡元さんはいま京にいるらしいと話していたのはそのすぐあと——弾圧が始まったころだ。薩摩藩は、一橋派だった前藩主・斉彬が逝去し、実権を握った先代の斉興が幕府に恭順の意を表したために弾圧の対象になることはなかったが、あの薩摩藩士は最も過酷な粛清の対象となった水戸藩士とも親しくしていたという。彼の周辺は攘夷派が多く、あるいは薩摩藩が幕府に忠実であることを示すために差しだされるかもしれないと危惧していた。

以来、兄からいっさい彼の話は聞かない。以前は、薩摩に嫁入りというのも悪くはないんじゃないかなどと揶揄ってきては鏡子を怒らせることもあったというのに、ぱったりと言わなくなった。江戸に一度も戻ってきていないのかもしれないし、あるいはすでに罪人として江戸に送られ、処罰を受けたのかもしれない。もしくは、危険な相手には近づくなと父親から釘をさされたのかもしれない。いずれもありそうな話だった。

「手が止まっていますよ」

母に咎められ、鏡子はいつしか自分が内裏雛に見入っていたことに気がついた。

「失礼いたしました」

慌てて冠を調え、壇上に置く。

「何を考えていたのですか」

母の視線は、声同様するどい。見透かされているような心地がした。

「この雛人形を飾るのも、今年が最後だと思うと感慨深くて」

とっさに浮かんだ言い訳だったが、母の表情は目に見えて和らいだ。

「そうですね。おめでたいことですけれど、少し寂しいわ」

すっかり飾りつけられた雛壇を、母はしみじみと見つめた。

「あなたに娘が生まれたら、これを送りましょう。いえ、先方がご用意するかしらね。なにしろあちらは五百石の上士でいらっしゃるもの。でしゃばってはいけないわね」

鏡子に縁談の話が来たのは、つい先日のことだった。朝餉を終え、いつものように母と裁縫に励んでいると、女中がやってきて「旦那様がお呼びです」と遠慮がちに言った。すぐに参りますと返事をしたものの、正直なところ部屋から立ち去りたくはなかった。母との時間は気詰まりではあったが、この部屋には火鉢がある。

もともとは、たとえ真冬であろうとも、習字の稽古や裁縫の際に火鉢にあたることは許されなかった。兄によれば、鏡子がさらに幼いころは常に炬燵や火鉢のそばで大事にくるまれていたそうだが、記憶にはない。覚えているのは、寒さに震える指で墨を磨り、筆をもつ指がいつのまにか紫色に変わっていたことだ。戸外と変わらぬ気温に体は芯から冷えて、最初は白かった吐息も無色になった。武士の娘たるもの、心身を甘やかすことなどあってはならない。それでも父は、赤子のころ死にかけた娘が心配でならぬのか、火鉢をいれようとしてくれたものだが、母が頑として許さなかった。

「会津の冬はもっと厳しいのですよ。会津を忘れてはなりません」

そう言って譲らなかった。現に母は、指先を細やかに使う針仕事の時にも火鉢は使わなかった。母が火鉢をいれるようになったのは、あの地震で怪我をしてからだ。寒いと傷が痛むらしい。母は気丈に振るまっていたが、頼むから火鉢ぐらいは入れてくれと父に頭をさげられ、仕方なく取り入れた。おかげで鏡子は、習字や学問よりも裁縫をするほうが近頃は好きになった。

「いったい、なんのご用でしょうか」

部屋から去りがたく、往生際悪く引き延ばそうとする娘の魂胆など見抜いていたのだろう、母は「行けばわかることでしょう。お待たせしてはいけませんよ」とぴしゃりと言った。口調はそっけなかったが、その口許がわずかに綻んだのを、鏡子は見逃さなかった。

　父の書斎は、雪が積もった庭とほとんど温度が変わらない。ここには火鉢はない。かわりに父は呆れるほど着ぶくれている。そんなに着込むならばいっそ火鉢をいれたほうがいいと思うけれど、それは心身の集中を阻むから駄目なのだという。武家にあっては本ひとつ読むのも修行に等しい。

　鏡子が訪れた時、父は書見台の前に端然と座っていた。相変わらず姿勢はよいが着ぶくれすぎて饅頭（まんじゅう）のようだった。勧められるまま、氷のような畳の上に鏡子が座ると、父は向き直り口火を切った。

「おまえに縁談が来ている」

　鏡子は、感情のない目で父を見返した。

「遠縁にあたる家でな。是非にということなのだ」

　驚きはしなかった。数えで十六、そろそろだろうとは思っていた。母の口許に一瞬ひらめいた笑みを思い出す。これか、と納得した。

「そうですか。わかりました」

　あっさりと応じると、父は呆れた顔をした。

「まだ先方について何も話していないが」

「ですが父上がお話しくださったということは、もう決まっているのでしょう」

ついた。

苦虫を噛み潰したような表情から、これは断りにくい話なのだということは見当がついた。

「遠縁ということは、会津にいらっしゃる方なのでしょう。それだけわかれば充分ですが、もしお相手の方についてお教えいただけるならうかがいたいです」

鏡子の返答に、父は深いため息をついた。それから気乗りしない様子で話してくれたところによると、相手は上士の森名家の倅で鏡子より十以上年上、三年前に前妻を亡くしたのだという。子はないらしい。病身の当主が隠居するにあたり家を継ぐと聞き、さすがに後添えをあてがわなければまずいのだろうなと推測した。

「江戸から会津に戻った勤番侍が、おまえのことをえらく褒めていたようでな。ありがたいことではあるのだが……」

「もったいないお話にございます。ご新造様を亡くされたとは、お気の毒です。さぞご不便をなされていることでしょう。微力ながら誠心誠意お仕えしたく存じます」

模範的な回答だったと思う。しかし父の顔は晴れなかった。しばらく思案するように腕組みをしていたが、やがてため息まじりに言った。

「そうか、おまえがそれでよいのなら」

一方、母は上機嫌だった。一刻もかからず父のもとから戻ってきた娘を、珍しく満面の笑みで褒めあげた。

「あなたならすぐに承諾すると思ったのですよ。旦那様は、あなたが厭がるのではないかと危惧してらっしゃいましたけれどね」

「はい、ありがたくお受けいたしました。厭がることなどいたしません」

「……あれは、岡元様とのお話はたいそう厭がったとか」

「以前、酒の席でのお話でしたから。今回私が厭がると思われたのは、後添えだからという点でしょうか」

「そうですね、それが一番。気にかかりますか？」

「いいえ」

「そうでしょう。あなたはどこでもうまくやっていけるでしょうから」

母は満足そうに笑った。あんなに晴れやかな母の笑顔を見るのは本当に久しぶりだったから、よく覚えている。

母はあまり喜怒哀楽を明らかにするほうではなかったが、以来、妙に楽しげに鏡子に寄り添っている。嫁ぎ先で恥をかかぬようにと、より厳しく躾（しつ）けながら、ずいぶんと色々な話をした。

「あなたは覚えていないでしょうけれど、五歳ぐらいの時だったかしら、女雛とあなたがよく似ていると言われたのですよ」

今も、雛壇の飾りつけをしながら、思い出を楽しげに語っている。

「ええ、覚えています」

ぼんやりとだが記憶にある。今はたいして似ているとも思えないが、幼いころはよく言われた。この古今雛はともかく出来がよく、顔の造形に定評のある人形師の手によるものらしい。

「ありがたいことなのでしょうが、私は素直に喜べませんでした。あのころの鏡子は、少しも笑わなくて」

懐かしむように、母は目を細めた。遠くを見る横顔に、ああこの人も年をとったなと思った。

「あなたは万真と比べると赤子のころから本当に手がかからなかった。あんまり大人しくて不安もありました。ですから、女雛に似ていると言われた時には馬鹿なことを考えたものです」

「馬鹿なこと?」

「笑わないでちょうだいね。どこかで、あなたと雛人形の魂が入れ替わってしまったのではないかと思ったのですよ」

鏡子は言葉を失った。今までにも、兄や竹子から、何を考えているのかわからないと言われることはしばしばあった。しかし母の口からは、一度も聞いたことはない。

武家の娘として相応しくありなさいと叱責されることはあっても、その内面についてはいっさい興味がないものだと思っていた。

「それは、本当かもしれません」

鏡子が消え入りそうな声でつぶやくと、母は微笑みを顔にはりつけたままこちらを見た。その目に、やはりこの人は知っていたのだと確信した。

「むしろ、そうであってほしいと思います。もし、そうなら……」

私の心が、人形に預けられているだけなら。私はもともと、こうではなかった。たまたまそのような事故が起きただけなのだと思えるなら、それは救いになる。

万真や竹子を見るたびに、こんなふうにあれたらと思った。観察して、真似をした。人らしく、正しくありたかった。

それは半ばは、この母のためだったと思う。地震の際、鏡子は母を見捨てた。一時は二度と脚が動かぬかもしれぬと言われるほどだった。そんな母のために少しでも、まっとうでありたかった。

鏡子は強く手を握った。あの日、この手で潰した金魚の感触を忘れたことはない。母を助けたかったのに、助けを呼びに行ったはずなのに、町じゅうに渦巻く圧倒的な終末の気配に心奪われ、母のことを忘れてしまった自分の酷薄さを懼れなかったことはない。

「鏡子」

やわらかい声とともに、手がぬくもりに包まれる。

「間違ってはいませんよ。女はいずれ必ず、どこかに心を預けることになるのですから」

母は鏡子の手を握り、微笑んだ。

「本来ならば万真の結婚を先にすべきなのでしょうけれど、私があなたの結婚は早いほうがいいと旦那様を急かしたのです。そのほうが楽に生きられると思ったから」

「楽に……」

「そう。妻や母といったいれものがあったほうがいい。あなたはきっと、誰よりうまくやれるでしょう」

鏡子はまじまじと母を見た。つい先刻も、似たような言葉を言われた。どこでもうまくやっていけるでしょう。

目の前の女は笑っていた。娘を案じる母親の顔で。玻璃のような目で。

ああ、そうだったのか。全てが腑に落ちた。

「ええ。誰よりうまくやります」

あなたのように。

母の手を握りかえし、鏡子も微笑んだ。

最後の雛祭り当日は、季節はずれの雪だった。

目が覚めた時にはすでに庭は白く染まり、灰色の空からは大きな牡丹（ぼたん）雪がひっきりなしに落ちていた。

今日は江戸にいる各大名が総登城することになっているので、沿道には見物客たちがひしめいているはずだ。鏡子は一度も見たことはないが、行列がやたらと好きな人間はいるものだ。しかしいかに好きでも、この雪はきついだろう。

朝の日課を済ませ、糸繰りを手伝った後、鏡子は手早く身支度を調えた。赤岡も今日は藩主の随伴だが、塾は開いている。母も傷が痛むようなので出かけるのは気が進まなかったが、江戸にいる間に道場に通えるのはもう数えるほどしかない。「竹子さんも寂しがるでしょう」と母に促されたこともあり、朝四ツ（十時）前に家を出た。雪がなかなか止まず、いつもよりずいぶん遅くなった。

しかし、すぐに足を止めるはめになった。なにやらあたりが騒がしい。和田倉門のほうから血相を変えた男たちが走ってくる。同時にこちらからも慌ただしく門へと走っていく姿があった。何だろうと足を止めて眺めていると、朝早く家を出たはずの兄が息せき切って戻ってくるのが見えた。

鏡子に気づくと、兄はぎょっとしたように足を止めたが、すぐに猛然と近づいてきた。

「家に戻れ。今日は外に出てはならん」

強引に手を引かれ、鏡子は再び中に引き戻された。

「痛い。いったいどうしたのです」

「掃部頭様が討たれた」

兄は吐き捨てるように言った。さすがに鏡子も息を吞む。掃部頭。攘夷派への激しい弾圧を続けている井伊直弼大老だ。

「……誰に？」

問う声は、かすかに震えていた。井伊大老は攘夷派の恨みを一身に受けている。当人も彦根藩の面々も、充分に警戒しているはずではないのか。

「水戸の連中だ。見物客にまじって、桜田門外で駕籠を襲った。大変な騒ぎだ」

「水戸……」

「たった今、掃部頭様の首を抱えた浪士が和田倉門を通り過ぎたところだ。あのぶんではもう息絶えているやもしれんが」

鏡子は大きく目を瞠った。首？

「ご覧になったのですか」

「顔立ちまではよく見えなかったが、たしかに首だったと思う」

彼とて生首など初めて目にしたことだろう。蒼白な顔の中、血走った目はぎらぎらと光っている。

「浪士もひどいものだった。おそらく頭をやられているな、全身血塗れで桜田門からここまで歩いてこられたのが不思議なほどだ」

「どこへ向かっているのですか」

「わからん。おそらく和田倉門から中に入るつもりだったのだろうが、開けられるわけがない。どのみちあの傷では長くはもつまい」

万真は苛立たしげに頭を振った。

「いずれ事を起こすだろうとは思っていたが、最悪だ。猿叫が聞こえたそうだから、水戸以外も関わっている可能性は高い。これからますます荒れるぞ」

「……猿叫？」

震える声で問い返すと、兄はあからさまにしまったという顔をした。

猿叫。薩摩・示現流で打ち込みの際に発する気合いの声だ。それこそ人が発するとは思えぬような叫び声で、耳に残る。鏡子は本物を耳にしたことはないが、むかし万真が真似をしていたものならば聞いたことがある。万真は、下品な真似をするなと父にこっぴどく怒られていた。

「猿叫を聞いたのですか。薩摩の志士もいたということですか」

「わからん、そういう話を聞いたというだけだ」

「薩摩は、藩主が変わってから御公儀に鞍替えしたと聞きましたが……」

「だが若い連中は、水戸学に心酔していた者が多かった。上が変わったぐらいで連中は引っ込まんだろう。抑えつけていた薩摩の宰相様（斉興）も昨年亡くなったし、この機を逃すまいと考えても……」

万真の眉間には深い皺が刻まれていたが、鏡子の顔を見ると表情を和らげ、肩に手を置いた。

「岡元さんは大丈夫だろう。こういうことに参加するようなお人ではない」

「……誰もそんなことは訊いておりません」

「はは、まあそうだな。おまえにはもう関係のないことだ」

笑い混じりの言葉は、鏡子の胸に突き刺さった。痛いと感じたことに、自分でも驚いた。関係ない。そう、もう関係ないのだ。

「さあ、中に入るぞ。突っ立っていては風邪を引く」

万真はそのまま妹の肩を押し、歩き出した。口調は柔らかかったが、肩を押す力は強い。怒りの気配を感じる。なぜ兄が怒っているのか、わからない。

母屋に入る直前、鏡子はもう一度だけ振り向いた。

雪は雨に変わり、自分がつけた足跡はすっかり汚れていた。

たんでなあ」

＊

「有村次左衛門は、死にきれんかったようじゃ。もう切腹する力も残っちょらんかっ

池上の重い声を聞きながら、伊織は暗澹たる面持ちで足下の地面を見下ろした。雪はすでに踏みしだかれて汚れていたが、薄い泥色の中ところどころ朱が散っている。

伊織が朝の凶行を知ったのは、正午近くになってのことだった。神田から桜田門へ駆けつけた時には、当然、全ては終わっていた。骸も駕籠もすでに片付けられていたが、雪上にはまだ血が残っている。物見高い見物人たちは遠巻きに凄惨な現場を見ては興奮気味に当時の情景を囁き合っていた。役人に追い払われてもすぐにまた集まってくる。伊織は彼らから、どこまで真かわからぬ惨劇の様子を詳しく聞くと、井伊大老の首を切り落とした男が目指したという和田倉門へと足を向けた。

固く閉ざされた和田倉門を行き過ぎれば、辰ノ口である。江戸城の堀の余り水を石樋を通して外堀へと落とす場所で、余り水が滝のごとく流れ落ちていることからこの名がある。辰ノ口には三上藩主にして若年寄、遠藤但馬守の上屋敷があり、薩摩藩士・有村次左衛門は辻番所の門前で息絶えたらしい。

門前にはすでに見知った顔があった。沈痛な面持ちで汚れた地面を見下ろし、手を合わせているのは多くが薩摩藩士で、その中に池上もいた。彼は伊織の姿を認めると、やっと来たのかと言わんばかりに眉根を寄せ、同時にほっとしたようにわずかに口許を緩めて小走りでやって来た。

そこでようやく伊織は、大老・井伊直弼の首をとったのは薩摩藩士の有村次左衛門と知ったのだった。いや、正しくは藩士ではない。有村は四年前から中小姓として上屋敷に勤めていたが、安政の大獄に憤激して兄の雄助とともに二年前に脱藩している。以前から、朝廷を軽んじる幕府の政策に疑問を呈し、水戸藩士と親しく交流していた。そのような者は薩摩の若い藩士に掃いて捨てるほどいるが、脱藩に至った者は限られる。浪士となった彼らの動向には気をつけていたつもりだったが、この決起に参加するとは思わなかった。

「見物に集まってきた者たちに介錯（かいしゃく）を頼んだそうですが、みな尻込（しりご）みするばかりで、有村はやむなく目の前の雪を口に詰め込んだそうです。そこでようやく、辻番所に運び入れられ、息を引き取ったと……」

語る池上の目は真っ赤だった。切腹の際に水を飲めば、早く死ねる。有村は、武士ならば知る教えを実行したのだろう。うまく切腹もできず、介錯もされず、最後に残されたわずかな力で必死に雪をかき集めて詰め込んだ。想像するだに哀れだ。実際、池上や若い藩士たちは涙に暮れている。

桜田門の付近で興奮気味に話を語った町人たちも、みな浪士たちを賞賛していた。赤穂浪士に喩える者もいた。重苦しい安政の大獄は、町民たちにとっても息が詰まる思いだったのだろう。無断で開国をした幕府への反感は想像以上に根深い。

伊織は嘆息した。

「愚かなことを」

口に出すつもりはなかったが、思った以上に自分は腹を立てていたらしい。気がつけば、吐き捨てていた。幸い、周囲の悲憤の声や泣き声に紛れる程度の声量だったが、すぐ近くにいた池上には聞こえたらしく、睨みつけられた。

「いくら岡元さあでも聞き捨てなりもはん。命を賭して世を革めようとしちょったんじゃ」

「掃部頭様ひとり殺して何が変わる。せっかく周防様が突出計画を止めてくださったというのに。なんのためにわざわざ論書まで下賜されたと思っているのか」

聞かれたならば隠す必要もないとばかりに、伊織は言った。

「止める必要などなかったち思っちょいもす。順聖公（斉彬）亡き後、我が薩摩がどげん腰抜けと罵られてきちょったか知っておりもんそ」

「言わせておけばよい」

「掃部頭によってあれほど多くの者が獄死したんじゃ！　ただ破滅に向かって行くのを指をくわえて見ちょるだけなどごめんじゃ。有村兄弟は立派に恥辱を濯ぎ、志士たちの無念を晴らし、淀んだ公儀に風穴を空けたではなかかですか」

周囲に聞こえぬよう声を押し殺してはいたが、池上の怒りもまた爆発寸前だった。彼の言う通り、安政の大獄では薩摩も多くの人材を失った。将軍継嗣問題では、斉彬は南紀派の井伊大老と敵対し、朝廷を動かして一橋慶喜を将軍位につけようとしたのだから無理もない。

斉彬を失った薩摩は、見るも無惨。腰抜け揃いだと、江戸でもずいぶん嘲笑された。とくに水戸藩士からの攻撃は凄まじかった。池上たちは相当口惜しい思いをしてきたことだろう。有村兄弟が脱藩し、江戸に向かったのも、藩に絶望したからに他ならない。

「俺とて掃部頭はいまいましいが、それとこれとは別だ。それにもう宰相様も亡くなられた。これから薩摩とて変わるのだ。ゆえに決して急いてはならぬとあれほど言ったのに」

拳を握りしめ、伊織はこみあげる怒りをこらえた。

急いでも何も変わらぬ。性急な攘夷は何も生み出さぬ。激情に駆られて自ら首を絞めるようなことは避けねばならぬ。逸る志士たちに、繰り返し説いてきた。たいていは嘲笑をもって返されたが、伊織は諦めなかった。それが、島津忠教――現藩主の父であり、斉彬の弟である「国父」との約束だった。

安政五年の七月末、斉彬亡き後、伊織はすぐさま薩摩へと向かった。西郷に言われた通り、まずは大久保正助に会い、文を渡した。西郷とともに藩内の志士たちを率いる立場にいる大久保は、志士たちの中では珍しく忠教と近しい立場にある。かつての高崎崩れのせいで、斉彬と対立する形となった忠教は、若い藩士たちからは人望がなかった。父・斉興と同じ頑迷な保守派と見做され軽んじられていたが、薩摩に残っていた大久保は、斉彬亡き後すぐに、新藩主の父となった忠教に近づいたという。

藩士たちから聞く忠教の噂は、ひどいものである。ともかく斉彬の正反対、頑迷で暗愚。しかし伊織は、彼らの評をあまり信じてはいなかった。志士たちはとかく激情に駆られやすい。彼らの中にあっては、大久保正助は比較的冷静だった。偏見に左右されず忠教という人物を見て、瞬く間にその側近にまで成り上がったのだから、信用はできる。

「おはん、碁は打つか」

大久保は、伊織にまずそう訊いた。最初は意図がわからず、そこそこ得意ですがと正直に答えると、大久保は満足そうに頷いた。意味が理解できたのは、その年の暮れに、ある寺に連れて行かれた日のことだ。

「おはんが岡元か。江戸ではよう知られた碁ん名人ち聞いたが、わっぜ若かなあ」

寺の広間には、住職と碁盤を挟んで対峙する島津忠教その人がいた。まさかこんなところに斉彬の弟がいるとは思わず、伊織はしばし言葉を失い立ち尽くしていた。後で知ったところによると、大久保もまた碁を用いて忠教に近づいたそうだ。この寺の吉祥院住職が、忠教の碁仲間らしい。

「大久保から聞いちょっ。まあ昌平坂ん俊英は、そいは良か打ち手に決まっちょっ。楽しみにしちょったど」

忠教は機嫌よく笑い、碁盤を指し示した。まさか、この場で打てというのか。伊織は茫然とした。江戸の上屋敷には何度か訪れる機会があったが、伊織が斉彬と言葉を交わすことは一度としてなかった。身分上、直接言葉を交わすのは難しいのだ。それが、なんということだろうか。たしかに忠教は今、島津家を離れ、重富家を継いでいる。とはいえ、伊織からすれば雲の上の人物であることに変わりはない。茫然としていると大久保に肘を突かれ、促される。伊織が大汗をかきながら進み出ると、住職は愉快そうに微笑んで席を譲った。よく見れば碁盤には何もない。対局していたわけではないようだった。

「おはんが来た理由はわかっちょっ」

汗だくの伊織が碁を打つ様を愉快げに見やりながら、忠教は口を開いた。すでに人払いはしていたものの、声音にはあたりを憚るような気配があった。

「父上にはまっこて困ったもんじゃ。おいも憤りを感じちょっ。手塩にかけた海軍を解散されて……こいで薩摩は十年遅れっしもうた」

江戸で生まれ育った斉彬とは違い、忠教は薩摩弁を使う。それがまた、どことなく親しみを感じさせた。

「じゃっどん、公儀とうまくやっていこち言うちょった兄上も同じじゃ。上洛計画のせいで若か連中はどうも勘違いしちょっが、兄上は決して攘夷派じゃなか。兄上は開国論者で、むしろ攘夷派とは対極にあった。国はもはや開くほかなか、いや開くべきじゃと考えられちょった。そん上で御公儀とともに国を変ゆっおつもりじゃった」

忠教の言葉に、伊織は安堵した。この方は、よくわかっていらっしゃる。

「おっしゃる通りでございもす。じゃっでこの状況では、志士たちがいつ暴発するやもしれもはん」

志士たちは斉彬の真意をよく知らない。比較的理解していたのは西郷だろうが、今、彼は奄美大島での潜居が命じられている。

志士たちの間では、死した斉彬はいつしか攘夷の旗印となり、誰もが彼が果たせなかった挙兵を今こそ完遂せんと息巻いていた。その計画こそ、同志がいっせいに脱藩し、江戸にて水戸の同志とともに井伊大老ら幕府の首脳を襲撃するというものだった。

知った時は、いかにも目的を見失ったものたちが考えそうな計画だと伊織は思った。斉彬の死を聞いた時に案じたことが、そのまま現実になろうとしている。

彼らは、計画を『突出』と呼んでいた。大久保正助もその計画の一員ではある。というよりも、その中心にいる人物だ。

「どうか周防様には、彼らの手綱をにぎっていただきたく存じもす。こん薩摩でそいが可能なのは、周防様をおいて他にあいもはん」

伊織の言葉に、忠教は意外そうな顔をした。

「おはんは、攘夷を論じにきたとじゃなかとか」

「はい。おいは水戸学ととんと相性が悪かようで、攘夷には賛成できもはん」

「では何しに来たとか」

「突出計画を止めていただきたかです。そして周防様にこそ、彼らを導いていただきたく存じもす」

怪訝（けげん）そうな顔をした忠教に、伊織は大久保ら尊攘派の藩士たちが近々脱藩し、江戸で井伊大老を襲撃しようとしていることを告げた。忠教は実に不愉快そうに眉尻をはねあげた。

「愚行じゃな。計画は誰から聞いた？」

「大久保さあからです。首謀者はあの方でございもす」

躊躇(ためら)いなく答えた伊織に、忠教は苦笑した。

「そう簡単に教えてよかとか」

「おいに話したちこっは、周防様にお伝えすっこつも織り込み済じゃち思いもす。おそらく大久保さあも、愚行じゃとお考えなのではなかかと」

「つまり、おいに止めろと言うわけか」

忠教はふんと鼻を鳴らす。

「もとよりそげなこっ許すつもりはなか。じゃっどん、びんてごなしに否定してん、よけい煽(あお)っだけじゃっでなあ。理解は示しつつ、時機を待てち言うつもりじゃ」

「時機、でございもすか」

「国を変えんといかんとは事実じゃ。そいには、薩摩ん力が必要じゃ。兄上が尽力されちょったこっを、おいも引き継ぐ。兄上も彼らん力を利用し、上洛(じょうらく)すっつもりじゃった。いずれおいも京へあがっこっがあっかもしれん」

忠教はにやりと笑い、小気味よい音をたてて打つ。会心の一手のようだった。

「おはんは江戸に戻っとじゃなかか。我が藩ん藩士が、水戸ん連中とともに馬鹿をしでかさんよう、よう見張っちょっくれ」

「承知しもした」

伊織は深々と頭を下げた。忠教は予想以上の人物である。ほっとした。考えてみれば、忠教もまた、兄に負けず劣らずたいそうな学問好きなのだ。斉彬は洋学、忠教は儒学という違いはあれども、道は同じ。そしてあの斉彬に、新たな海軍を任され、藩の命運も託されたほどの人物なのだ。その目がうつすものも、そして目指すものも、同じ。

　彼はいずれ、兄の遺志を継いで京へ上がるだろう。そして江戸にも乗り込んでくるだろう。斉彬がなしえなかった国の改革すら、いずれはやり遂げる。伊織はこの時、確信した。

「わざわざ、突出を知らせに来たとか。仲間に知られては大変じゃなかか？　奴らは血の気が多かでな」

　なかなか次の手を打たない伊織に、忠教は焦れたように言った。伊織は居住まいを正し、碁盤を見る。むう、と唸った。数手がわかる。忠教は相当の腕前だ。これは大久保に倣い、住職に弟子入りしたほうがよいかもしれない。

「大久保さあのようにうまく立ち回るよう努めもす。もはや国は開いた以上、今さら閉じるわけにはないもはん」

「ほう。志士ん中には、おはんのようなものもおっとか。心強か」

　造作はまったく斉彬に似ていないが、笑うと不思議と面影がある。半分とは言え繋がった血のなせる業か、それともその心に抱いた大望ゆえか。

「今、薩摩はまた閉じてしもっちょっが、なに、そういつまでも続くもんではなか。そん時にはおはんの知識は必ず必要となっ。そいで、おいと息子を支えてくいやい」

「無論にございもす。誠心誠意お仕え申しあげもす」

「志士ん中では孤立すっかもしれん。そいだけならばよかが、命を狙わるっかも知れん」

「承知しちょりもす」

忠教は莞爾と微笑んだ。

「結構。ならば岡元よ、おいの目となれ」

以来、江戸に舞い戻った伊織は、昌平坂で勉学に励む傍ら、命令通り忠教の目として動き回っている。清河塾だけではなく、志士たちがよく出入りする場所に顔を出し、積極的に交流をもった。そして昨年の秋に斉興が他界したおりに、国父として実権を握った忠教は、爆発寸前の志士に向けて藩主・茂久の名で「論書」を下した。

曰く——万一事変が起きた時は、故斉彬公の御深意を貫き、一藩を挙げて忠勤を尽くす所存である。各有志の面々はよくこのことを心得、藩の柱石となり、予の至らぬところをたすけ、藩の名を汚さず精忠を尽くしてくれるよう、ひとえに頼むものである。

一国の藩主が、下級武士の集団に直書を賜るなど、前例がない。忠教を地ゴロと侮っていた志士たちもこれには驚き、自分たちの行いが精忠と認められたことに感激した。忠教が斉彬の遺志を継ぐと表明したことにも安堵し、爆発寸前だった彼らの激情はひとまず落ち着いたのだった。

　安堵した矢先の、この大老襲撃である。首謀者は水戸藩士とはいえ、薩摩藩士も関わっていたとなると面倒きわまりない。忠教の努力も水の泡だ。今は機を待っている志士たちが、これほどの大事を見て何もしないとは思えなかった。

　薩摩だけではない。尊攘の志士たちはまちがいなく奮起する。

　このままでは、この国が真っ二つに割れかねない。早急に手を打たねばならないが、自分は一介の書生にすぎない。できることなどないに等しかった。それが歯がゆい。

「岡元さあ、どこへ」

　身を翻した伊織を、尖った声が追う。

「清河塾だ」

　振り向かずに応じて、伊織はその場を離れた。いつも喜々として伊織の後をついて回る池上も、今日ばかりは追ってはこない。突き刺すような視線を背中に感じる。それが少し寂しい。だがこのかすかな痛みが、池上と自分の大きな差なのだ。

　池上は、機さえあれば攘夷の実行に走りかねない。信条に従い命を散らすのは彼にとっては幸福かもしれないが、こうした若者をこんなところで安易に死なせるわけにはいかない。そのために自分はここにいるのだと伊織は思う。忠教もそう思って伊織を江戸に戻したはずだ。

人を斬らずとも世を変える道はある。人柱など必要ない。そう信じるからこそ、実践せねば学問に意味はないと言い切って昌平坂を離れた男と、早急に話してみたかった。

清河八郎の塾は三度、潰れている。伊織と出会った安政元年、神田三河町に開いた最初の塾はわずか二ヶ月で火事に見舞われ、焼け落ちた。その翌年の薬研堀の塾は、安政の大地震で崩壊した。安政四年、駿河台の淡路坂下に開いた塾は一年以上もったが、やはり火事で焼けた。

現在の塾は玉ヶ池(たまがいけ)だ。この七年で四度も塾を開くとは、それだけで並大抵の人物ではない。たいした胆力だと感心する。

訪れてみれば、案の定、塾は大変な騒ぎだった。道場からもひときわ賑やかしい声がする。誰もが、襲撃に加わった十八士を賞賛し、中には「先を越された」と悔しがる者もいた。その筆頭が、薩摩の郷士である伊牟田尚平(いむただしょうへい)である。彼は、庭で一心に木刀をふるっていたが、伊織の顔を見ると「おのれの不覚を思い知りもした」と神妙な顔で言った。

「伊牟田さんも先を越されたとお思いなのか」

「先を越されたというよりも、おいは攘夷とは夷狄を斬るこっとばかり考えちょりもした。同じ国の人間を斬るという発想があいもはんで、そいが悔しか」

返答は頓珍漢だったが、伊牟田の表情はどこまでも真面目だった。彼の言葉に嘘はなく、ともかく異人を斬らねばと思いこんでいるふしがあり、止めるのに骨が折れると清河が苦笑していたことがある。思い込むと一途な薩摩隼人である。

「伊牟田さんは、なぜそんなにも異人を斬りたいのですか」

伊織が尋ねると、伊牟田は何をいまさらと言わんばかりの顔をした。

「斬らねばならぬからじゃ。おいは侍。侍にしかできぬこと、そいは斬るこっじゃ。こん刀をもって、世を切り開く。そいは今日の志士たちも証明しちょりもす」

伊牟田は毅然として言った。その目に曇りはない。斬りたいというよりも、侍としての使命を全うするのだと、彼は心から信じているのだ。伊織には理解しかねる感覚だが、あるいはこれが攘夷という熱病の本質ではないのかとふと思った。

侍ゆえに斬らねばならぬ。戦わねばならぬ。

伊織が一介の書生では何も出来ぬと歯噛みするように、彼らは唯一手にした刀をもってことを成そうとしているだけだ。となると、これを押しとどめるのは容易ではない。

「まあ、そう単純でもあるまいよ。我らは皆、ともかく名を上げたいという野心がある」

伊織の話を聞いて、塾頭の清河は苦笑した。今日はさすがに素面だった。

「斬って名を残すが武家のならい。されど困り申した、掃部頭以上の大物となると、もはや将軍しかおらんではないか」

伊織はぎょっとした。この状況では、洒落にはならない。

「おい」

「冗談だ。さすがに二番煎じは頂けない。伊牟田さんはともかくとして、斬ればよいというわけではないからな」

慌てる伊織を見て、清河は愉快そうに笑った。

「しからば、どうなさるおつもりか」

「天下の形勢、内潰の外これ無く候」

清河は厳かに言った。

「今日の襲撃で、明白になった。もはや公儀は放っておいても内部から崩れるだろう。それは勝手にすればよいが、国ごと沈むのを黙って見ているわけにもいくまい。今後は、虎の尾を踏むのも恐れずして国事にあたる覚悟が必要だ」

「勇ましいお言葉だが、して、いかに実践されるのか」

重ねて問えば、清河は腕を組み、しばし考えこんだ。

「ふむ……。岡元さん、おぬしは島津三郎様の碁仲間であると聞いたがまことか」

「誰がそんなことを」

「池上君がじつに得意げに教えてくれたぞ」

「……仲間とはあまりに畏れ多いですが、薩摩に戻ったおり、対局させていただいたことはございます。我ら下士にも分け隔て無く接する方でいらっしゃるのは確かですな。現に、宰相様が亡くなられてからは、再び下士を積極的に登用なされております」

「ほう、兄君と同じか。ならば、あの方もいずれは兵を率いて上洛されるか」

伊織は表情を消して、清河を見た。

それは忠教も語っていたことではある。いずれは兄と同じように上洛することがあるやもしれんと。おらそく彼の中では、すでに決定事項ではあるだろう。無位無冠の彼が幕府に介入しようと思うのであれば、朝廷の力を借りるのが一番だ。

「そう怖い顔をするでない。なに、もしいずれそのようなことがあれば、俺も一枚嚙ませていただきたいと思ったまでよ」

呵々と笑う清河を、伊織は怪訝そうに見やった。

「貴殿がどう嚙むのですか」

「そうだな、全国から志士を集めるか。薩摩の藩兵と同じだけの数を」

「ほう、それは心強い」

「信じておらんな」

清河はにやりと笑う。

「できるはずがない。誰もがそう笑うことを、やってのけるのが我々志士よ。確実に、天を回す。どうだ岡元さん、おぬしも噛まんか」

「具体的に何をするおつもりなのか」

「おぬしは下士、あくまで薩摩の都合で動く。しかし尊攘とはそういうものではない。我らは本来、藩でも徳川でもなく、等しく主上の民であるはずだ。我らはもとより、いずれの藩の臣でもない。正しく主上の軍勢となる。さすれば公儀も手出しはできぬ。朝廷に我らを認めるよう訴え出るのだ」

伊織は瞠目した。

「正気ですか、清河殿」

「無論。順聖公も同じことを成そうと考えられたではないか。公儀を動かすには朝廷を通すのが最も効果的だ。朝廷とて、公儀の横暴には腹を据えかねている。主上に忠誠を誓い、そして藩の軍勢に負けず劣らず精強であると認められれば、出自など問われまい。士分も郷士も浪士も、もはや関係ないのだ」

伊織は我知らず唾を飲み込んだ。炯々と光る清河の目を見る。この男、本気だ。郷士や浪士たちで軍勢を組織し、朝廷に認めさせ、江戸を攻める兵を挙げる。本気でそう考えている。

荒唐無稽もいいところだが、この男ならやり遂げるかもしれないと思わせるものがある。何度塾が焼け落ちてもそのつど復活した男だ。剣の腕も折り紙つき。文武両道を掲げる彼のもと、塾生たちもめきめきと腕をあげている。それは全て、いずれ来たる実践のため。目的が京都での挙兵にあるならば全てが腑に落ちる。

「つまり周防様と接点のある私がいれば、薩摩軍の上洛に乗じ、貴殿の計画も実現しやすいということですな」

伊織の言葉に、清河は眼光を緩めた。息詰まるような気迫が消え失せ、伊織もほっと息をつく。

「まあ、そういうことだ。口ではみな等しく主上の軍勢と言うても、やはり雄藩の兵力があれば話は進みやすい。我々では朝廷に伝手も何もないのでな」

「なるほど」

「して岡元さん、正式に我々のもとに来るつもりはないか」

緊張を欠いた表情のまま、清河はさりげなく誘いをかけてくる。伊織は塾生ではない。あくまで客人として清河塾を訪れている。今までも清河はたわむれのように仲間になれと声をかけてきたが、そのつどはぐらかしてきた。しかし今日ばかりは笑って流すわけにはいくまい。

「つまり虎の尾を踏む覚悟を持てと？」

「さよう」

「光栄なお言葉ではありますが、私には脱藩してまで事に当たる覚悟はありません。昌平坂に留まっている身の上であれば」

「脱藩せよとは申しておらぬ。我らの目的は、岡元さんの目的とも合致すると思うのだがな」

「いずれ必要とあらば周防様との橋渡しはいたしましょう。ですが私は、徒党を組んで事に当たるのを好みませぬ」

「むう、そうか。残念だ」

清河はさして残念そうでもなさそうに息を吐く。

「いつぞや、順聖公が兵を率いて上洛すると知らせがあった時のおぬしは、実にいい顔をしていたではないか。普段は澄ました顔をしているが、やはり岡元さんにも志はあるのだと頼もしく思っていたのだが」

「当然、私にも志はあります。しかし、国の大事ゆえ、慎重に見極めたいのです」

伊織の返答に、清河は笑みを消した。目を細め、じっと伊織の顔を見据える。

「見極めるとは便利な言葉だな。なあ、岡元さん。俺はおぬしの本性を知っている」

「……本性？」

「さよう。おぬしはじつに視野が広い。思考が偏ることがない。そして激情を嫌う。俺より若い身でありながら、あまりに老成している。なぜかとずっと考えていた」

口調は淡々としていたが、清河の目は一瞬たりとも伊織の面から外されることはない。出会った日のことを、伊織は思い出していた。あの時も、何もかも見通すような目だと感じた。

「おぬしは、心がないのだ」

伊織は苦笑をもって応じることにした。

「これは異な事をおっしゃる」

「おぬしは、他人への興味があまりに希薄だ。ゆえに、あらゆることを平等に見ることができるに過ぎぬ。公明正大に見えて、単に情がないのだ。今日の浪士たちや我々の気持ちも理解できぬのだろう」

伊織は沈黙していた。清河の指摘は正鵠（せいこく）を射ている。やはり、隠していてもわかる者にはわかるものなのだ。たいていは、この者には見抜いてほしくはないなという者にかぎって見抜くのだから、世の中とはうまくいかぬものだ。

伊織が動じず微笑んでいるのを見て、清河は「まあ、おぬしにとっては今更か」と諦めたように首を振った。

「仕方ありませんな、自分でもどうにもならんのです」
「それが悪いとは言うまい。生まれ持った性情だろう。世を拗ねず、決して損をしないよう立ち回る欲を持ち合わせていたのは幸いだ。おぬしの資質は貴重だからな」
「あまり褒められているとは思えませんが、私にも新たな世をつくりたいという志はあるにはありますぞ」
「承知している。それが救いだな。おぬしのような人間は、可能なかぎり巨大な、そして明確な目的をもっていたほうがよい。でなければ、いずれはおのれに呑み込まれよう」

　おのれに呑み込まれる。そう聞いた瞬間、伊織の脳裏に炎が燃え上がる。

　夜空を焦がす紅蓮を背に、一人の少女が舞い歩く。この世とあの世の境を軽やかに渡る彼女は、あきらかに人ではなかった。

　あの時はじめて、心が轟いた。魂が引き摺られる甘美な痛みを味わった。

　自分が見たかったのは、これだ。灼けるようにそう思った。そして手を伸ばした。

　後にも先にも、あれほど強く心惹かれたものはない。あまりに鮮烈な体験に伊織は歓喜し、次に恐怖し、嫌悪した。呑み込まれる。そうだ。自分はあの時たしかに、あの少女に呑み込まれかけた。それでよいとすら思った。それこそ正しい姿なのだと確信していた。

けれど、自分にはこの世にて成し遂げることがあるはずなのだ。そのために江戸まで来た。清河や池上たちのように、それを探し出すことができるはず。ここに岡元伊織ありと誇らしげに叫ぶ日を、伊織とて心から望んでいる。

「ご忠告、かたじけのう存じます。虎の尾を踏む覚悟が固まりましたら、貴塾の門を叩きましょう」

伊織はにこやかに礼を述べた。いかに清河とて、これ以上踏み込まれたくはない。改めて、かつて差し伸べた手を撥ねのけた鏡子に悪いことをしたと思う。

「叩くつもりもないな、これは」

清河は苦笑した。伊織から逸らされた目は、どこか寂しげだった。


伊牟田に誘われ道場で一時汗を流し、さて帰るかと門へと向かった伊織は足を止めた。夕闇にまぎれ、じっと立ち尽くしている人影がある。

「万真殿？」

名を呼ぶと、弾かれたように顔をあげた。伊織の姿を認めると、ほっとしたような、落胆したような、なんとも奇妙な表情を見せた。

「いかがした。中に入らぬのか」

勧めには応じず、万真は逆に探るような目を向けてくる。

「岡元さんは今日はどのようなご用件で」

「いや何、本日の件で清河殿の見解を伺おうと思ったまで」

「……清河先生はなんと？」

「中におられるゆえ、尋ねてみればよいではないか」

すると万真は眉間に皺を刻み、うつむいた。常ならぬ様子に、伊織も同じように眉根を寄せて近づいた。

「万真殿、何かあったのか」

声を潜めて尋ねると、「いや、何かというわけでは」とはっきりしない答えが返ってきた。

逡巡（しゅんじゅん）している様子が見てとれたため、促しもせずしばらくそのまま待っていると、やがて万真は意を決したように顔をあげた。

「今日は、暇乞（いとまご）いに参った次第です」

声には決然とした響きがあった。顔はすっかり青ざめている。悲痛といってよい覚悟が見てとれた。

「ほう、清河塾をおやめになると」

「はい。清河先生にはまことに多くのことを教えていただき感謝しておりますが、会津藩士としてこれ以上ここには参れませぬ」

ああ、と伊織は納得して頷いた。

この清河塾も、場所を変えるたびに性質が変わっている。もともと尊王攘夷の傾向はあったが、この玉ヶ池に移ってからはより明確になった。過激な思想をもつ志士も多く集まりつつある。そして二十歳を迎えた万真も、望みのままに振る舞うのが難しい立場になりつつあるのだろう。

「さすがに止められたか」

「いえ、自分で決めたことです」

万真はまっすぐ伊織の目を見つめて言った。

「心残りがないと言えば嘘になります。されど今日の事変を知り、判断いたしました」

「ことを起こしたのは水戸藩士と薩摩藩士だ。清河殿は関係ない」

「存じております。しかし、このままここにいればいずれは――」

万真は唇を震わせ、それを恥じるように唇を噛みしめた。彼の無念と羞恥が痛いほど伝わってくる。心を決めて出てきたはずが、中に入るに入れず、おそらくずっとここに立ち尽くしていたのだろう。羽織に触れると、指先から凍りつくように冷たかった。

「ご決断されたのだろう。ならば清河殿も快く送り出してくださるはず。さあ、中へ」

背中に触れると、万真は一度肩を震わせ、それから静かに目礼した。背筋を伸ばし、もはや迷いのない足取りで門をくぐる。その後ろ姿を見て、記憶よりもいくぶん背が伸び、厚みが増していることに気がついた。

斉彬の挙兵にあわせて京へ上る時、伊織は青垣家に別れの挨拶をしていた。その後はしばらく薩摩にいたために、青垣家にもずいぶん行っていない。そしてこれからはもう、気軽に行ってはならぬのかもしれない。

脳裏に、鏡子の白い顔が浮かぶ。最後に会った時より、さらに美しくなっているだろう。そしてその瞳(ひとみ)は、さらに苛烈になっていることだろう。今、無性にあの目に睨(にら)まれたいなと、ふと思った。

五

桜が盛りの季節を迎え、花見の名所として名高い御殿山(ごてんやま)は桜と人で埋め尽くされている。そぞろ歩く桜並木は、海から吹き上げる風にはらはらと花弁を散らし、風情を添える。あたりは人でごった返しており、鏡子の目の前では、母に背負われた幼子が花びらをつかもうとまるい手を伸ばしていた。ひときわ見事な大木の下には町人たちが陣取り、賑やかに騒ぎ立てている。大きな笑い声にまじって、三味線やら調子外れの笛の音までする。

「まあ本当に、騒がしいこと」

ほつれた髪をおさえ、竹子は呆れたようにあたりを見回した。

「寛永寺の花見とは、だいぶ違うわね」

「ねえ鏡子様、やっぱりここはまずいんじゃないですか」

「大丈夫よ。それに絡まれても、竹子さんの腕ならたいていの男をのしてしまうわ」

「でも黙ってこんなところまで出てきて、もしものことがあったら……」

「あら、ここまで来て、怒られるのが怖いの」

揶揄うように笑うと、竹子は眉尻をつりあげた。

「だって鏡子様、嫁入り前でしょう。もしものことがあったら」

「だから、最後の思い出づくりよ。竹子さん、賛成してくださったじゃないの」

御殿山に二人で花見に行こう。数日前に鏡子が提案した時には、竹子は目を白黒させていた。

三田に避難していたころならばいざ知らず、御曲輪内に再建された上屋敷からここ御殿山となると、相当な距離がある。稽古に行くからと朝早くに家を出て竹子と落ち合ったが、目的地に着いたのは昼近くだった。

彼女たちにとって花見といえば、最も遠いところで上野の寛永寺である。古くからの桜の名所でもある寛永寺には徳川家の霊廟もあり、そもそも皇族が住職を務める門跡寺院だ。上野の山内には山同心が置かれ、花見といえども騒ぐことはできず、酒も禁じられていた。

しかしこの御殿山の乱痴気騒ぎはどういうことか。酒を飲んでいない者のほうが少ないのではないか。

先月には桜田門外で井伊大老が無残な死を遂げたばかりである。が、庶民はどこ吹く風だ。むしろ、一年以上にわたる重苦しい弾圧が終わったことを喜ぶように、大いに飲み食らい、歌い騒ぐ。

これが、人の姿だ。上がどうなろうと、何が起きようと、関係ない。あの雛祭りの日、襲撃の噂を聞きつけて、桜田門外には多くの者が詰めかけたという。すでに現場は片付けられていたが、踏み荒らされ汚れた雪や、残る血痕に、人々はたいそう興奮していたと聞いた。そういうものなのだ。彼らにとっては、全てが見世物。

その時に、なんだ、と思った。結局は皆、自分とそう変わらない。

襲撃の下手人たちは次々捕縛されてはいるものの、万真が案じていたように攘夷派への弾圧が激化するようなことはなかった。ひょっとしたら幕府のほうも、大老を持て余していたのかもしれない。いつかは終わらせねばならぬことであり、それはこういう幕切れでしかありえない。知りながら、ただその日を待っていたのではないか。ひょっとして大老こそが、「その日」が近いことを知り、待っていたのかもしれない。

「まったく鏡子様は、妙な時に矢鱈と大胆になるんだから。そもそも、なんで御殿山なんですか。他にも飛鳥山や隅田川があるのに」

文句を言いながらも、あたりを見回す竹子も明らかに高揚していた。

「少し前まで、このあたりの砲台は会津藩の担当だったでしょう」

「そんな理由ですか？」

竹子は呆れた顔をした。

御殿山の名の由来は、もともとここが徳川の御殿だったからだ。元禄の火災で御殿は焼け落ち、再建するかわりに桜を植えたらしい。以前は山全てが薄紅に染まっていたが、黒船が来航した後は、ところどころ削られて不粋な台場（砲台場）が建設された。そのうちの第三砲台、通称「金杉陣屋」は会津藩の担当だった。

ここ品川砲台も、五年前の大地震で崩壊した。中でも最もひどい被害を受けたのが、金杉陣屋である。あの地震では、大名屋敷の中でも最大の死者を出したのが会津藩だったし、つくづく運がない。

「せっかく会津に行くのですから、土産話は多いほうがいいわ。それに地震で避難していた時、一時は近くに住んでいたもの」

「三田はそんなに近くもないでしょう」

「でも、桜の季節は美しいというから一度は来たいと思っていたのよ。翌年はさすがに見られるような様子ではなかったし。江戸を去る前に一度見てみたかったの」

「鏡子様にそんな感傷があったなんて驚きです」

「言うわね」

「言いますよ。突然、もうすぐ結婚して会津に行くから最後に花見をしようなんて言われた時の気持ち、考えたことあります？」

　竹子は憤然とくってかかった。たしか、竹子に縁談の話をしたのは、雛祭りの翌々日だった。雛祭り当日の稽古は二日後に仕切り直しとなったので、いつものように汗を流した後で世間話のついでに打ち明けた。竹子は絶句し、それから烈火のごとく怒り出した。

「突然と言っても、私も聞いたのは二月だったのよ」

「でもそれからあの日までにも、稽古でお会いしましたよね？　どうして黙っていたんです」

「まだ時期が決まっていなかったから」

「そういう問題ではありません。こんな大事なことを」

　あの日以来、竹子はずっと怒っている。最初はなぜそんなに怒っているのかわからなかったが、妹の優子が「姉上は、いの一番に相談してくれなかったことを怒っているのですよ」と教えてくれた。相談もなにも、これは決まったことで、どうしようもないのに。そう思ったが、竹子の機嫌を損ねたまま会津に行きたくはない。そこで、思い切ってその場で花見に誘った。

　他には内緒、もちろん親にも。桜が咲いたら、二人だけで御殿山まで行きましょう。

そう言ったとき、竹子は唖然としていた。武家の娘が、供も連れずに出歩くなど考えられぬことだった。しかも他ならぬ鏡子の口からそんな言葉が出たことが信じられないらしく、小声で「正気ですか」と応じるので精一杯だった。

「嫁入り前の最後の冒険よ。一度ぐらいいいでしょう。ずっと、いい子できたんだもの。最後に竹子さんと思い出をつくりたいの」

　いいでしょう、と甘えるように目をのぞきこむと、竹子は一度ぐうと喉を鳴らし、しぶしぶと頷いた。いかにも仕方がないといいたげな態度だったが、その目が輝いていたことを鏡子は知っている。

　今だって、口を開けば文句ばかりだが、その頬は紅潮し、やはり目は輝いていた。

こういうときの竹子は本当に美しいと思う。

「そんなに怒らないで。せっかくだから楽しみましょう。お団子、買わない？」

　茶店の前で足を止め、機嫌をとるように団子の文字が書かれた紙を指さしてみたが、

竹子は止まらなかった。

「結婚は仕方がないにしても、わざわざ会津、しかも後添えだなんて納得がいきませ

ん。せっかくここまで一緒に頑張ってきたのに……。あ、お団子は買います」

鏡子は団子と茶を注文し、縁台に腰を下ろした。その隣に落ち着いた竹子は、運ばれてきた御手洗団子を行儀良く口に運ぶ。ものを食べている時は決して喋らないので、この間に落ち着いてくれればいいと思ったが、きれいに食べ終えた後で、「鏡子様はご自分の意思がないのかしら」と言った。なかなかおさまる様子がない。

「こういうこともあると思ってきたもの。竹子さんは、江戸の方とご縁があるといいわね」

「言ったはずです。私は意に添わぬ結婚はしません。どうしてもというなら出て行きます」

「そうだったわね」

やわらかく微笑む鏡子を見て、竹子はますますむくれた。しばらくは、茶を口に運びつつ道行く人を眺めていたが、「……実は」とおもむろに切りだした。

「先日、赤岡先生から養子にこないかというお話をいただいたのです」

「まあ」

鏡子は少なからず驚いた。男子ならばともかく女子を、というのはなかなか珍しい。

だが、赤岡が竹子を高く評価していることは誰の目にも明らかだった。

「鏡子様の縁談の話を聞いて、私がなぜ女は嫁入りで今までの全てを擲たなければならないのかと嘆いていましたら、ならば自分のもとで学問を究めてはどうかとおっしゃったのです」

「まあ、さすが竹子さんね。赤岡先生がそこまでおっしゃるなんてよっぽどのことよ。私も鼻が高いわ」

「ええ、光栄なことだと思っています」

竹子は真面目くさった顔で頷いた。

「赤岡先生のところにいれば、しばらくお嫁入りの話もないでしょうね。でも、平内(へいない)先生も竹子さんをあんなに可愛がっていらっしゃるし、大丈夫かしら」

「父上ははじめは冗談だろうと笑っていたのですが、最近は考えこまれているようで。跡取りならば弟がいますし、優子もいます」

「でもお二人とも竹子さんをあんなに慕っているじゃない」

「同じ屋敷にいるのですもの、いつでも会えます」

「竹子さんは、どう思っているの」

竹子は答えず、茶を口に運んだ。鏡子もそれにならう。茶はぬるく、味も薄かった。だが、歩き回った体には心地よい。

「赤岡先生のもとでなら、おのこに負けぬ教養を身につけられます。武芸だって負けません。正直に言えば、今だってそう思っています。でも、なにも私は、おのこと張り合いたいわけではありません」

「ええ、知っているわ」

竹子ははにかむように微笑み、それから表情を改め、まっすぐ鏡子を見つめた。

「私は、会津のおなごの誉れとなります。あくまで、私のやりかたで」

ここから道は分かたれる。それを寂しいとは思わない。未練もない。決意に満ちた竹子の顔を見て思うのは、むしろ安堵だけだ。

竹子の中に住む鏡子は、いまだ美しいまま。その虚像を壊してしまう前に立ち去ることができる。心のないいきものだと知られる前に。それは、喜ばしいことだ。竹子のためにも、自分のためにも。

「でも、会津のおなごはたぶん、黙って茶店に来るようなことはしないんじゃないかしら」

鏡子が思わずといった様子でつぶやくと、竹子は噴きだした。若い町娘はちらほら見かけたが、自分たちのほかに、武家の娘が供もつけず歩き回っている様子はない。

「誰のせいだと思っているんですか」

「大丈夫よ、私が強引に竹子さんを連れて行ったことにするから」

「私のほうが力が強いのにそれは無理ですね」

二人は笑って立ち上がり、代金を置いて店を出た。店先に金を置く、たったそれだけでもひどく緊張した。これが最初で最後。武家でも女でもない、鏡子と竹子の特別な一日なのだ。

「昔はもっと桜が多かったそうですね」

竹子もようやく楽しもうと腹を括（くく）ったらしく、穏やかな顔で海のほうへと目を向けた。

「黒船が来てから削られてしまってかわいそうね。でも、ここでこうして桜が見られるのも、今年が最後かもしれないわよ」

「どうしてですか」

「御殿山に、異国の公使館を建てるかもしれないんですって。そうなったら、付近にも近寄れないでしょう」

竹子は苦い顔をした。

「公使館ですか……」

二年前の日米修好通商条約以降、立て続けに阿蘭陀（オランダ）、露西亜（ロシア）、英吉利、仏蘭西（フランス）とも同様の条約が結ばれた。攘夷派がどれほど騒ごうが、海のむこうから彼らは次々やって来る。

桜を倒し、山を削り、そこに西洋ふうの奇妙な建物を打ち建てる。どんどん桜は失われていく。攘夷だの開国だのはよくわからないが、それは単純に気分が悪い。異国から吹く風は、どこまでこの国を削りとっていくのだろう。

ひときわ強い風が吹く。ぶわりと桜が舞った。歓声と悲鳴が同時にあがる。強い風は、桜とともに土埃（つちぼこり）も巻き起こす。反射的に目を閉じ、おさまるのを待っておそるおそる目を開けた鏡子は、そのまま息を止めた。

前方に、ひときわ大きく枝を広げた桜がある。その下に、若い侍が立っていた。ばたつく羽織を押さえ、散る桜を見上げていた。

最後の花見に御殿山を選んだ一番の理由は、実のところ、家から一番遠かったからだ。どこまで行けるか、試してみたかった。

あの地震の晩、鏡子はたったひとりで御曲輪内から神田近くまで歩いていた。全く覚えはなかったが、江戸を離れる前に、もっと遠くに行きたかった。その思いは自分でもたじろくほどで、ひょっとしたら五年前にふらふらと彷徨いでた理由のひとつは、遠くへ行きたいという衝動にあったのかもしれないと今になって思い至った。遠く。どこか――この世の涯（はて）まで歩いてみたかったのだろうか。

品川あたりが、今の鏡子が行ける限界だろう。自分は今日ここで、江戸での日々を全て海に流すのだ。そう決めて、ここまで来た。

――なのに、こんなことがあるなんて。

江戸は広い。人も多い。なのになぜ、今日ここに彼がいるのか。神仏が本当にいるのなら、それはたぶんとても意地が悪い。

一昨年の夏、伊織は突然消えた。もっとも突然と感じたのは鏡子だけで、父や兄のもとには挨拶があったらしい。薩摩に帰ることになり、昌平坂を辞めるということだった。帰ると聞いて、ほっとした。もう二度と、あの声に怯えることはない。あの晩を思い出すこともないのだ。

「切子を……」

「え？」

突然つぶやいた鏡子に、竹子が怪訝そうな顔をした。鏡子は前を向いたまま、茫然と続けた。

「いつか切子をくれると言ったのよ。でも、まだ……」

「切子？　江戸切子ですか？　ほしいのですか？」

鏡子は答えなかった。答えようがなかった。鏡子の全ての感覚は、目の前の若侍に向かっていた。

気がつけば、足を踏み出していた。誘われるように、ふらふらと伊織の元へ向かう。

「鏡子様！」

竹子の声が追ってくる。ひどく遠く感じた。

かつては伊織が、炎の中をさまよう自分を見つけてくれた。だからきっと今、自分が桜の中の彼を見つけたのだ。

　間近まで近づくと、ようやく伊織が気がついた。話をやめてこちらを向き、驚いた顔をする。

「……鏡子殿？」

　信じられないといった声音だった。懐かしい、穏やかな声。以前はあれほど恐れた声。今は恐怖は感じない。ただ、これはまぼろしではないのだという確信に胸が震えた。

「ご無沙汰しております、岡元様。江戸に戻られていたのですね」

　鏡子は頭を下げ、挨拶をした。伊織は唖然としていた。戸外で武家の娘が平然と話しかけてきたのだ。驚くのも無理はなかった。

「ええ、つい先日……」

　伊織は戸惑いを隠せぬ様子だった。しかし鏡子の視線がいっこうに外れない様子を見ると、開き直ったようににこりと笑った。

「戻ってきたばかりです。いやしかしまさか、このようなところでお会いするとは。つくづくご縁があるのですな」

「そのようです」

「供はどちらに」

「おりません。友人と参りました」

鏡子が振り向くと、竹子が慌てて駆けてくるところだった。

「なんと。ずいぶん思い切ったことをなさる。ご両親が驚きますよ」

「ええ。でも私が突拍子もないことをするのは、今に始まったことではありません」

「そうでしたね」

伊織は懐かしそうに目を細めた。

「鏡子様、この方はどなたですか。何の話です?」

竹子は伊織を警戒しながら鏡子に耳打ちした。

「以前お話ししたことがあるでしょう。地震の夜、錯乱して逃げ出したところを助けてくださったお方です」

「あ、ああ! 昌平坂の……」

竹子は納得した様子だったが、だからといって鏡子のこの奇行の理由が判明したわけでもなく、かといって強く止めていいものか考えあぐねている顔で、二人の顔を交互に見やった。

「竹子さん、いいのです。これが最後ですから」

「最後?」

聞きとがめた伊織に、鏡子は向き直る。

「このたび会津へ嫁入りすることになりました」

伊織は大きく目を瞠った。驚く表情に、胸がすく思いだった。が、ひとつ風が吹くと、もとの笑顔に戻っている。見慣れた、隙のない笑顔だった。

「おお、それは。慶賀慶祝の至りにて、誠に喜ばしゅう存じ奉ります」

——そうか。あなたは笑うのか。そうではないかとは思っていたけれど、やはりそうか。

自分は何を期待していたのだろう。今この瞬間無残に散ったものも、海に投げ捨てていこう。ぐっと拳を握り、鏡子もまたとびきり美しく微笑んだ。

第三章

一

「何汲む、かに汲む、長者の家の宝汲む」

歌うように唱えながら、鏡子は柄杓でつるべから幾度も水を汲む。零さぬよう心がけてはいるが、井戸柄杓には、木炭、松葉、青木の葉、串柿と昆布が水引きで縛りつけられているので、汲みづらい。

年が改まり万延二年（一八六一）となり、二日目の朝だった。武家は正月二日に若水汲みをすると決まっている。まだ夜も明けぬうちに、かじかむ手で水を汲み、桶に移す。本来、若水汲みは年男の仕事だ。江戸にいたころは、父が毎年行っていた。嫁ぎ先である森名家も例年は当主が行うが、今年ばかりは特例らしい。

胎に子を宿した嫁が若水を汲む。これが、この家のしきたりだそうだ。母体が汲むことによって、胎の中の次期当主が大事なおつとめを果たしたことになり、土津公の特別な守護を得た男児が生まれるという。

姑(しゅうとめ)の通子(みちこ)も、嫁入りした翌年、胎に子を宿した身で若水を汲み、その結果、玉のような男児を授かった。馬鹿げていると思う。子が宿った時点で性別など決まっているだろうに。

柄杓も桶も年の瀬に購入したもので、真新しい白木には松竹梅の絵とともに「森名」と記されている。白木のままでは葬儀と同じで縁起が悪いからと、めでたい絵と姓を書き入れるのだ。

鏡子が水を汲む様を、いくつもの目が注視している。そこに含まれる思いはさまざまで、中でも鋭く感じるのは警戒だ。通子のものだろう。どこにいても、針のように突き刺さるのですぐにわかる。江戸からやってきたばかりの若嫁がまた不始末をしでかすのではないか、見張っているのだ。

水を汲み終え、柄杓とともに桶を持ち上げようとすると、女中が慌てて飛んできた。

「いけません。それはおらがもぢますから」

「ですが厨(くりや)に運ぶまでがつとめだとうかがいました」

「大事なお体です。おながの子にさわりがあっては」

女中は強引に桶を取り上げると、そそくさと厨の方面に去っていく。これで湯を沸かし、顔を洗い、飯を炊くのだ。一年のはじめのこの大事な儀式をきっちり勤めるようにと、姑に厳命されている。

　鏡子は困ったように通子を見た。広縁からこちらを見下ろしていた彼女は、常に消えることのない眉間の皺をますます濃くして、ため息をついた。

「江戸育ちはこれだがら」

　通子の声は低く、よく通る。夜明け前の、吐息すら凍りそうな庭の空気がよりいっそう冷たく凍りつく。鏡子は顔色を変えず、「では厨に参ります」と頭を下げると、言葉通り厨に向かった。背中に感じる視線はもはや刃のようだ。水の重さよりも、このほうがよほど胎の子に悪そうだったが、鏡子の口許にはほのかな笑みがあった。

　ここでどうふるまっても、通子が納得することはない。鏡子が女中を退け、強引に桶を運んでいれば、森名家の跡取りを流すつもりかと叱責されただろう。この半年で、こういう時はともかくやり過ごすのが肝要と身にしみた。必要以上に謝るのも機嫌を損ねる。もっとも、通子の機嫌がよい時など見たことはないが。

「ごめんくなんしょ」

　厨に顔を出すと、すでに忙しく立ち働いている女中たちが飛び上がった。さきほど桶を奪い取った若い女中が、太い眉を目一杯さげて飛んでくる。

「さぎほどは申し訳ねぇなし」

赤い目で頭を下げる。

「とんでもない。私とおなかの子を案じてくださって、ありがとう」

「だげんじょも、そんでご新造様は……」

「いつものことです。ええと……〝ぐったましね〟？」

鏡子が自信なげに答えると、女中は一瞬ぽかんとして、次に破顔した。

「そうです、〝気にしてねぞし〟」

「お湯が沸いたら、それは私に運ばせてちょうだい」

「へぇ」

女中はいそいそと釜のほうへと戻っていく。ここにもすぐ、通子が来るだろう。

実際に食事の準備をするのは女中たちだが、采配は通子がふるう。嫁入りの翌日から鏡子も呼ばれたが、何もすることはなかった。通子が黒々とした目であたりを睥睨し、あれこれ指図するのをただぼうっと見ているだけだった。何も言われぬので、何か手伝おうと動いてみれば、すかさず「邪魔しねでくなんしょ」とぴしゃりと言われた。ともかく今はこの家のやりかたに慣れろということなのだろうけれど、もう半年以上である。

「湯は沸いたが」

案の定、通子はすぐにやって来た。

「へぇ、じきに」

「今日は登城の日だ。急いでくなんしょ」

叱咤し、いつものように朝餉の采配を始めた。昨日は元旦蕎麦だったが、二日はつゆ餅（雑煮）と決まっている。江戸にいたころ正月に食べたつゆ餅は、澄んだ鶏だしに切り餅、小松菜となると、そして車海老をいれたものだったが、この家ではかつおだしで大根と里芋を煮て、塩と醬油で軽く味付けをし、切り餅を焼いてから湯通しして椀に盛り、そこに汁を注ぐというやりかたをしていた。つゆ餅は冬の定番なので、すでに何度も食べていたが、あっさりとした江戸風が懐かしいなと思った。いつもは油揚をたっぷりいれるが、大晦日にいくらが届いたから、今日はいくらも盛るのだろう。海老が食べたい。

そんなことをぼんやり考えていると、通子が「今日から年始回りが本格的に始まるから酒をたんと用意しらっせ」と指示をとばしているのが聞こえ、鏡子は深く考えもせずに口を開いた。

「お義母様、黒豆はもう少し煮てもよいのではないでしょうか」

言った瞬間、しまったと思った。厨の空気が凍ってしまった。女中たちは一瞬たりとも手を休めてはいないが、全身の注意がこちらに向けられている。申し訳ないことをしてしまった。

「なじょして」

通子は黒々とした目で鏡子を一瞥した。今さら口を噤んでも遅い。それはそれで、通子の機嫌を損ねてしまう。鏡子は仕方なく続けた。

「昨日、お年始の挨拶でずいぶん多くの方がいらっしゃいました。皆様、さほどお酒はお召し上がりになりませんが、お節はお持ち帰りになるので、このぶんでは黒豆が足りなくなるのではないかと思いまして……」

「昨日一日でよぐおわかりになったなし」

通子はにこりともせずに言った。年始客にはお節と酒をふるまうが、皆あまり手をつけない。そのぶんは包んで持ち帰ってもらうことになっていた。昨日だけでも、挨拶に来た客はずいぶん多かった。

「今年は鏡子がいるから、いつもよりずっと客が多い。江戸小町を見たくてたまらないんだよ」

昨夜、夫が嬉しそうに言っていた。それが頭に残っていたのだろう。鍋いっぱいの黒豆を見てつい口が滑ってしまったが、失態もいいところだ。いつもならばこんなへまはしない。

やはり、本調子ではないのだろう。鏡子はそっと腹部に手を置いた。自分の腹が少しずつ膨れていくというのは、妙な感覚だ。ここに赤子がいるという。秋口からどうにも具合が悪く、普段は寝覚めがよいほうなのになかなか起きられぬことが続いたため、医師に診てもらったところ判明した。つとめを果たせて安堵はしたが、体の中にもうひとつの生き物がいるというのは甚だ面妖なもので、一日とて同じ調子の日がない。そして朝にてきめんに弱くなった。どうにか習慣で起きはするものの、朝餉が終わるまで頭に霞がかかっているのが常だった。おかげで、今日のような失態が急に増えた。通子がいっそう監視に注意を払うのも、無理はない。

「黒豆はすでに三升煮であっから。毎年のごどだ、塩梅はわかっから」

「はい。失礼いたしました」

にべもない返答は、予想した通りだった。鏡子は素直に頭を下げた。

「いずれはこごもおめさまが仕切るんだがら、思ったことを語るは良いごどだよ。げんじょもここらでは、江戸のように黒豆を食ねんだがし」

「はい」

「おめさまにどって初めでの正月だがら、こごはよぐ見っさんしょ」

「はい」

あとはひたすら、頷くことに徹する。

そうこうしているうちに湯が沸き、女中が盥に入れて鏡子のもとに運んできてくれた。手拭いとともに恭しく掲げもつと、鏡子は膝を折り、通子に礼を取った。

「お義母様、失礼いたします」

「はい」

通子はこちらを見もせずに、かまどのほうへ行ってしまった。二人が離れたことで、厨の中にほっとしたような空気が流れた。女中たちには申し訳ないことをした。彼女たちは、通子がいない時はそれなりに親しみを見せてくれる。が、通子がいる時は目も合わさない。

気の毒に、と思いながらも、同時に感嘆する思いもある。ここまで徹底した支配の中で秩序を築きあげているのはたいしたものだ。

鏡子がこの森名家に嫁入りしたのは、昨年五月のことである。梅雨のさなかでの、江戸から会津への道行きにはなかなか難儀したものだが、鏡子にとっては最初で最後の遠出である。駕籠(かご)に揺られるのは相当にこたえたが、それでも降りるたびに空気と光景が変わるのは面白く、いっそ地の果てまで行きたいと思ったものだ。馬にさえ乗れれば、そうしてもよかったかもしれない。会津に到着してからは何度もそう思い、延々と広がる田畑や、雨に煙(けぶ)る山の稜線(りょうせん)を思い浮かべたものだった。

森名家は、会津藩では上士にあたる家柄だ。父方の遠縁にあたり、前当主の弟にかつて父がよく世話になったらしく、今回の縁談の運びとなった。森名家の第一印象は、「広い」だった。それ以上のものはない。どこもかしこも清潔に整えられており、使用人たちは皆きわめて礼儀正しく言葉すくなで、決して鏡子と目を合わせようとしなかった。鏡子の実家の何倍もの使用人を置いているというのに、驚くほど気配が希薄で、それゆえに「広い」との感想しかもちようがなかった。

そして一目見て、ここの主（あるじ）が現当主にして夫となる篤成（あつしげ）ではなく、その母の通子であることを理解した。五十をいくつか過ぎたばかりの通子は、一見子どもかと思うほど背が低かった。丸い顔に、目鼻立ちがどことなく中央に寄った顔立ちで、若いころならば愛らしいと感じる者もいたかもしれないが、今は険が目立つ。多くのものを見てきたのであろうくっきりとした目はつり上がり、多くのものを飲み込んできたであろう薄い唇は口角がさがっていた。

鏡子は今まで、人間の気というものを意識したことがなかった。しかしこの通子には瞠目（どうもく）した。なんという気を放っているのだろう。やや黄ばんだ白目に取り囲まれた、洞のような虹彩（こうさい）を見た瞬間、鏡子は懐かしさに駆られた。

――あの夜だ。

ここには、大地震のあの夜がある。

全てを塗りつぶす、死の気配。周囲の者たちの生気を圧し、奪い取る黒だ。

思わず見入り、不躾（ぶしつけ）に顔を見つめることとなってしまった鏡子に、通子ははっきりと不快を示した。

「江戸では人の顔をじっと見なさるのが挨拶なんがし。きへぇ悪ぃ」

鏡子は慌てて頭を下げたが、伏せた顔には仄かに笑みを浮かべていた。私は、よいところに嫁に来たのかもしれない。そう思った。

もっとも、そう思っているのは鏡子だけのようだった。

この日も、盥とともに納戸に出向くと、すでに起きていた夫の篤成がこちらを見て微笑んだ。

「おはよう、鏡子」

「おはようございます、旦那様。お顔を」

お湯を満たした盥で洗顔の準備を調える。お湯とはいっても、厨からここに来るまでにだいぶ冷めてしまった。それでも、井戸の水よりはましに違いない。

「かたじけない。今年はあなたが若水汲みをやったのだね」

「はい。おなかの子にも縁起がよいと」

「それはわかるけれど、こんな寒い日に……。私は反対したんだが」

「お義母様はいっさいのつわりもなく、臨月まで動き回れたそうですから」

「んん、まあ母上はなぁ……」

篤成は困ったように眉根を寄せ、言葉を濁した。ひとまず顔を洗い、手拭いで顔を拭うと、眠たげだった瞼が幾分すっきりともちあがっていた。

篤成は、外見上は母の特徴を色濃く受け継いでいた。身長は女としては長身の鏡子とほぼ変わらない上に、母とは正反対のやさしげな表情を浮かべていることが多いため、どうも頼りない印象を与えがちだった。実のところその体軀は鍛え上げられており、剣の名手として鳴らしているだけあって肩から腕にかけてなどは相当に発達しているが、顔がずいぶん大きいために、こけしに衣を着せかけているように見えかねない。実際、こけしとあだ名されていた時代もあったらしい。

もっとも鏡子にとって、夫の印象はこけしよりも鼬だった。

なぜこの獣かといえば、会津を目指す道中で、一度鼬を見たからだった。たいてい鼬は人の気配を察すれば瞬時に逃げてしまうが、その鼬は臆することなく、休憩中の鏡子のもとに近づいてきた。

「珍しい。ああ、まだ子どもですね」

付き添いの老僕が感心したように言った。餌でも探しているのかと、干し柿をちぎってひとつ置いてみると、警戒しつつもその場で食べた。その姿が愛らしく、手を伸ばせば撫でさせてさえくれそうだったので、おまえ一緒に会津へ行くかい？　と語りかけたところでちょうど馬が嘶き、鼬は驚いて逃げてしまった。だから、いざ会津の森名家に到着し、夫となる人物と顔を合わせた時には驚いた。本気で、あの鼬がついてきたのだと思った。丸い顔の真ん中に目鼻と口が集まっているところも、黒目がちの円らな目も、顔が大きくて胴が長いあたりも、あの野を駆ける獣と重なった。

それから鏡子は心の中でずっと鼬さんと呼んでいた。実際この夫は、鼬のようにすばしこく、臆病だった。

顔を洗い、丁寧に髭をあたる夫を、鏡子はじっと見つめていた。正月ということで、昨日髷は結い直し、大晦日のうちに月代もきれいに剃り上げたが、やはりもう一度手をいれたほうがよいだろう。今日は藩主への拝賀がある。藩士の中でも近習は元旦に登城するが、外様（武官）は今日だ。氏神や先祖の墓へ詣で、その後は下僕をつれて一族や縁者を訪ねて回る。ほぼ一日、家にいない。

「疲れてはいないか。身重の身だと客の世話は大変だろう」

鏡子が月代を丹念に剃り上げていると、鼬はのんびりとした声で言った。彼は、鏡子と二人の時には江戸言葉を使う。通子に聞かれたら大目玉を食らうだろうが、「昔、江戸にいたことがありますので」ととびきりの秘密を打ち明けるように言われた。単に参勤交代の随行だろうが、彼にとってはきらめくような時間だったらしい。鏡子の江戸言葉を美しいと褒めそやし、自分も喜々として喋りだした。その時に鏡子は、会津弁を習得するのはやめようと心に決めた。嫁入り前から、会津弁には少しずつ慣れてはいたが、夫のためにそれらを全て放り投げることにしたのだった。

「いいえ、ちっとも。お義母様がたいていのことはやってくださいますから、私はただ座っているだけで」

　皮肉のつもりはなかったが、夫はまた困ったような顔をした。

「すまないね、面倒をかけて。母上についていくのは大変だろう」

「いいえ。私はぼんやりしておりますから、お義母様には感謝しているのです。お義母様は会津のおなごの鑑でいらっしゃいますから」

　鏡子の言葉に、篤成はほっとしたように目許を緩めた。

「おめは、やさしいおなごだなし」

　こういう時、ほとんど無意識のように会津弁が出る。自分でも気づいていない様子なのが、微笑ましかった。

「もったいないお言葉です、ですが本当にお義母様のことは尊敬しておりますから」

　嘘ではなかった。

　むしろ、この家の中で興味を惹くのは、あの義母ぐらいなものだ。家中のものからことごとく生気を奪い、厳然たる死の秩序に誇り高く君臨するあやかし。彼女に最も多くのものを奪われたのは、まちがいなくこの夫だろう。

　篤成はやさしい人物だ。十以上若い新妻を、目に入れても痛くないほど溺愛しているのは傍目にも明らかで、鏡子自身も夫の情は深く感じている。柔和を絵に描いたような篤成は友人も多いが、以前はあまり彼らもこの家には立ち寄らなかったらしい。

一昨年までは前当主の父親が健在だったこともあるが、やはり通子の存在が大きかったのだろう。しかし鏡子が来てからは、格段に人が増えたと篤成は嬉しそうだ。鏡子はただ座敷に挨拶に出ただけだったが、その時に夫と友人を眺めて感じたのは、夫はよい人物というより人がよいのだということだった。友人たちに親しまれているのはまちがいないが、そこには常に、うっすらとした侮りが寄り添っていた。

「今度のめごい嫁さんは、しっかり守らねえどなし」

酔いの回った友人の一人が笑いながらそう言った時には、場が静まり返った。その直後には別の友人が不自然なほど大きな声で違う話題を振り事なきを得たが、あの瞬間の冷えた空気は、鏡子が毎日、通子といる時に頻繁に感じるものだった。

そのころには、鏡子の耳にも噂は届いていた。前妻はあの鬼のような姑にいびり殺されたのだと、まことしやかに囁かれていた。真偽は確かめようもないが、前妻は嫁入り前は子どものころから病気ひとつしたことのない健やかさが売りだったとは聞いた。前当主が求めたのは――おそらく正確には通子の希望だろうが、ともかく丈夫であることの一点のみだったという。希望通りの頑丈な嫁だったが、なかなか子を成せず、みるみるうちに痩せ細り、嫁入りして四年目にしてようやく子を授かるも流産し、自身もそのまま儚くなったという話だった。

この話は広く知られ、そのため篤成には後妻のなり手がいなかったらしい。篤成自身ももう結婚はよいと思っていたふしがあるが、父親が隠居し当主を継ぐとなってはそうもいかず、そこで江戸の遠縁を頼ったらしかった。江戸ならば悪評は届いていまいと通子が考えたのだろう。鏡子はようやく、苦虫を嚙み潰したような父の表情に得心がいったが、当時噂を知ったからと言って自分が嫁入りを拒否するとは思えなかった。おそらく父もそれを承知で、強くは言わなかったのだろう。母ほどではないにしても、娘の性情は承知しているはずだ。

あなたは、どこでもうまくやっていけるでしょうから。母は言った。その通りだ。私は、鬼が支配する家でもうまくやれる。

周囲はみな、江戸から来た苦労しらずの若妻が、前妻の二の舞となるのではないかと気を揉んでいる。最悪の結末を回避しようと、ただただ息を潜め、鬼が荒ぶらぬよう祈っている。家の奥向きだけではなく、全体のすみずみまで恐怖を行き渡らせるのだから、通子はたいした女だと思う。男であれば、相当に名を成したのではないだろうか。しかし通子は女である。恐れられると同時に、会津婦人の誉れとの声もある。

実際に彼女は、一分の隙もなく完璧だった。着物は誰より巧みに早く縫い上げるし、料理の腕も確かであり、家中の雑務が滞ったことは一度もなく、歌の名手であり漢詩もよく詠んだ。なにより彼女は、一心に森名家の繁栄を願い、藩主に無上の崇敬を捧げている。鏡子の母も裁縫の名手の声高く、会津藩への思いは強かったが、その比ではなかった。

　完璧であるということは、死に近いと同義なのかもしれない。通子を見ていると、
　そう思う。極めれば、もうその先はない。その時点で、人としては死んでいるのかもしれない。

しれない。

　月代を剃り、丁寧に髷を結い直した後、朝食となる。いささか塩味の強いつゆ餅を頂いた後、鼬は熨斗目に麻上下を身につけ、家を出た。

「いってらっしゃいませ」

　若党らを連れて出立する夫を見送り、またふと背後から視線を感じる。振り向くと、通子がじっと見ていた。相変わらず黒々とした、何もない目だった。

「黒豆は煮るごどにした」

　通子は淡々と言った。

「そうなのですか」

「旦那様にも、今日は昨年の倍は人が来っからど言われだがら。お節を増やさねば」

　口許にのぼりかけた笑みを、鏡子は慌てて打ち消した。

「わかりました。忙しくなりますね」

「そうだなし」

　相変わらずにこりともせず、通子は言った。そうだなしとは言っても、おそらく鏡

子はまたお節にはいっさい触らせてもらえず一日が終わるのだろう。だが充分だ。今日の若水汲みは、通子が鏡子にやらせるべきだと言ったと聞いた。おそらく彼女には、いびるつもりなど毛頭ないのだ。

興味深い人だ。そう思えることは、鏡子にとってなによりありがたいことだった。会津婦人として範となる存在がすぐそばにいることも、人を映して生きる彼女には大きな助けとなる。周囲の反応を注意深く見ながら、ここは真似てはならないと工夫していく作業も面白い。といってもそれは、暇つぶしといった意味での面白さに過ぎないが。

正直なところ、嫁入りが決まってからは、少し期待していたのだ。娘から妻という器に変わることで、何かが終わり、そして始まるかもしれないと。ただ死ぬまでの時間を生きているという薄ぼんやりとした自覚が、変わるかもしれない。母も言っていたではないか。あなたのような人間には、いれものがあったほうが生きやすいと。

しかし、何も変わらなかった。鏡子の何も変わりはしなかった。

この体が開かれ、異物が入り込んできた時も、結局のところ何ひとつ壊れはしなかったのだ。たしかに痛みは感じ、血は流れたけれど、それは肉体の反応にすぎない。鏡子からすれば、大地震の時に転んで金魚を潰した時の感触のほうがよほど鮮烈だった。あの時はじめて、体と精神がまっすぐ繋（つな）がったような気がした。あの時ほど、私は生きていると感じたことはない。

快楽などは期待しない、だが他者が入り込むなどどれほど鮮烈な体験だろうか。痛みがあると聞いてはいたが、その点こそむしろ楽しみではあった。またあの時のような感覚を味わえるなら。そう期待していただけに、落胆した。旅の途中で触れられなかった鼬に、遅まきながら嚙まれたようなものだった。鼬は毎日じゃれついてきて、そのおかげですぐに子もできたが、そう知った時ですら、さして感慨はなかった。内側から徐々に体が作り替えられていく感覚には戸惑い、つわりには苦しめられたが、どうしてもあの行為の結果この胎になにかが宿ったというのが腑に落ちなかった。鼬は泣いて喜び、家中の空気も珍しく華やぎ、それからは誰もがなんとしても鏡子と子を守らねばと必死だった。

ならば、今度こそ変わるだろうか。

今はただ嘔吐とにぶい痛みを与えるだけの胎の子が生まれれば。

自分の中に迎え入れるだけでは何も壊れなかった、でも外に産み落としてしまえば？　母という生き物になれば、変われるかもしれない。通子ですら息子を深く思っているのはわかる。そのように、なれるかもしれない。

鏡子は祈るように、腹に手を置いた。

この子が私の命となりますように。そして、どうか——私の中に巣くうあれを喰らい尽くして出てきてほしい。

鏡子が産気づいたのは、桜が散り始めたころだった。

ここでは江戸よりも一月ほど開花が遅い。桜ばかりか梅と桃もいっぺんに咲く豪奢(ごうしゃ)な春の光景は、白と黒だけで構成される長い冬の陰鬱(いんうつ)さを一気に吹き飛ばすものだったが、鏡子は初めての会津の春を堪能(たんのう)している余裕はなかった。

人生で死を感じたのは、これで二度めだった。内側から引き裂かれるような痛みは、はっきりと終末を予感させるものだったが、それは憧(あこが)れたものとはほど遠かった。

命とは、これほどに荒々しいのか。これほどに過酷なのか。こんなにも無様で、醜いものなのか。期待したような、死の直前の鮮やかに燃え上がる命の美しさなどどこにもなかった。そうだ、死は醜いのだ。命は醜いが、死はもっと醜い。あの金魚の冷たく陰惨なぬめり。私は今から、ああいう存在になるのだ。

痛みには強いと思っていたのに、この時ばかりは絶叫をこらえることはできなかった。自分は今こそ死ぬのだと思った瞬間に、子は胎からこの世に転がり落ちた。

世界が遠く白む中、産声を聞いた。産婆が何かを言っている。誰かが汗を拭(ふ)いている。ああ、生きている。死ななかった。死ねなかった。だが今はどうでもいい、どうか放っておいてほしい。そう思って、体の欲求のままに瞼を閉じようとすると、「鏡子さん」と凛とした声がした。

はっと目を開く。通子が枕元に端然と座り、こちらを見下ろしていた。その顔はうっすらと上気していたが、目は変わらず洞のように深く黒かった。

「くたびっちゃべ。めごい女子だ」

産声はここではないどこかから聞こえてくるのに、通子の声は明瞭だった。赤子はもう連れて行かれたのかと思いきや、白いおくるみを抱えた産婆が笑顔で鏡子の傍らに膝をついた。

「ご新造様、見なっさんしょ。こだに美しいややは見だごとねえ」

そう言って差しだされたのは、とても人間とは思えぬ赤い生き物だった。鼬が生まれたのかと、本気で思ったほどだった。

瞬間的に、自分でも驚くほどの嫌悪を感じた。しかし鏡子は渾身の力で微笑み、

「まあ本当、なんてかわいらしい……」とつぶやいた。もう指一本動かしたくはなかったが、どうにか腕を持ち上げ、ようやく泣き止んだ赤子の頬に触れた。ぶよぶよとして、気持ち悪かった。

この時ほど、通子に感謝したことはなかった。はじめに声をかけてくれなければ、朦朧としたまま赤子と対面せねばならなかっただろう。そんな状態では、とっさに繕うことができたかどうか。

同時に、絶望もした。赤子は可愛いものだと聞く。生まれた瞬間からもう、この世で最も尊い存在になる。それが母たるものだと。それほどに強い情を抱けるものが誕生する日を、鏡子は心待ちにしていた。しかし今この瞬間、嵐のような情愛などどこにも感じない。世の中の「母親」は、これを本当にこの世で最も尊いと感じるものなのか。それとも、これからそう感じるようになるのだろうか。

母は、私が生まれた時、どう思ったのだろう？　そして今、冷たい目で自分を見下ろしている通子は。

しかし深く考える余裕はなかった。すぐに飛び跳ねるような足音が近づき、融が飛び込んできたからだった。

「鏡子、よくやった！　ああ、なんてめごい姫だ。こんなにめごいややは見たことがねえ」

生まれたばかりの我が子を抱き、夫は何度も鼻を啜りながら言った。こういう時の定型文なのだろうかと鏡子は冷静に考えたが、融の子に向けられる目は充血し、本物の歓喜と情が滴り落ちていた。ああ、彼にはまことの情があるのだ。母たる存在よりもすでに、親の心をもっている。

この人は、まっとうだ。

兄や、竹子のように。どんなに押し潰されようと、どんなに臆病であろうとも、日の当たる道を堂々と歩む人なのだ。しみじみとそう感じた。そしてそれはおそらく、通子の中にもあるのだろう。こんな死のような女でも、私よりまともなのだ。

「あんまりやがましくすんでねぇ。赤子も起きるべ」

息子があまりに騒ぐので、通子は呆れ顔で追い出した。しかし部屋を出されたのは彼だけではなく産婆も女中も、そして赤子も連れて行かれ、部屋の中には鏡子と通子きりになった。

「安産で何よりだなし」

さきほどの喧噪が嘘のような静寂の中、通子の声だけがただ響く。馴染み深いいつもの光景に、鏡子もほっと息をつく。

「これでも安産なのですか……」

「初産どしてはこの上ねぇなし。健やがなややを生んでくんつぇ、ありがとなし」

通子は桶に手拭いを浸し、軽く絞った。その手は節くれ、赤らんでいた。お産の間、ずっと近くにいて汗を拭っていてくれた手だった。表情や声からは喜びは欠片も感じられなかったが、何度も何度も拭う感触は覚えている。

「とごろで、鏡子さん。ひとつ訊いてもいいがし」

再び手拭いを鏡子の額に押し当てながら、通子は言った。

「なんでしょう」

「おがもどさま、とは誰がし」

鏡子は息を呑んだ。ようやく体に巡りはじめた血が、一気に退いていくのを感じた。

「……え？」

「今にも生まれる時、叫んでいだべ」

通子の視線を追って顔を巡らすと、その先は床の間だった。青磁の花瓶には、季節の花が生けられている。いつもは通子の渋好みを反映して、品はよいがどこか寂しげなたたずまいの床の間には、珍しく爛漫たる春があった。花瓶の青は、明らかに春空を模したものだった。

ああ、そうだ。痛みにのたうち、のけぞり、その時に目に入ったのだ。満開の桜が。御殿山の花吹雪が脳裏をよぎった。そこに佇む、若侍の姿を見た。

「あ……」

言葉もなく唇を震わせる鏡子を見下ろし、通子はわずかに目を細めた。

「なんも、責めるづもりはねぇ。お産はわがでもわかんねことをじなったりするものだ。そんだがら、おなごしかこの部屋には入れねぇんだ」

滲む汗を拭き、手拭いを水に浸す。そして鏡子の髪を、丁寧に整えた。

「みな、心得でる。んだがら、ごごがら出だら、おめも間違っても語ってはなんねぇぞい。言いでえごどは、それだげだ」

そう言うと立ち上がり、静かに部屋を出て行った。

彼女が障子を開いた時、中庭が見えた。そこで今が盛りと咲くのは、桃の花だった。桜は庭木には向かない。

しかし、ここの床の間には桜がある。今も鏡子を見下ろしている。

――ああ、あれは、死んではくれなかった。

鏡子は目を閉じた。こんな苦しい思いをしても、何も変わらなかった。失望がひたひたと足下から押し寄せ、小さな滴となって目尻から零れ落ちた。

二

文久二年（一八六二）春、京都は沸騰するような熱に包まれていた。

伊織にとっては四年ぶりの京都である。四年前の記憶は鮮烈なもので、盆地の中の暑熱、そして薩摩藩士たちの雄叫(おたけ)びのような嘆きが今なお耳に焼きついている。挙兵を目前にした島津斉彬の死に押し潰された、重苦しい夏だった。

今回は春だというのに、四年前よりも強く熱を感じる。それは、人が発するものだ。まず四年前よりも、はるかに人が多い。目立つのは、若い志士たちだった。錦小路(にしきこうじ)の薩摩藩邸に向かってみればさらに人は増えた。薩摩藩士ばかりか、長州や土佐の言葉も飛び交っている。

　理由は、わからないではない。伊織とて高揚している。なにしろいよいよ、島津久光が千の薩摩兵を引き連れて上洛するのだ。斉彬が死んで四年。弟である久光が、兄の遺志を継いで挙兵する。目的は公武合体の推進。そして幕政の改革である。

　二年前の三月に起きた桜田門外の変以降、幕府の威光は地に落ちた。昨年には、公武合体を進めていた老中の安藤信正が再び水戸浪士に襲撃され、命こそ助かったものの逃げる際に背に刀を受けたため笑いものとなり罷免され、いよいよ幕府の権威は失墜した。

　久光は、挙兵は今をおいて他にないと判断した。重富家から島津宗家に復帰し、藩主と同等の待遇を受ける「上通り」の身分を得た彼は、二月に薩摩を出立し、じき伏見に到着する。朝廷に意見書を提出し、勅使とともに江戸に向かい、幕府に改革を迫り、停滞している公武合体を推進させるのが目的だった。むろん最終的には、薩摩が幕政に参加するつもりである。

　伊織は江戸にて久光の上洛を待つ予定だったが、高揚を抑えきれずに京へと参上した。

　そもそも伊織が薩摩で久光と出会ったのは、この京で斉彬の死を聞いたからだ。だからこそ、この地で久光を迎えたい。自分にもこんな感傷めいた動機で動くことがあるのかと、我ながら感心したほどだった。

昌平坂に入校して、すでに八年。江戸で得た知識を後進に伝え、新たな世を担う人材を育成するという使命を考えれば、とうに薩摩に戻っていてもよいころだ。しかし久光は、伊織が江戸に残ることを望んだ。大久保ら「精忠」の面々とは一線を画し、諸藩の藩士やあらゆる立場の者とあやしまれず接触できる伊織の立場は実に便利だった。あくまで本道である勉学の傍ら収集した情報を定期的に久光に書き送り、また再び水戸と過剰に接触する藩士がいないかと注意深く観察を続け、必要とあらば間に入ることもした。江戸もだいぶきな臭くなってはきたが、今のところ薩摩藩士は大きな事件に関わってはいない。昨年の老中襲撃も、薩摩藩士はいなかった。

現在、伊織の身分は薩摩藩江戸藩邸学問所教授ということになっている。久光が幕政に参加することになれば、伊織も側近として取り立てられることだろう。他藩ではあるが、同じ昌平坂の出である会津藩の秋月悌次郎（あきづきていじろう）は、しばらく国許の藩校で教えていたらしいが、最近は江戸で藩主松平容保の側近にとりたてられたらしく、しばしば顔を合わせる。出世のきっかけとなったのは、桜田門外の変だった。御三家の水戸藩と幕府の間を取り持つため、容保が秋月を水戸へと遣わしたらしい。ともに昌平坂で学んだ原市之進を始め、多くの志士や学者と接触してみごと使命を達成し、その功によりとりたてられたと聞く。こうした仕事は、全国に知己がおり、幅広い見識をもち、議論にも慣れている昌平坂の元書生にうってつけだ。いずれは伊織も辿る道である。

　薩摩や長州は今、京都では人気があるという。幕府が使い物にならなくなった以上、外様の雄藩が何かしてくれると期待を寄せているのだ。

が、それにしてもいささか過剰である。違和感を覚え、近くの藩士に話を聞いてみたところ、驚くべき答えが返ってきた。

「そいは当然じゃ。和泉様（久光）がいよいよ討幕の兵を挙げらるっと。他ならぬ薩摩が、公儀を討っ。順聖公が果たせんかった大望が、いよいよ実現すっとじゃ」

　伊織よりいくぶん年上のその藩士は、唾を飛ばす勢いで語った。伊織は耳を疑った。

討幕？

「今、討幕と言いましたか」

　伊織は慎重に確認した。

「うむ。主上をないがしろにする不敬、こい以上は見過ごせん。朝廷の意を得て公儀を解体し、尊王攘夷を今こそ実現する時じゃ。和泉様はよくぞ決断してくれもした」

「……貴殿らはどうされるのです」

「無論、一命を賭してお仕えすっつもりじゃ！　薩摩藩士としてこい以上に晴れがましいこっはなか。順聖公亡き後、殿がおらんちょったら何もできぬ腰抜けと、長らく我々も侮られちょったでなあ」

　それからしばらく男は、今までの苦労と、ぶじ大望を果たした後のことを語った。あまりに確信に満ちた喋り方だったので、伊織は思わず、久光について伏見屋敷に入った大久保に確認をとってしまった。

「そげなことがあるはずなか」

　大久保は苦りきった顔で否定した。

「じゃっどん、討幕の挙兵と信じちょる輩が少なからずおるのも事実で、正直参っちょる。（村田）新八どんらを京から引き離し、大坂の藩邸に押し込めちょるが……何をすっかわからん」

　彼の言う通り、多くの藩士が此度の久光の上洛は、幕府を討つためだと信じている。もちろん出回っている噂は間違いだ。久光の目的はあくまで幕府の改革と公武合体である。討幕のとの字もない。

　しかし、藩士の中には、「家老の小松帯刀様がおっしゃったのだ」と断言する者もいた。そんなはずはない。久光はたしかに、藩内の志士たちと強く結びついてはいるものの、武力での実行は嫌悪し、過激派の村田新八などは遠ざけ、帰藩を命じているほどだ。よって彼らは、この噂の出所ではない。ではなぜ、多くの志士が討幕が事実と信じているのか。

　噂とは尾ひれがつくものだし、他藩の志士や町人たちがもっともらしく話していても、理解はできる。しかし、薩摩藩士たちまで討幕をほとんど事実のように語っているのは解せない。

　これは、大がかりな扇動をした者がいる。外堀を埋めて、久光を討幕に引きずりこみ、旗頭にしようとする輩が。そしてその目星は、遺憾ながらある程度ついていた。

　予想が正しかったと確信したのは、伏見にある薩摩藩士の定宿「寺田屋（てらだや）」に足を運んだ時だ。薩摩藩士どころか、他藩の志士も大勢いる。そしてその中に、伊織は懐かしい顔を見た。

　開け放たれた二階の部屋、その中央に陣取り、車座になった志士たちに尊攘（そんじょう）計画について語る。この車座は、彼の塾での特徴だった。上も下もないということらしい。

「島津三郎様の入洛とともに我々も連動して騒ぎを起こし、共に江戸に攻め入るのだ。もはや士分も郷士も関係ない」

　よく響く声で熱弁をふるうのは、清河八郎だった。

姿を見るのは、じつに一年ぶりである。清河が昨年の五月、唐突に江戸から消えたためだ。

　二年前の桜田門外の変以来、ますます尊攘の志士が集いはじめた清河塾は幕府に目をつけられ、同年十二月には伊牟田らがとうとう亜米利加公使館通訳のヒュースケンを暗殺した。清河は関与はしていなかったらしいが、清河塾への目付は強化され、その中でとうとう清河自身が罪を犯してしまった。水戸の志士たちとの会合の帰り道に無頼者に絡まれ、一刀のもとに首を切り落としたという。途端に待ち伏せしていた捕り方が飛び出し、清河は夜陰に紛れて逃れ、そのまま消息を断った。塾は閉鎖、有志たちや清河の妻は捕らえられ、今も牢獄におり、生死もわからない。

清河自身の生死も長らく不明だったが、一月ほど前に突然、文が来た。追われている以上、せっかくだから旅をしようと思ったと、暢気なことが記してあり、とくに薩摩や長州といった雄藩で西国の志士たちと語らうのは、じつに有意義な時間だったとあった。

「これはこれは、岡元さん。まさに今日、訪ねようと思っていたところだ。おぬしから来ていただけるとは」

伊織に気づき、清河は日に焼けた顔で嬉しそうに笑った。しかし伊織はにこりともせずに、こちらを警戒している藩士たちを見回し、続けた。

「失礼いたす。清河殿に急ぎお伝えせねばならぬことがあるのだが、少しばかりお時間を頂いてもよろしいか」

ここで話せばよかろうと言われたが、結局は許可を得て、清河を寺田屋から連れ出した。

「なんだ、わざわざ連れ出して。てっきり、島津三郎様への目通りの手はずを整えてきてくれたものかと思ったが」

変わらず人を食った物言いである。伊織は巧みに人の波を避け、近くの濠川へと友を誘った。川岸の柳が、風にさわさわと揺れる。葉の色はだいぶ濃くなっていた。

「まずは清河殿に足があるかどうか確かめたかったのですよ。一月前に文が届いた時には、幽霊か、誰かが名を騙っているのかと思いましたからな」

いくぶん皮肉な口調で切りだすと、清河は苦笑した。

「足ならば、ほれこの通り。江戸にいたころよりよほど頑丈になったぞ。なにしろ、歩きに歩いたからな。江戸から京、そこから長州、薩摩。そして京。足腰はますます丈夫になったわ」

「追われているというのに西国旅行とはずいぶん暢気なことだ。皆、たいそう心配していたのですよ」

「それはすまぬ。しかし公儀に追われているからといって、ずっと身をひそめているわけにもいくまい。この機に西の志士を訪ね歩き、こうして決起の道筋がたったのだから、天が時至れりと申しているのだろう」

自信たっぷりに断言する姿は、昔とまるで変わっていない。何があろうと自身を信じて立ち上がり、行動する姿はたいしたものだ。伊織はため息まじりに笑った。こういうところを好ましく思っていたはずだった。

「決起と言いましたな」

「さよう。以前話したことがあろう。浪士で編成された朝廷直属の部隊をつくると」

「こうもおっしゃいました。もし和泉様が起つことあらば便乗したいと」

「うむ。その件で明日にでもおぬしを訪ねようと思っていたのだ。島津三郎様もいよいよ京に入られるのだろう。一度お目通り願いたい」

その件には答えず、伊織はひたと相手を見つめた。

「やはり、貴殿でありましたか。和泉様が討幕に起つと触れ回ったのは」

寺田屋にまで顔を出し、薩摩藩士たちをも焚きつける。弁舌を鍛えに鍛えた清河の話に聞き入る若き藩士たちの顔は、みな興奮に輝いていた。かつて、斉彬の死を嘆くあまり我を失った藩士たちと同じ、異様な目だった。

「なに、間違いではあるまい。俺ひとりが言っているわけでもなし」

清河は悪びれずに言った。

「薩摩藩を訪れ、精忠の志士たちと語らい、確信したのだ。公儀を倒しうるのは薩摩だと。島津三郎様が近々上洛されると聞き、この機を逃してはなるまいと思うてな」

「だからといって討幕などと根も葉もないことを。和泉様はあくまで公武合体推進のために上洛されたのです」

「最終的には江戸を目指すのだろう、ならば根も葉もない嘘ではあるまい」

「公儀を倒すなど考えていらっしゃいません。あくまで改革を望んでおいでだ。内乱にでもなれば、それこそ異国に付け入られ、この国まるごと沈むことになりかねない。それを最も危惧(きぐ)しておいでなのです」

「生ぬるい。今こそ尊攘を高々と掲げ、討って出る時ではないか。時機を見失ってはならん。京の熱狂を見たであろう」

清河は足を止め、強い光を宿した目で伊織を見た。

「たしかに俺は各地を遊説して回り、志士に呼びかけた。だがそれだけで京にこれほど志士が集まるか。今や京では志士ばかりか、町民の子どもに至るまで尊攘を叫んでいる。そして薩摩に期待している。今、薩摩が討幕を宣言すれば、全土の志士が雪崩(なだ)れをうって押しかけよう。他藩も遅れてはならぬとばかりに次々駆けつける」

清河は右手を掲げ、ぐっと拳(こぶし)を握った。大きな、分厚い手の甲に、太い血管が浮かび上がる。

「わかるだろう、岡元さん。今、なのだ。我々志士と薩摩の手で、天を動かす時だ」

天を動かす。この手で。なんと、甘美な響きをもつ言葉だろうか。

伊織は、清河の手の甲を見つめた。浮き出た血管には、熱い血潮が流れている。男たちを実践に駆り立てる血。今この瞬間を生きている証(あかし)は、まるで死へ誘うように沸き立ち、流れ出ることを好む。

都が血の海になるところを想像する。京だけではない、江戸も血に沈む。炎に呑まれる。世界は終わる。今度こそ、終末がやって来る。ああ、いつだったか、世界は終わるのかと尋ねた娘がいた。

「それは、薩摩の意志ではありません」

浮かぶ幻影を振り払い、伊織は言った。

「貴殿の計画は、多くの犠牲の上に成り立つものだ。それが、貴殿の言う実践なのか。なんのための学問だったのですか」

「回天にはどうしても犠牲は伴う。長期化すればするほど、その数は増えるのだ」

伊織は頭を振った。

「貴殿はただ、名を上げたいだけだ」

清河のこめかみが、かすかに波打った。

「むろん、名を上げたい。当然ではないか。だがおのれの信条に従っておるのだ、何も恥じるところはない」

「されど、呑まれて貴殿が怪物になってしまっては意味がない。郷士には、国もとに縛られた士分には見えぬ世界が見えるというが、今の貴殿はただ自分の野心に目が眩んでいるだけだ。自分の手で世を変えるという夢に酔い果てている」

清河の目から、ぎらぎらとした光が消えた。親しげだった表情は冷たく強張り、大望を摑(つか)んでいた拳は白けたように降ろされた。

「そうだな。岡元伊織とは、そういう男だった。志を理解できん」

「それゆえに和泉様は私を江戸に置かれているのです」

清河は鼻白んだ様子で目を逸(そ)らした。

「薩摩は大藩だが、外様に過ぎぬ。今こそ、朝廷の守護者として公儀に成り代わることもできるというのに、なぜわからぬ。薩摩にとっても悪い話ではないはずだ」

「さよう、薩摩は大藩。和泉様はいずれ、世を大きく変えられるお方となる。それは確かです」

伊織は慎重に続けた。

「しかし大藩ゆえに責任があるのです。朝廷も公儀も、そして民草も守らねばならない。決して、性急に事を進めて血を流すようなことがあってはならんのです」

「事ここに至っては、もはや綺麗(きれい)事にすぎん」

「現実です。貴殿こそ大局を見失っておいでだ」

二人は真っ向から睨(にら)み合った。しばし言葉はなく、耳を掠(かす)めるのは柳の葉音と、小舟が立てる水音ばかりだった。幾ばくかの時が流れ、清河は唸(うな)るような声で言った。

「つまり薩摩は決して起たぬと。そういうことか」

「さようです」

まじろぎもせず伊織が応じると、清河は眉間をきつく寄せた。

「なれど、志士の連中はやる気だぞ。もはや止めることはできん」

「和泉様が京に入れはしないでしょう。説得を試みるはずです」

「無理だ。彼らは今や、尊王の実現のためだけに生きている」

風に煽られた柳の枝が、清河の顔を撫でる。清河は片眉をあげ、枝を摘まんだ。濠川を下る船を見やる目には、さきほどまでの異様な光は消えていた。

「旅をしてわかったのだがな。昨今は尊攘とひとまとめに言うが、江戸やその付近では『攘夷』が主だが、この京および西国では『尊王』が明らかに強いのだ。江戸にいては、こちらの尊王がいかに強固なものかは理解できん。尊王を至上と掲げた志士たちは、もはや公儀はもちろん、島津宗家の言葉にも耳を貸すまいよ。彼らの主君はただひとり、京におわす主上だけなのだから」

東では攘夷、西では尊王。言われてみればその通りだが、気づかなかった。やはり清河のこうした眼力はたいしたものだ。その観察眼の鋭さゆえに、扇動も巧みに行えたのだろう。

「なるほど。しかし説得は諦めません。私も早速、寺田屋に参りましょう」

「無駄だと思うがな。まあ、止めはしないさ」

清河はやおら両腕をあげ、ぐいと背伸びをした。

「ああ、つまらん。やはり士分は駄目だ。薩摩には期待できんとよくわかった」

「それだけでも成果があったではないですか」

「本当に腹立たしい男だな、おぬしは！」

清河は伊織を睨みつけたが、さして怒っていないことは、緩んだ口許を見ればわかった。許したわけではない。彼は、諦めたのだ。岡元伊織という男を、完全に人生から切り捨てた。だから笑えるのだろう。

「やはり藩などあてにしてはならんな。俺は初心に戻り、浪士だけで世を動かす手はずを考えるとしよう」

「どうするおつもりですか」

「とりあえず、江戸に戻るか」

「大丈夫なのですか？　公儀はまだ貴殿を追っている」

「なあに、問題ない。策はある」

不敵に笑う。その策とやらを伊織が知らされることは、永遠にないのだろう。今はこうして二人並んで濠川を眺めているが、もう二度と並ぶことはないのだ。

「そうですか。どうか御身大事に」

「おぬしもな」

清河は軽く目礼すると踵を返した。が、数歩歩いたところで足を止め、悪戯を思いついたような顔で振り向いた。

「土産代わりに教えておく。連中、島津三郎様の上洛を機に京都に火をつけ、騒ぎを起こすつもりだぞ」

伊織は絶句した。

「さすれば薩摩ももう引けまい。否応なしに尊攘の嵐に引きずりこまれることになる。対処するなら、早いほうがよいぞ」

ではな、と笑い、清河は今度こそ去って行った。寺田屋とは反対方向に向かう彼の背中を見送りながら、伊織は茫然と立ち尽くしていた。

京都に火？　主上を唯一の主君と奉じる者たちが、そのお膝元に火を放つとはどういうことか。矛盾しているではないか。

つまりは、尊王といってもその程度なのだ。何もかも、口実に過ぎぬ。彼らは、斬りたいのだ。おのが刀で、この世を斬って我ここにありと叫びたい。それだけなのだ。

結果的に、京都が火の海に包まれることはなかった。

四月十六日に、藩主名代として正式に京都に入った久光は、浪士鎮撫の勅命を受けた。急進尊攘派を押し込めた大坂の藩邸に、久光は何度か大久保を派遣し説得したものの、結局彼らは藩邸を抜け出し、寺田屋に陣取った。久光はなおも鎮撫使を送ったが、唯一の主君は帝のみと称した急進派はもはや君命に耳を傾けず、激怒した鎮撫使たちと斬り合いになった。

文久二年四月二十三日、寺田屋騒動である。薩摩藩内の壮絶な同士討ちだ。

急進派は六名が死亡したが、大半が投降した。挙兵に加わった他藩志士も同様で、尊攘派の騒動を見事おさめたことで朝廷は久光へ全幅の信頼を寄せるようになった。

朝廷の信頼を得て江戸へ向かうことが目的だったから、久光側からすれば上出来と言えるだろう。急進派の計画が頓挫(とんざ)し、伊織も胸を撫で下ろしたが、同士討ちにはさすがに心が痛んだ。しかし彼らを哀れに思うよりも、久光が主上の歓心を買うために藩士を切り捨てたと考える者も出るだろうことが気にかかった。伊織にとって、急進派とはその程度のものだ。一貫して、傍迷惑な存在でしかない。

しかしその翌日、その急進派が伊織に衝撃をもたらした。重傷で藩邸に収容されていた二名が、藩命により切腹したのである。

伊織はその様子を見ていた。すでに死相の出た顔ながら、二人は見事に切腹して果てた。介錯(かいしゃく)の刀が首を刎(は)ね、鮮血が散った瞬間、伊織は激しく動揺した。死にゆく彼らが、異様に美しく見えたのだ。苦痛に悶(もだ)え、志半ばで散る無念に形相は歪(ゆが)んでいたはずなのに、それが命を失った瞬間、美しく完成されたように思えた。

そうか、おまえたちは見つけたのか。この命を燃やす、唯一のものを。

それは、幸せなことだ。

攘夷については、未だに理解はしかねる。だが、正しいか否かは、この際どうでもよいのだ。なにものにも心動かされぬ冷酷な性質を自覚しているがゆえに、揺らがぬ真実というものを知りたいと長らく思ってはきたが、そんなものは本当は無意味なのかもしれぬ。

自分にとって正しければそれは真実である。たとえどんなに周囲に誹られるものであろうとも。それが短絡であろうと、あるいは逃避であろうと。彼らはその瞬間まぎれもなく真実に生きている。

怒りに狂う志士たちは、じつはみな、最も幸せなものたちではないのか。真実のなか走り抜け、そのまま散っていく。

それはなんと無意味で、無謀で、すばらしい人生なのか。

彼らは自分などよりよほど賢い。命の最もよい使い方を知っている。

——ああ、そのように生きられたら。

そんなふうに無意味に、ただ一心に、死ぬことができたなら。

落ちた首を眺め、彼岸へと引き寄せられていく伊織は、遠くに少女の声を聞いた。

やっと、終わるの？

三

小さなくしゃみが聞こえ、鏡子は縫い物の手を止めた。気づけば障子の間から吹く風は、ずいぶん涼しくなっている。最近は昼をすぎれば、すぐに気温が下がる。

会津の夏は短い。時期だけではなく、一日の時間においても短いとみに感じる。八月ともなれば、もう完全に秋だ。夕刻近くなれば、晩秋に近い気配がある。夏が好きだと感じたことはなかったが、この地ではあまりに短いがために、惜しむ心が強くなった。

再び小さなくしゃみが響き、むずかる声が続く。

「ごめんなさいね、寒かったわね」

鏡子は障子を閉め、部屋で寝かせていた娘を抱き上げた。一日の大半は乳母とともにいる娘だが、昼のこの時間だけは鏡子のそばにいる。

昨年五月に生まれた娘は、幸子と名付けられた。この一年と少しで、体はずいぶん重みを増し、妖怪じみていた顔もしっかり人間のものへと変わった。いや、どちらかというと鼬かもしれない。幸子はあきらかに父親似だった。それを篤成はたいそう残念がってはいたが、鏡子はこれでよかったと思う。自分とよく似たばけものよりも、愛らしい鼬のほうがずっと良い。きっと愛し愛される存在となるだろう。

そっと抱き上げたのに、冷えて目覚めた幸子の機嫌は悪くなるばかりで、どれだけあやしてみても無駄だった。とうとう火がついたように泣き始め、乳母のミツが飛んでくる。

「申し訳ねぇ」

ぺこぺこと頭を下げて、幸子を引き受ける。そして手慣れた様子でゆらゆら揺らすと、たちまち幸子は泣き止んだ。相変わらず見事なものだと思う。鏡子より三つ年上だというミツは農家の出で、すでに子を二人産んでいる。彼女の家は昔から森名家の乳母を務めているらしく、鏡子の夫もミツの母の世話になったという。健康でよく働き、なにより情が深い。通子もミツとその母親には絶大な信頼を寄せており、細やかに実家を気遣い、月に一度は自ら足を運んでいた。

「ご新造様も、どうかご無理なさらねぇで。大事なお体なんですから」

手早くおんぶ紐（ひも）で幸子を背負うと、乳母は羽織りものを鏡子に差しだした。

「私は寒くはないのよ。縫い物に夢中になってしまって、幸子がそばにいたことを忘れてしまうなんて母親失格だけれど」

鏡子は今の今まで縫っていた白い産着に目を向けた。ミツもつられたように産着を見やり、それから鏡子の腹を見た。

「んなこたねぇだ。お次のややを思うかかさまのお気持ちは、姫様もよっぐわがっておいでだ」

「ありがとう。でも、我が儘はいけないわね。ミツ、やはりずっとあなたに幸子を見てもらったほうがいいわ。明日からそうしてちょうだい」

「へ、へえ。それはもちろん……んでも、ええんだべか」

ミツは気遣わしげに、鏡子を上目遣いで見やった。姑に、一日のわずかな時間だけでも幸子と二人で過ごさせてほしいと懇願したのは、ほかならぬ鏡子である。そのころは一から十まで姑と乳母が幸子の面倒を見ていたので、全く幸子に愛着が湧かず、藁にも縋る思いだった。

自分はここで、妻という役割だけではなく、母という役割も全うしなければならない。そのために、ここに来た。娘に愛情がないだけならばともかく、あまりにも無関心では困る。鏡子にとって、興味のないものは路傍の石となんら変わらない。さすがに娘と石ころが同じ認識ではまずいだろうという思いからだった。

聞き届けられて半年近く、少しは事態は改善したとは思う。鏡子は、この鼬を愛おしいと感じていた。感じている――と思う。まるで自分に懐かず、しかし周囲から愛されてやまぬこの子を見て、いつまでもそのまま賢く愛らしくあってくれと心から願っているのだから。

「いいのですよ。ミツなら間違いはないのですもの」

「へえ、そういうことでしたら、へえ。ほかならぬ鏡子様の御子です、誰より美しく立派な姫君に育てねぇと」

ミツは喜びを隠しきれぬ様子で笑った。彼女は傍目にもまぶしいほど幸子に情を注いでいる。その厚みのある大きな体は全て、自分以外のものに向けられる情で占められているようだった。

それは惜しみなく、鏡子にも向けられていた。ミツはどういうわけか、鏡子を崇めていた。不思議なことに、この家にはそのような者が少なくない。前妻をいびり殺した姑と堂々とわたりあい、何があっても顔色ひとつ変えず、そしてすでに会津中で評判になるほどの臈長けた美しさを備えた鏡子には、いつのまにか会津婦人の鑑という肩書きがついてまわるようになっていた。噂が耳に届くのは本人が一番遅いという言葉の通り、鏡子が知ったのは最近である。

あなたはどこでもうまくやっていける。母の言葉通りになった。あれは予言というよりも、何より大事な道しるべとなった。

鏡子は何ひとつ変わってはいない。変わることができなかった。近寄りがたい、お高くとまった江戸女という誹りもないではない。だがどちらでも同じことだ。

妻として一人子を産み、二人目が今おなかにいる。来年のはじめには生まれるだろう。これが男児であれば、ひとまず役目は果たしたこととなる。こうしてひとつずつ、役目をこなして生きていければそれでよいのだ。この体の中身に、なにが詰まっていようとも。

にわかに、外が騒がしくなった。

登城していた篤成が戻ってきたのだろう。鏡子はミツをさがらせると素早く身なりを整え、夫を出迎えた。

「お帰りなさいませ。おつとめご苦労さまでございました」

「うむ。幸子は？」

篤成は二言目には、「幸子」だ。鏡子に似ていないことを残念がる一方で、目に入れても痛くないほど可愛がってもいる。この方が夫でよかったと改めて思う。母が与えてやれぬ、人の親が当たり前のようにもつものを、彼は惜しみなくあの子に与えてやれるのだから。

「ミツが見ております。明日からはやはりミツに全て見てもらおうかと」

「そうか、それがよい。おまえも大事な体なのだから」

篤成は上の空だった。たいていは穏やかな笑みがはりついている顔は、どことなく窶（やつ）れている。着替えの間にも、憂鬱そうな顔で何度かため息をついていた。

「お城で何かございましたか」

手伝いを終えた鏡子が控えめに尋ねると、篤成は迷うそぶりをみせたが、結局はため息まじりに言った。

「京に行くことになったのだ」

「京……」

鏡子は目を瞬かせた。

「まさか、京都守護職でございますか」

最近、京都の志士どもの暴れぶりは目に余る。京都所司代では手に負えぬからと、新たに京都守護職を置くことになった。それは聞いている。会津藩主・松平容保が就任を要請され続けていることも。

「そのまさかだ」

「そんな。お断りするはずだったのでは？」

志士たちによる「天誅」は頻発し、とどめとばかりに今年の四月、京都では薩摩藩士の同士討ちという悲惨な事件が起きた。藩主の父（久光）の上洛に合わせ、関白九条尚忠と京都所司代酒井忠義の首を挙げ、蜂起をもくろんだ薩摩の志士たちが、久光の命を受けた同じ志士たちに粛清されたという。攘夷に走る志士たちは、もはや藩主の命令にすら耳を傾けることはなかったらしい。

薩摩。それは、鏡子の胸を騒がせる言葉である。

「もちろん、家中は拒否で一致していた。しかし、越前守様に御家訓を持ち出されては、殿もどうしようもなかっただろう」

篤成の口調は力ない。背中がいつにも増して丸く見えた。

「越前守様ですか……復帰されたのでしたね」

越前福井藩主の松平春嶽は一橋派の俊才として名高く、井伊直弼による日米修好通商条約締結に抗議すべく江戸城へ不時登城したかどで、行動を共にした尾張藩主・徳川慶勝と水戸藩主・徳川斉昭とともに、隠居謹慎の命を受けた。安政の大獄の間は文のやりとりさえ許されなかったが、今年の四月に幕府で大きな改革が敢行され、その際に尾張・水戸、そして一橋慶喜らとともに幕政に復帰したという。京都守護職新設が決まったのもそのころで、当時から容保は幾度も就任を要請され、その都度断ってきたと聞いている。

「こうなっては、越前守様らを復帰させた島津三郎様が恨めしくなるな」

「それならば島津三郎様が就任すべきではないのですか。もともと京都の騒動は、薩摩の内紛なのでしょう。それで京都守護職を置くという話になったのならば、ご自分がおやりになればよろしいのに。こう申してはなんですが、薩摩守様は島津三郎様のご子息なのですから、島津三郎様ご自身は官位もなにもないお方でしょうに」

そもそも、春嶽らの復帰も京都守護職を置くと幕府が決定したのも、帝の勅諚があったからだ。その帝から勅旨を引きだし、幕府に改革を促したのも他ならぬ島津久光である。

「朝廷側はそのつもりだったらしいがね。しかし御公儀としては外様の、しかも無冠の人間にやらせるわけにはいかんのだろう。こういう時は必ず会津に回ってくると、昔から決まっているのだ」

どう考えても、貧乏籤としかいいようのない役職である。どの藩もやりたがらないだろう。志士相手など危険だし、憎悪を一身に受けることになる。

「親藩は他にもありますのに。越前守様とて同じでしょう」

「そうなのだが、これほどの兵力をもっているのは会津しかおらんからな。仕方がないといえば仕方がない。なにより、御家訓が重い」

御家訓ゆえに、会津は常に幕府に従う。どんな無茶な命令を受けたとしても。蝦夷地への遠征も江戸湾警備も、引き受けた。おかげで藩の財政は打撃を受け、藩士たちもひどく消耗した。帰ってこないものも多かった。

そこまで引き受けた会津の強者たちも、今回ばかりは受け入れられぬと決めたのだ。先祖伝来のこの地で生まれ育った生粋の会津のものたちが。だというのに、養子である容保が、御家訓を理由にこの理不尽を受け入れた。

「殿が御公儀に従うとおっしゃるのなら、我らも命を賭して従うまでだ。とはいえ……

……」

篤成はやおらしゃがみこむと、鏡子の腹を撫でた。

「何も、こんつら時になし。幸子もめごい盛りだというのに」

円らな目に涙を浮かべて、篤成は何度も腹を撫でた。果てには腹に耳を当て、赤子の心音を聞こうとする夫を、鏡子はぼんやりした心地で見下ろしていた。

赤子を置いて行かねばならぬ我が身を嘆く思いも、たしかにあるだろう。しかし、篤成の心を押し潰しているのはおそらくもっと深く、巨大な不安だ。

——今度こそ、会津は終わるかもしれない。

皮膚から伝わる思いが、鏡子の体にもじわじわと広がっていく。

そうか。会津は、滅びに向かうのか。ひょっとしたら、最初に背中を押したのは、薩摩の男かもしれないのか。そう思った瞬間、胸の奥が轟(とどろ)く。久しい感覚だった。

鏡子は夫を見下ろし、その背を撫でた。自分はもう、ここにいる。

他のものはすべて、心の奥底にしずめた。それは二度と目覚めてはならないものだった。

四

京の冬は、噂通り冷える。真夏に来たこともあるが、あれは熱した釜に放り込まれたような暑さだった。今は凍る風の吹きだまりに吊されているような心地である。

しかし今、日本で最も熱い風が吹いている場所といえばこの京なのだろう。暑さよりも寒さのほうが苦手な伊織は、ともすれば丸くなりそうな背中を苦労して伸ばし、早朝の道を歩いていた。昼日中は人でごった返す往来も、今は静かだ。明るいうちは――いや夜になっても、とにかく人が多すぎる。昨夜は昌平坂でともに学んだ高須藩の知人を訪ねて付近の宿に泊まり、愉快な時間を過ごしたが、日付が変わるころになっても外から怒声が聞こえていた。

「ここのところずっとこうで……お志はご立派なんやろうけど、ほんま参りますわ」

愛想よく酒を運んできてくれた宿の女中も、うんざりした顔を隠そうともせずに零していた。人が増えたのは結構だが、志士は好きに飲み食いするもののお代を踏み倒していく者が後を絶たず、大変迷惑をしているらしい。

かつて京に集っていた志士たちはむしろ、地方で充分な教育を受けたいわゆる郷士が多かったので、よい客として歓迎されていたように思う。

状況が変わったのは、寺田屋騒動のあとからだ。

攘夷も質が変わった。

京に集う志士たちは、いよいよ過激になった。明日をも知れぬ身ゆえ、飲めるだけ飲んでは食らう。真に国を憂う我らに金を要求するとはなにごとかと喚く者もいるという。人々はいつ何の疑いをかけられて首を刎ねられるかわからず、怯えて従うほかない。

嘆かわしい。こんなもの、斉彬とて望んでいなかっただろうに。

ため息をつきつつ、今は静かな往来を進み、三条大橋にさしかかった。ふと足を止める。まだ朝早い時間だが、橋下の河原に人だかりがある。それだけで、何があるかわかった。反射的に口が曲がる。またか、と思った。そのまま行き過ぎようと思ったが、人垣から少し離れた場所に立つ若い侍に目を留め、河原へ下りることにした。

空気はきんと冷えてはいるものの、今朝は風もさほどなく、鴨川の流れは穏やかだ。しかしここ三条河原は昔から処刑場として名高い。最近は時折、首が並ぶようになった。志士の天誅の餌食となった、悪逆の徒であるらしい。

河原の壇上には、三つの首が並んでいるようだった。三つとは、昨夜の狩りはずいぶん派手だったらしい。そのわりには役人が飛んで来ないと思ったが、近づいてみて納得した。

首は全て木像だった。

右からご丁寧に、初代等持院尊氏公牌、二代宝篋院義詮公牌、三代鹿苑院義満公牌と位牌がぶらさげられている。ということは、足利氏の菩提寺である等持院でわざわざ木像の首を斬り、持ち出した位牌とともに並べているらしい。たいした情熱だと思う。集まった町人たちも、木像とわかると興味が失せたようにすぐに去っていく。連中も暇だな、と嘲り笑うものもいた。

「寺院に忍び込んで大真面目に木像の首を斬っているところを想像すると、たしかに笑ってしまいますね」

険しい顔で首を睨みつけている若侍に、笑い含みの声をかける。相手はいっそう眉間の皺を深くして振り向いたが、伊織の顔を見るなり、目を丸くした。

「岡元さんか！　驚きましたよ」

本当に驚いたらしく、声が裏返っていた。険が晴れると、記憶通りの顔になった。

「やはり君だったか、万真殿。橋の上から見かけたのでね、もしやと思って」

「そうでしたか。いやはや、まさかこのようなところでお会いできるとは」

「全くだ。よりにもよって、三条河原とは。いつ京に？」

なにげなくそう尋ねてから、愚問だったと頭を叩きたくなった。

万真は会津藩士である。となれば、理由はひとつしかない。

昨年の閏八月、急激に悪化の一途を辿る京都の治安を回復すべく、従来の京都所司代に加えて、その上位機関として、より強力な権限をもつ京都守護職が新設された。就任したのは、会津藩主・松平容保公である。容保は昨年末、藩兵千人を率いて上洛した。以来、京都の治安は会津藩によって守られている。

「失礼、愚問だった。大変なお役目中だというのに」

伊織の謝罪に、万真は苦笑した。

「はは、貧乏籤は我が藩の伝統のようなものですから」

「正直なところ、肥後守様がお受けになったと聞いて驚いたよ」

「我々とて驚きましたよ。これで会津は終わりだと、みな嘆いたものです。ですが、仕方ありません。御家訓があるかぎり」

笑う万真の顔には、諦念が滲んでいた。

「大君の儀、一心大切に忠勤を存すべく、列国の例を以て自ら処るべからず。若し二心を懐かば、則ち我が子孫に非ず、面々決して従うべからず——だな」

「薩摩の方が諳んじるというのも、愉快なものですなあ。嬉しいものではありますが」

「肥後守様はお若いころから、大変聡明で真面目なお方だと聞いている。ゆえに断ることはできなかったのでしょうなあ。そうそう、ちょうど昨夜会っていた者が、高須藩の者でね」

「ほう、殿のご生家の」

「さよう。高須藩といえば今や各地の藩主を輩出する名産地とも言われておりますな」

まるで馬に対するような物言いに、しかし万真は笑うだけだった。

「そうですな。同じく君主への忠義を第一としていながら、ずいぶんと遠く隔たってしまったものですなあ……」

前年八月に没した高須藩前藩主・松平義建(よしたつ)には子が多かった。次男は尾張藩に養子に行き前尾張藩主・徳川慶勝と名乗り、三男は前石見(いわみ)浜田(はまだ)藩主の松平武成(たけしげ)、五男の徳川茂徳(もちなが)は現尾張藩主、そして六男が会津藩主松平容保である。さらに七男は、桑名(くわな)藩主の松平定敬(さだあき)だ。

高須藩はもともと、尾張藩主の子によって立藩された尾張の支藩である。よって宗家の嗣子が途絶えた際に高須藩から藩主を出すことは珍しくはなかったが、ここまで次々と他藩の藩主となるのも珍しい。

同じ兄弟ながら、その明暗は今やはっきりと分かれつつある。

尾張藩は御三家筆頭ながら、慶勝は藩祖・義直(よしなお)の遺命である「王命によって催さるる事」を奉じて尊王攘夷を主張し、攘夷側へとついた。容保は、それをどんな思いで見ていたのだろうか。彼とて、尾張の支藩・高須藩の人間である。朝廷への崇敬の念は人一倍強かったことだろう。現に彼は帝の厚い信頼を得ており、それに報いるはたらきを充分に見せている。

しかし今、彼が動くのは、会津藩の御家訓ゆえである。御家訓が述べる大君とは将軍家。尾張藩の、いざという時は迷わず朝廷側につけという教えには真っ向から反する。

「攘夷も開国も、信念というものは、人から生じるものではないのかもしれませんね」

突然、万真は言った。彼の目は、足利将軍の首をじっと見つめていた。

「最近、それらをひとつの意志をもった生き物のように感じることがあるのです。信念というばけものが、人を呑み込む。その得体のしれぬものに食われた人間は、わけもわからぬまま、操られて生き急ぎ、死んでいく。そのように感じることがあります」

万真の口調は淡々としていた。伊織に語りかけているというよりも、ただ自分自身の内面をのぞきこんでいるようだと感じた。

「君の言うことは、わかるような気がするよ」

伊織の答えに、万真はこちらを向いた。

「岡元さんには、そういう経験はありますか」

「……あれば幸せなのだろうと思うことは、ある」

「なるほど」

万真の顔から、いっさいの表情が消えた。が、それは一瞬のことだった。伊織が口を開きかけた時には、記憶よりも精悍(せいかん)さを増した顔には、昔通りのどこか皮肉めいた笑みが浮かんでいた。

「ところで岡元さんはなぜ京にいるんです？　江戸にいるとばかり」

「ああ、一橋公のお供でね」

　将軍後見役の一橋慶喜は、来月の将軍家茂上洛に先んじて、先日京都に入った。公武合体を推し進めるのが目的だが、とにかく攘夷を迫る朝廷側にさっそく手を焼いているという噂は聞いている。

「一橋公の？　本当ですか」

　驚く万真に、伊織は悪戯っぽく笑う。

「いや、一橋公と面識はないよ。だが、それにあわせて来たのは事実だ」

「もしや、公方様の上洛に合わせて、薩摩側に何か動きが」

「あっては困るから、江戸からわざわざ飛んできたんだ」

　二人は河原をゆっくりと歩きながら、言葉を交わす。じき、あの梟首の前にはもっと大きな人垣ができるだろう。しかし少し離れてしまえば、散歩には恰好の場所である。川に近いぶん冷えはするが、友と歩くならば少しはましだ。

「公方様のご上洛と言えば、清河殿のことは聞いたか」

「ああ、なんでも前衛として浪士組を率いて京に来るとか。そういえば、そろそろでしたか」

「ああ。まったく、あの御仁には何度も驚かされる」

「まったくですな」

二人は顔を見合わせて苦笑した。

『やはり大藩は期待できん。俺は浪士だけで世を動かす』

昨年、寺田屋騒動で薩摩藩に失望した清河は、そう言ってあっさりと江戸に帰って行った。彼はまず政事総裁の松平春嶽に建白書を提出し政治犯の大赦を求め、獄中の同志を多く取り戻すと、幕命により浪士組を組織した。一時は命を狙われていた幕府に堂々と建白書を出す清河も清河だが、浪士組の編成を許可する幕府も幕府である。幕府の目的は、彼らに京都で適当に攘夷を実行させ、朝廷への名目を保つことにあった。攘夷を叫ぶ浪士たちに手を焼いていた幕府にとっては、清河の建白書は渡りに船だったのだろう。

「転んでもただでは起きぬ上、よくもまあ知恵が回る。百名以上は集まっていると聞くが、果たしてこの京で何をするつもりなのだか」

「攘夷と言っても、公儀の望むような形ではないのは確かでしょうなあ」

「公儀に平然と建白書を出したのだから、今度は朝廷に上書も出しかねんぞ。天子様直属の軍をつくると言っていたからな」

「清河先生らしい大胆な策ですが、それはどうでしょう。さすがに朝廷ともなると、縁故のない浪士では……いやしかし清河先生ならわかりませんな」

「京都守護職公用方としては頭が痛いところだろうが、正直なところ清河殿が次に何をしでかすか楽しみではあるな」

「大きな声では言えませんが、賛同いたします」

そう語る万真の顔は、嬉しそうだった。桜田門外の変の後、思い詰めた顔で清河塾の門前に佇んでいた姿が脳裏をよぎる。もはやここには来られない、と絞り出すように言った彼の中には、今なお清河を慕う心がある。尊王攘夷と叫ぶ若き志士がいるのだ。

清河は自由である。会津藩に縛られた万真には、そう見えるのだろう。藩には何も期待せぬ、士分は嫌いだと言い切る彼は、立場が違えばこうあれたかもしれぬという少年の理想なのだ。脱藩すれば彼と共に行くことは可能だが、万真は結局、会津藩士であることを選んだ。どのような葛藤があったのかはわからない。彼は快活に見えて、心の裡は見せぬ男だ。だが今にして思えば、妹をしきりに伊織と娶せようとしたのも、会津という枠組みに限界を感じていた彼なりの切実な動機があったのかもしれない。

「まあ清河殿には期待するとしてだ、我々も傍観しているわけにはいくまい。昨今の攘夷は行き過ぎている。留まることを知らぬし、また第二の寺田屋のような事件も起きかねない」

伊織の言葉に、万真は白けた顔をした。

「その通りですが、我々が京に駆り出されたのは寺田屋騒動がきっかけとなったことはお忘れなく」

「ぐうの音も出んな。だがまあ、罪滅ぼし……というわけでもないが、薩摩が手助けできることもあると思うのだ」

「どういうことですか？」

隣を歩く万真は、用心深く言った。真意をはかりかねているようだった。

江戸にいたころの彼ならばすぐに理解したかもしれないな、と思う。今は志士たちの相手でそれどころではないのだろう。たった千人で京の治安を守ろうとする会津藩は、孤独である。心身の消耗も尋常ではないだろう。

「和泉様は、急進的な攘夷は嫌っていらっしゃる。あくまで公武合体による改革が目的だ。攘夷はまったくもって現実的ではない」

「まあ、それは同意ですが……まことですか」

「和泉様は頑迷な反動主義者でも、攘夷論者でもない。順聖公に負けず劣らず、現実をよく見ておいでだ」

「ほう」

意外だ、という思いが、その声には宿っていた。藩主就任前から英明の名をほしいままにしていた斉彬とは対照的に、久光は薩摩の中でも外でも未だに誤解されがちである。寺田屋騒動が凄惨だったために攘夷派からも忌み嫌われ、また幕府からも非常に警戒されているという、不遇な立場ではある。ある意味、容保が立たされている状況と似ていると伊織は見做していた。

「そして肥後守様は、ふたつの忠義を身をもって知るお方だ。公儀にもっとも従順で、そして主上の信頼も厚い。いわば公武合体の政策を体現していらっしゃるようなものだ」

ようやく万真の目に、理解の色が宿った。

「目的は同じだと」

「さよう。間違っても、攘夷に猛る他の藩士たちにこの京を明け渡してはならん。我々は手を組める。ひとまず戯れ言として話につきあってもらえまいか」

梅雨間近のどことなく息苦しい夜だった。約束より半刻近く遅れ万真が料亭に現れた。必ず時間前に現れる彼にしては珍しいが、時期を考えれば無理もない。今ごろ、万真がつとめる三本木の会津屋敷は大騒ぎだろう。

「お待たせして申し訳ない、岡元さん」

障子を開け、頭を下げる万真の背後には、もう一人。年の頃は四十前後といったところで、万真より小柄だが横幅と厚みは年齢相応にあり、全体的にずんぐりしている。額が広く、くっきりとした顔立ちは、深い知性と愛嬌、そして忍耐強い性質を示していた。

「おお、秋月殿」

伊織は喜色を浮かべ、立ち上がった。秋月も伊織を認めてにこりと笑う。

「いやあ遅れてすまぬ、岡元殿」

「なんの。ご多忙は存じております。我が儘を申し上げたのはこちらゆえ。お時間をいただき、かたじけない」

「貴殿と会うのもずいぶん久しぶりだなし。たしか、二年ぶりがし」

「お会いしたのは水戸藩のいざこざのころでしたから、三年ぶりになりますね。どうぞ」

「おお、そうだった、そうだった。いやはや、最近月日の流れが速くてなあ」

おどけて額を叩き、秋月は勧められるままに腰を下ろした。ふう、と息をつき、扇子で顔を扇ぐ男は、京都守護職公用方、秋月悌次郎であった。公用方は守護職たる藩主を輔佐し、外交や情報収集を行う役職だ。

秋月と伊織は、十年近いつきあいである。出会いは昌平坂学問所だった。伊織が入学した時の書生寮の舎長がこの秋月で、すでに齢三十一、在学期間も七年を超えており、江戸じゅうに知己がいた。桜田門外の変の後、水戸藩の説得に尽力し、その功績をかわれて容保に側役に抜擢され、今回も公用方として京都にやって来たという。

「秋月様は忙しすぎるのですよ。いつ眠っているのかもわからない」

隣に腰を下ろした万真は、汗ひとつかいていない。三本木屋敷からこの店まではそれなりに距離があり、秋月の流れる汗を見るに、刻限に遅れたためにここまで急ぎ足で来たのだろうが、万真は呼吸すら乱れていなかった。

「書生のころもそうでしたな。いつ見ても書を読んでおられた」

「今は書を読む間もないげんじょも」

「全ては長州のせいです。岡元さん、私はともかく秋月様はご多忙の身。遅刻についてはひらにご容赦を、しかしどうぞ用件は手短にお願いしたく」

万真は慇懃(いんぎん)に言った。

京で再会した万真に、どうにかして秋月悌次郎に会わせてくれないかと頼みこんだのは伊織である。万真は渋っていたが、大きく状況が変わる事件があり、火急と判断してか今日この時刻を指定してきた。感謝せねばなるまい。

「もっともだ。ではさっそく」

居住まいを正し、伊織は秋月に向き直った。

「青垣殿の言う通り、長州の件です」

「うむ」

秋月は笑顔を消し、眉根を寄せた。

「連中、やりおったなし。予想はしていたげんじょも、厄介なことだ」

現在、京といえば攘夷、そして攘夷といえば長州だ。いつのまにやら、そういうことになっていた。会津藩が最も手を焼いているのも、長州である。

「最悪な形で、攘夷を〝実行〟いたしましたな」

万真も渋い顔で言った。

昨年から、朝廷は幕府に対し攘夷の実行を再三命じている。しかし国力の差を正しく理解している幕府に異国を追い払うことなどできるはずもなく、のらりくらりと躱しているうちに朝廷側が業を煮やし、今年とうとう将軍家茂が京都に呼びつけられた。将軍の上洛は三代家光以来である。

将軍後見職・一橋慶喜は攘夷の実行を約束した。その期限が、文久三年五月十日。今から三日前のことになる。攘夷の実行方法については幕府および各藩の裁量に委ねられており、幕府は横浜港の鎖国を各国使節団に通告することを攘夷の実行と見做した。一方、長州藩はこの日、単独で武力による「実行」に出た。馬関海峡を通過する異国船に砲撃を行ったのである。当然、こちらは無通告だった。

「幸い、長州以外で〝実行〟した藩はないようですが……いや、あるわけがありませんな」

万真の言葉に、秋月は腕を組んで嘆息した。

「まったく……攘夷どころか、相手に攻撃の口実をくっちってやっているようなものだ。時期が悪すぎる」

「おっしゃるとおりです。我々も今、英吉利相手に苦慮しているというのに……」

伊織は苦虫を嚙み潰したような表情で言った。

攘夷の実行という点では、実は薩摩藩が先んじている。もっともそれは意図したわけではなく、結果的にそうなってしまった。

昨年、この京都の旅籠・寺田屋で藩内の攘夷過激派を粛清し、そのまま勅使とともに江戸へと乗り込んだ島津久光は幕政改革という目的を達成すると、八月に帰路へついた。その道中、生麦村（なまむぎ）にさしかかったところで事件は起きた。故意ではなかったのだろうが、騎馬のまま行列に乱入した異人の一行に藩士たちが斬りかかり、一人を殺害、二人を重傷に追い込んだ。

これが、衆目には無礼を働いた異人に対し断固たる姿勢を見せたと映り、にわかに久光および薩摩藩の評判が高まった。当時のことは伊織もよく覚えている。江戸の留守居役として残っていた伊織は、久光側の適当な言い逃れに激怒する幕府側の糾弾を躱すのに四苦八苦していたが、東海道（とうかいどう）を行く行列は民衆に歓呼をもって迎えられ、京都でも大歓迎を受けたと聞き、驚いた。久光は薩摩でこそ国父と呼ばれるものの本来は無位無冠、他藩の藩士からは「島津三郎（さぶろう）」と侮りまじりに呼ばれる身であるが、彼が参内した折には幕府へ攘夷の実行を再三命じている孝明天皇が出御されねぎらわれたと聞き及び、江戸の薩摩家中も沸きに沸いた。

しかし、京に跋扈する攘夷派を批判し、あくまで公武一体による改革を遵守しようとする久光に、次第に民衆は失望した。そこで萎んだ期待を全てかっさらっていったのが、長州藩である。朝廷はいつしか長州寄りの公卿に牛耳られ、今回の攘夷の実行なる詔勅も、おそらくは彼らが出したものだろうと伊織は考えている。

この日、実際に武力による攘夷を行ったのは、長州藩ただひとつ。彼らとしては、実行は詔勅なのだからという大義名分が立つ。そして幕府の弱腰を嗤い、尊皇攘夷の立役者という立場を全国に知らしめる。狙い通りだったことだろう。

「御公儀はただでさえ薩摩の件で英吉利に賠償金を払うか否かで揉めているつうに、今度は長州がし。どちらも示談ですませるのはもはや不可能だな」

秋月は頭を抱えた。

「戦になる。長州は本気であれらに勝てる気でいるのがし」

「勝つと信じている愚か者も少なからずいるでしょうが、ともかく彼らがほしいのは攘夷の実行者という肩書きです。これでますます京での評判はあがり、朝廷も完全に牛耳られます。そうなればもはや、公武合体どころではない」

万真の言うように、長州藩の目的は倒幕、そして王政復古だ。朝廷を完全に支配下に置けば、彼らは錦の御旗のもと、必ずや江戸に攻め入るだろう。

「その通りです。それだけは阻止せねばなりません。公用方のご意見はいかがでしょうか」

伊織はずい、と前に出た。

薩摩と会津が結託し、長州勢を朝廷から一掃する。それこそ伊織が常々考えていた案だった。もちろん一人で考えたわけではない。大久保正助らとも話を重ね、彼を通して久光の承諾も内々にとっている。

長州の動きは、薩摩側も非常に苦々しく思っている。藩対藩という問題を超えて、彼らのやりようはこの国をまるごと沈ませかねない。

「むろん阻止せねばならんのは重々承知だ。我々が手を組めば、この京から長州勢を一掃することも不可能ではない。いや、可能にするには手を組むしかないが」

秋月は慎重に応じた。

「たしかに志士は長州が最も多く、行動も目立つ。だげんじょも最近は土佐の勤王党とやらも不穏だし、どの藩も火種は抱えている。まして御三家の水戸藩があれなのだ。これでどこまで抑制できるか……むしろ長州を追っ払うことで逆に攘夷を燃え広がらせ、結託させることになりはしないがし」

「ご懸念はごもっともです。たしかに今や、攘夷派という火種を抱えておらぬ藩などないでしょう。しかし、藩をあげて攘夷を実行せんと息巻いているのは長州ぐらいです。水戸とて今は一枚岩ではない。いや、あそこが一枚岩だったことは決してありませんが」

伊織は言った。

「多くは下級武士の暴走、藩としては安全な道をとるはずです。彼らはあくまで公方様の臣下。公儀が倒れれば困るのです。長州も、藩をあげて攘夷に走ったのは去年からです。それもこれも、和泉様が寺田屋で急進派を鎮圧し、主上の信頼を先に得てしまったので、逆を行くしかなかった。上を潰せば、志士など烏合の衆です。長州が求心力を失えば、他藩の攘夷も勢いを失いましょう」

伊織は熱心に語った。すでに何度か話を聞いている万真は、表情を消して伊織と秋月を見守っていたが、伊織が口を閉ざすのを待って言った。

「公用方の中には、薩摩はまことは攘夷派ではないのかと疑う者もおります」

「それは和泉様の行動を見ていただければわかるはず」

間髪容れずに伊織は断言する。

秋月らの疑念は当然ではある。寺田屋騒動で藩内の急進派は粛清されたとはいえ、この京にいる薩摩藩士には攘夷派も多い。久光の姿勢に疑問をもつ者も少なかった。横行する「天誅」の下手人には、おそらく薩摩藩士もまじっている。かつて大老・井伊直弼の首を刎ねたのも薩摩の志士だ。

「信じ切れぬのも無理はありません。ですが今こそ、長州を追い落とす好機です。この機を逃せば、朝廷は彼らに牛耳られるでしょう。どうかご決断を」

「おぬしの言い分はわかった」

秋月は落ち着き払っていた。その大きな頭の中では、すでにさまざまな展開が予想されているのだろう。

「おおむねは賛同する。京都守護職とはいえ、会津だけではとうてい攘夷に立ち向かえんのでな。まして朝廷も相手ときている。我々は薩摩や長州のように朝廷に伝手があるわけでもない。薩摩がこちらにつくというのなら助かる。だがなにぶん、相手は朝廷だ。ここで返答はできん」

「承知しております。ですが、あまり時間はありませぬ。朝廷は急進派の公卿に私物化されております。連中は帝を利用するだけです。帝が今、まこと信頼されているのは、あなたがた会津ではないのですか。帝をお守りするためにも、どうか一刻も早くご決断頂きたい」

「わかっている。ひとまず、この話は持ち帰ろう」

重々しく言うなり、秋月は立ち上がった。ここにきてまだ半刻も立っていない。料理も運ばれてきてはいなかった。

「すまんな、私はここで失礼させてもらう。だが良い話が聞けた。前向きに考えることを約束いたそう」

「はい、是非に」

「それにしても嬉しいことだなし、岡元殿」

「は？」

伊織が顔をあげると、秋月は満面の笑みを浮かべていた。

「かつてともに昌平坂で学んだ者たちと、こうして手を携え、世の大事に対処しうる。あの日々あってのことと思わんがし」

「はい。まことに、得がたい日々にございました」

「今やあの原市之進も、一橋公の腹心であるからなし。皆揃って、おのが道を進んでおる。困難も多いが、各藩に信頼に値する友があるというのは実に心強い。先行きは明るいぞ」

「畏(おそ)れ多いお言葉にございます。秋月殿や原殿はご立派に使命を果たされておいでですが、恥ずかしながら我が身は江戸上屋敷学問所教授に過ぎぬゆえ」

「貴殿を江戸に置いておきたいという島津三郎様のお気持ちはわかるがし。我々とて、京都守護職がなければ江戸にて殿にお仕えしていたであろう」

秋月は喜びを噛みしめるようにしみじみと頷くと、ふいに視線を遠くに投げかけた。

「……もし、斎藤殿もここにおれば、我らをどう評したであろうなあ……」

その名に、伊織もまた虚空を見やった。斎藤とは懐かしい名だ。今では清河という姓のほうが馴染み深い。斎藤は、清河八郎が昌平坂時代に名乗っていた本名である。

『見たか、岡元さん。俺はみごとに、主上のお許しを得たぞ』

そう言って高らかに笑っていたのが、伊織が覚えている最後の姿だ。

今年の二月に二三四名の浪士を率いて上洛した清河は、朝廷に上書を提出した。そこまでは伊織も予想はしていたが、朝廷が尊王攘夷を奨励する勅諚を賜ったのにはさすがに仰天した。一介の郷士が主上から言葉を賜るなど前代未聞である。たしかに彼は、「実践」したのだ。

清河は、朝廷の命令に従い、江戸に戻り攘夷を決行することとなった。が、この騙し打ちのような行動に、純粋に将軍の警護と信じて集まった一部の浪士が反発し、京都に残った。二十四名のこの浪士たちは、志願して松平容保の配下に入り、現在は「壬生浪士組」として京の治安維持の任についている。清河は残る約二百名を連れて江戸に戻り、朝廷のお墨付きのもと、いよいよ派手に攘夷を実行する予定であった。詳しくは伊織も知らされてはいないが、過去の話から、横浜に火を放って異人を斬り、海に石油をまいて黒船を焼き払うのは確実と思われた。その後、全国に号令をかけるつもりだったのだろう。

実現していれば、恐ろしいことになっていた。こうして、長州の攘夷実行について頭を悩ませているどころではなかったはずだ。

京に残っていた伊織のもとに、清河の訃報が飛び込んできたのは、ほんの数日前のことである。

文久三年四月十三日。攘夷決行日を目前にして、清河八郎は死んだ。幕府の刺客により、暗殺されたのだ。

知らせを受けて最初に頭をよぎったのは、やはりという思いだった。ここまで虚仮にされて、幕府が黙っているはずがない。清河はやりすぎた。いや、これが彼の「実践」ならば、覚悟の結末だったのかもしれない。

激烈なる攘夷は決行されなかった。が、瞬く間に攘夷の星として上り詰め、その頂点で命を散らした清河八郎という名は、同志たちの胸に深く刻まれた。おそらくは敵対する幕府側にも。

「こう申すのも何ですが、清河殿は満足されていたことでしょう」

伊織の言葉に、秋月と万真が揃ってこちらを向いた。

「志半ばで斃(たお)れたのにですか。いや、もちろん攘夷決行などされてはたまりませんが」

万真が尖(とが)った声で言った。やはり彼は、清河の突然の死を受け止めきれてはいないのだろう。

「名を残されたのだ。男ならば、そのためにこそ生きて実践するのだとあの御仁ならば笑いそうではないか」

「なるほど。それはいかにも、斎藤殿らしい」

秋月は何度も頷き、わずかに潤んだ目許を拭った。万真は目を伏せ、何も言おうとはしなかった。

「侍を嫌う、しかし誰より侍らしい男だったのやもしれぬ。いやはや、由ないことを申してすまね。年をとるとどうも昔が懐かしく思われてならん。時間を取り申した、ではこれで」

　赤い目を恥じるように、秋月は今度こそそそくさと部屋を後にした。

「……満足されていると、本当にお思いですか」

足音が遠ざかり、完全に消えるころを見計らったように、万真は言った。

「俺はそう考えている。だが君は違うのだろう。清河殿に何を見いだしていたかによって、捉え方は変わるだろう」

　万真は眉根を寄せ、しばらく黙りこんでいたが、やがて諦めたように「そうですな」とため息をついた。

「岡元さんは、尊王攘夷は理解できぬと一貫しておっしゃっていた。ですが私は、彼らの気持ちもわかりますので」

「おいおい。秋月殿が聞いたらなんと言うか」

「人前では言いませんよ。そも、尊王ならば薩摩や長州よりもよほど我らに相応しいはずです。我が殿は入洛してから常に主上第一で心を砕いておいでですし、我らも同様。それに殿をはじめ我々とて、もともとは攘夷派にも開国派にも平等に接していたのですよ。ですが……」

そこで万真は顔をしかめ、口を噤んだ。この先を言うべきか、言わざるべきか。眉間の皺に、葛藤が見てとれた。酒を注いでやると、一気に干し、意を決したように伊織を見据えた。

「岡元さん。三ヶ月前の梟首の件、覚えておいでですか」

「そりゃ覚えているさ」

「下手人がすぐに捕まったことは」

「ああ、一網打尽と聞いた。下手人の中に君たちの密偵がいたんだろう。守護職就任早々、やるじゃないか。あれで肥後守様を見直した者は多かっただろう」

茶化しまじりに褒めてはみたが、万真の顔は険しいままだった。

「ですが彼は、永代謹慎となりました」

永代謹慎。死刑に等しい、きわめて重い処罰だ。

「それは厳しいな。密偵として行動を共にしたのだから、蟄居でもよかろうに。たしかに外聞もあるだろうが」

「……岡元さん、覚えておいでてしょうか。あの日、三条河原で私が言ったことを」

「ああ。攘夷も開国も、信念というものは、人から生じるものではないのかもしれぬというやつか」

「そうです。私は、友はばけものに魅入られてしまったのだと考えました」

万真は目を細め、宙を見つめた。

「あの梟首を見た時に、もしやと思ったのです。非常に真面目な男で、私もそれなりに親しくしておりました。秋月様の信頼も篤かった。ですが少し前から、言動がおかしかったのです。将軍という存在など果たして必要か、そう思い込まされているだけではないのか。そう言っていたのです」

「……ほう」

「大君とは本来、帝のことではないのか。それこそがこの国のあるべき姿ではないのか。我ら会津は、藩祖の妄執に引きずられて二百年にわたり歪み続け、誤った道を進んできただけではないのか。今ここで目を覚まさなければ、取り返しのつかぬことになる。……酔った勢いとはいえ、聞き捨てなりませんでした。会津藩士として、決して口にしてはならぬ言葉です」

たしかに、それは徳川家への忠義が命よりも大事だという御家訓に悖る。

「それで喧嘩（けんか）になりまして、彼はふいと出て行ってしまいましてね。それでどうにも落ち着かぬまま朝を迎え、河原であれを見たわけです。その瞬間、もしやと思ったのです」

「……なるほど。どうりで、なにやら考えこんでいるように見えたわけだ。つまり君の友は密偵ではなく、本心からあの愚行に参加したというわけか」

万真は重々しく頷いた。

「捕らえられた後、彼は言い訳はいっさいしませんでした。私に言ったようなことも、二度と口にしておりません。ですがおそらく、あれは本心であったと思うのです。歪みのもとを正すために……我々にそれをつきつけるためにああしたのではないか。そう思うのです」

「俺に言ってよいのか？」

「会津の人間には聞かせられませんよ」

万真はほろ苦い笑みを浮かべた。

「岡元さんは攘夷はくだらぬ、現実が何も見えていないとおっしゃる。私もそう思います。ですから私はあの時、友はばけものに呑まれたのだと思いました。ですが……」

そこで再び万真は言葉を切った。今度はいくら待ってもそれ以上言おうとはせず、ただ黙って酒を口に運ぶだけだった。

ああ、君も呑まれたのか。伊織は、胸の内でつぶやいた。

攘夷という熱病。薩摩でも多くの者が罹患した。伊織の周囲で避けられた者はいない。自分以外は。

だが、これが会津という大藩になるとまた話が違ってくる。攘夷派とはっきり敵対し、幕府の秩序を守らんとする立場では、この熱病は地獄の苦しみをもたらすだけだ。

なぜ、と問うてみたい気もした。だが無駄だろう。万真のことだ、いかに尊王攘夷に傾いたかを実に理路整然と説明してくれるだろうが、どんなに説明を聞いたところで、自分に理解できるとは思えなかった。

万真は優秀な若者だ。頭の回転もはやく、視野も広い。それでも、尊王攘夷の引力には勝てない。理解できるのは、それぐらいだ。ばけものは、恐ろしい。

決定的なことを口にできない友を、伊織は改めて見つめた。よくよく見れば、万真の顔には憔悴の色が濃い。誰かに話したかったのかもしれない。

「俺と君、立場が逆ならばよかったのかもしれんな」

伊織が口にしたのは、それだけだった。万真は一瞬驚いたように目を瞠ると、それからくしゃっと顔を歪めた。笑っているような、怒っているような、泣いているような、不思議な表情だった。

第四章

一

桜の季節になると、気が塞ぐ。気づいたのは、会津に来て三度目の春を迎えたころだった。

嫁いできたのは梅雨の季節であったため、最初の桜は初産のころに咲いた。二度目は桃の節句を盛大に祝ったが、それからしばらく記憶は曖昧だ。今年は雪深いころに長男の虎之助を産み、その後は順調に回復していたはずが、やはり桜が盛りのころには体調を崩した。

江戸にいたころは、このようなことはなかった。花見は娘らしく華やいだ気持ちになったし、楽しい思い出もある。しかし会津に来てからは、蕾が膨らみはじめると、日ごと恐怖が大きくなる。咲かないでほしい。見たくない。気がつけば体が動かなくなった。心の動きが体にこれほど大きな作用をもたらすという事実に鏡子は驚いた。より正確に言うならば、作用させられるほどの心があったということが不思議でならなかった。

体を損ね、その苦痛で人ははじめて、肉体の存在を意識する。心も同様なのだと知った。

普段は沈黙しているこの心身が、いやだいやだと叫ぶのだから、できるだけ桜を視界に入れぬように過ごす癖がいつしかついた。

しかし今年はそうもいかない。鏡子は隣を歩く存在を横目で見やり、そっとため息をついた。美しい女である。名を神保雪子という。会津藩家老・神保内蔵助の長子・修理の妻であり、鏡子と生年が同じ、夫同士も日新館で机を並べていたこともあり、鏡子が会津に来てまもないころから、なにかと彼女を気遣ってくれた。血筋はともかく、森名の当主とその母はお世辞にも評判が良いとは言えない。鏡子にとっては何の問題もない夫と姑だが、いまだに憐れまれることがある。

「鏡子さん、まだ石部桜を見さったことはないんでしょ。会津さ来で、それはずげねことだない」

義母の遣いで神保家に出向いた際、雪子にそう言われた。そしてあれよあれよというまに、城下町の外まで連れ出されてしまった。

　鏡子の日々の予定は、綿密に組み立てられている。自由になる時間はまずないし、姑は鏡子が外に出ることを好まない。いずれも当然のことだ。しかし姑も、雪子の申し出ならば受け入れざるを得ない。神保家と森名家は、ともに三の丸の近くにあり、行き来はしやすい。神保家とより親密に結びつくことは森名家にも益が多く、なにくれとなく気に懸けてくれる雪子の言葉ならば姑も受け入れてしまうのだった。

「雪子様は、会津のおなごの誉れ。良いお手本となりましょ」

　姑は常々そう言っていた。雪子の父は藩の軍学者・井上丘隅(いのうえおかずみ)で、役職は大組物頭、外様(とざま)（武官）の第一等。名門の子女が会津有数の名門に嫁いだ形である。

　お手本。姑がなにげなく口にした言葉は、鏡子にとって天啓でもあった。江戸にいたころ、鏡子が手本としていたのは年下の中野竹子だった。会津に来て雪子という手本を得られたのは僥倖(ぎょうこう)である。鏡子は注意深く、神保家のこの完璧(かんぺき)な妻を観察し、そのふるまいを取り入れていった。

　雪子も高い教養を備え、賢夫人として名高いが、竹子のような苛烈(かれつ)さとは無縁である。竹子は所作も美しく、謙虚ではあったが、その性は剛毅(ごうき)といってよく、時折それがどうしても滲(にじ)み出てしまうことも、また魅力でもあった。雪子は万事控えめにふるまいながらその気遣いは細やかで、優雅と慈愛を体現するかのような婦人だった。照姫にどこか似ている。会津で最も高貴で、理想とすべき婦人は照姫だろう。となれば、照生まれも育ちも良く、惜しみない教育を受けた雪子が似るのも道理だった。

その雪子が、他家の妻を半ば強引に花見に連れ出すなど、青天の霹靂といってよかった。気取られぬようにしてきたが、鏡子のこの季節の気鬱に気づいていたのだろうか。

城下町を見下ろす飯盛山の北側には、田畑が広がっている。あと半月もすれば鮮やかな緑で彩られるだろうが、この時期はまだ田植えも始まっておらず、全てが灰色に沈んでいる。

その中にただひとつ、目を惹く巨木があった。背丈は見上げるほどで、周囲に何もないためか枝張も相当なものだ。田園の中にあっては遠目では立派な白い屋敷が建っているように見えた。近づいてみれば幹が十本ほどあり、伸びやかな枝にはほのかに赤く色づいた花が今が盛りと咲き誇る。

途端に、足が竦んだ。

「あれが石部桜だ。見事だなし」

前触れなく立ち止まった鏡子の行動を感嘆ととったのか、雪子は珍しく誇らしげに言った。

「……ええ、とても」

禍々しい。足を竦ませる原因は、恐怖だ。いまだ冬の気配を残す灰色の中、そこだけが鮮やかに色づいている。花弁の色は淡くとも、近づけば紅を強く感じた。まるで、周囲の全ての色を吸い取ったかのような、ここだけが生きているような気配だった。

「これは仇討ちの桜として知られているんだぞい」

だから、雪子がそう言った時には、腑に落ちた。仇討ち。相応しい。

「むかし、このあたりを治めていた蘆名様の重臣に石部治部大輔という方がおりましてね。父上の仇討ちを見事果たしたおりに、庭にこの桜を植えたそうな」

「だから石部桜なのですね」

「五百年は超えてらるなり。江戸の桜に比べると見劣りするかもしんにけんちょも」

「とんでもない。見事なものです。ようやく会津の桜が見られました。来年にはきっと夫も戻ってまいりますから、揃って見たいものです」

「そだなし。……本当に戻ってくんだべか。京の様子を考えると、難しいのがない……」

二人はしみじみと石部桜を見やった。京都の噂はこちらにもよく届いてくる。夫はあまり不穏なことは書いては寄越さないが、鏡子にはもう一人貴重な情報源がいる。

中野竹子だ。いや、今はもう赤岡竹子と呼ぶべきなのだろう。竹子は昨年、赤岡が大坂御蔵奉行に任命された際に正式に養女となり、ともに大坂へ移った。

竹子が養女となるのを決めたのは、師への深い敬慕だけではないだろう。今、この国の中心は明らかに京である。遠い会津にいても、いや会津にいるからこそそれはよくわかる。参勤交代の緩和や人事改革などは、島津久光らを中心に行われた。そもそも無位無冠の島津久光が江戸城に乗り込んでくるのを許す時点で、もはや江戸には国を動かす力はないと証明したようなものだった。

京では長州の志士たちが跋扈し、大義のもとに暗殺を繰り返す。ただの人殺しに過ぎぬのに、攘夷の実行者として京では人気が高いという不思議。それらを竹子は、文で細やかに語った。自ら京都に足を運ぶことはなくとも、大坂ならばいち早く情報が入る。もともと男子にまじって国政を語ることを好む竹子は、京都の情報を貪欲に求め、怒り、そして理路整然とおのれの考えを開陳した。流麗な、しかし雄渾さもあわせもつ筆跡からは、竹子の声が聞こえてくるようだった。

二人立て続けに子を産んだ鏡子に惜しみない祝福を送り、会津での評判はこちらにも聞こえてきますともちあげながらも、竹子のほうはいまだ妻となることなど考えられぬようで、攘夷だ開国だとまるで男のように書き立てる。それが懐かしい。竹子もそろそろ、嫁入りの話が出ているだろうに、おくびにも出さない。竹子ほどの美貌と才があれば、引く手数多だろう。師の赤岡は、竹子の抜きん出た才と努力を厭わぬ性格をこの上なく愛でてはいたが、あまりに男勝りである点は憂慮していた。

勉学も武術もよいが、このままでは嫁のもらい手がなくなるかもしれんぞ。かつて、冗談まじりに零(こぼ)した時など、竹子はそれはもう怒り狂った。

「なぜ女は、誰かの妻となり、子を産まねば人として認めてもらえぬのですか。何ひとつ男に劣ってはいないのに。先生ですら、そう思われるのですか」

声を荒らげはしなかったものの、竹子の目には涙が光っていた。人前で泣くのをよしとしない彼女が、あの時は悔し涙にくれていた。

竹子は、鏡子の嫁入りを知った時も怒りを見せた。表向きは、鏡子が直前まで何も言わなかったこと、そして後妻としてだからという理由だったが、本心は別にあると鏡子も知っていた。

竹子はおそらく、気づいていたのだと思う。鏡子が、逃げたことに。非の打ち所のない、会津婦人の鑑(かがみ)。無造作に押しつけられる虚像に、鏡子がむしろすすんで手を伸ばしたことに。

「江戸はもう散ったころかしら」

懐かしさに背をおされ、鏡子はつぶやいた。

江戸の記憶には常に竹子が寄り添っている。最後の記憶は、御殿山での花見だ。嫁入り前の、最初で最後の冒険だった。普段は竹子に手を引かれるばかりの鏡子が、はじめて自分から言い出したことで、竹子はずいぶん慌てながらついてきた。それがおかしくて、つい口許(くちもと)が綻(ほころ)ぶ。

「江戸さいたころは、どちらで桜を見さったんがし」

つられたように微笑む雪子を見て、強引にここに連れ出された理由がわかった。上士の妻は、めったなことでは外には出られない。夫を送り出してすでに一年以上、顔には出さねど雪子とて思うところはあるのだろう。藩公の信頼篤い夫はいつ戻ってくるか見当もつかない。賢夫人と名高い彼女でも、いや名高いからこそ、何もかも忘れて逃げ出したいと思うことはあるのだろう。気鬱の友を気遣うという理由で外出するならば、公明正大で知られる神保内蔵助とその妻も納得するはずだ。

「そうですね、江戸にもいくつか名所があるのですが、東叡山が多かったでしょうか」

「東叡山？」

「上野の寛永寺です」

雪子は得心がいった様子で頷いた。

「さぞ見事なんだべない」

「ええ。寺院ですから静かですし、酔っている者もおりませんでした」

そう言いながら脳裏に浮かぶのは、やはり最後に見た御殿山の桜だ。

「ですから、御殿山に行った時は驚きました。花見とはこんなに賑やかなのかと」

つい、そう零してしまったのは、誰かに聞いてもらうことで胸に抱えるものを少しでも軽くしたかったのかもしれない。雪子ならばきっと、聞き流してくれるだろう。

「徳川屋敷があった場所だがし。砲台がつくられたとか」

「はい。金杉陣屋がありました。会津に来る前に、一度寄ったことがあるのです。ちょうど桜の盛りで、武士も町人も、老若男女問わずみな繰り出して、それはもう賑やかでした」

「一度見てみたいもんだない。海と桜の景色はさぞ美しいんだべなし。私は海を見だことがないがら」

「ええ、でももうあの桜を見ることはかないません」

「わがんねよ、江戸詰めにならないとも限らねんだがら」

「それでも桜を見ることはかないません。もう、焼けてしまったのです」

雪子は驚いた顔をしたが、すぐに「ああ……そだなし」と頷いた。

御殿山の桜は、二年前に灰になった。当時、英国の公使館が建設中で、攘夷に猛る志士たちに焼き討ちされたのだ。火消しが駆けつけてもどうにもできぬほど凄まじい炎だったという。

「攘夷というのは恐ろしいものだなし。尊王も、国を想う気持ちもわがるげんじょも、彼らはそれが本当に世のためになると信じているのがし」

雪子は悲しげに目を細め、石部桜を見た。万が一、攘夷の嵐がこの会津にも吹き荒れたら。あるいは、戦火が及んだら。この桜も、燃えてしまうかもしれない。

「今、京では会津はたいそう憎まれていると聞くなし。とくに長州の憎悪は凄まじいとか。無理もありませんがなし」

　昨年八月、会津藩と薩摩藩が結託し、朝廷より長州藩と尊王攘夷急進派の公卿(くぎょう)を追放した。京都守護職が置かれても長州藩を中心に攘夷派の活動はとどまるところを知らず、その上長州藩と彼らと密接な関係にある三条実美(さんじょうさねとみ)ら公卿が、詔勅を発して倒幕および王政復古を成し遂げようとする計画があったという。尊王攘夷を掲げてはいるものの、明らかに主上を軽んじる行為であり、まかり通れば動乱は必至。公武合体により開国と改革を推し進めようとする薩摩と、朝廷と幕府双方に忠誠を誓う会津が許すはずもなかった。

　会津の人間からすれば、京都守護職たる藩公の行動はまったく正しいものであり、帝(みかど)の御心(みこころ)を乱す長州藩が追放されたのは自業自得としか思えない。帝も朝廷も攘夷を求めているのは周知の事実であるし、だからこそ長州側も好き放題にふるまえたのだろうが、帝は容保に深い信頼を寄せていると聞く。それはつまり、帝自身も、幕府を滅ぼして自ら権力を握るような急激な変化は望んでいないということに他ならない。

「げに尊王を貫いているのは会津ぐらいでしょう。主上はそれをよくご存じです。主上がご存じであればいずれ必ず京の人々も、まことを尽くしているのは誰か知るでしょう」

「だと良いのだげんじょも。長州がこれに懲りてくれれば……」

「薩摩もこちら側ですから。さすがに会津と薩摩をむこうにまわして戦うほど長州も愚かではないでしょう」

鏡子の言葉に、雪子は意外そうな顔をした。

「鏡子さんは薩摩は信用できるとお考えなのがし」

「薩摩守様は一貫して、攘夷とは距離を置いてらっしゃいますもの。一昨年には、此度の長州と同じような計画をたてていたご家中の攘夷派を一掃されましたし、生麦の事件の後も攘夷派には厳しく接せられていました。順聖公も開国派でいらっしゃいましたし、英吉利との戦争でいっそう攘夷は現実に即さないというお考えを強められたはずです」

「まあ。薩摩のことにもずいぶん知っていんなし」

雪子の口調には揶揄も呆れもなく、素直に感心している様子だったが、鏡子は冷や汗をかいた。

「……以前、江戸にいたころ、よく家に来る薩摩藩士がいたのです。父も兄も親しくて、そのような話をしておりました」

「江戸にいらっしゃれば、他藩の方とも会うことができんだべ。羨ましいこと」

雪子の目にほのかな憧れが灯る。

「大坂に住んでいる私の幼馴染(おさななじ)みも、同じようなことを書いてきました。一人ならばただの思い込みかもしれませんが、もう一人いるとなると、信用できるのではないかと思います」

「大坂の幼馴染みというと、以前語っていた赤岡先生の？」

「はい、赤岡竹子殿です。誰より詳しく京の情勢を教えてくれます」

「頼もしいご友人だなし」

「そのうち自ら刀を差して京に乗り込むのではないかと案じております」

「薙刀(なぎなた)ではなく、刀がし」

「刀は八歳から学んでおりました。居合抜き千本を毎日欠かしませんでしたから、たいそうな腕前でした。世が世なら剣豪として名を馳(は)せたかもしれません」

「千本」

雪子は目を白黒させた。

「最近はおなごでもそういう方が増えていらっしゃるのがし。八重(やえ)さんも銃がお得意でいらっしゃるし」

砲術指南・山本権八(やまもとごんぱち)の娘・八重のことは、鏡子もよく知っている。親しく語らったことはないが、話はよく耳にした。ずんぐりした体に四角い顔、お世辞にも美しいとはいえないが、その才気とずば抜けた膂力(りょりょく)は高く評価されていた。兄の覚馬(かくま)も非常に優秀で、そもそも先祖はかの山本勘助という噂もあるし、才気溢れる家系なのだろう。

それにしても、父が砲術指南だからといって、刀ではなく銃を手にとるとは。

一度、竹子と引き合わせてみたいものだと思う。ともに文武両道、男に負けぬ気概をもちつつ、その得物は一方は刀や長物、一方は銃。竹子はへたな武士よりよほど武士らしいし、おそらく八重もそうなのだろう。

強烈な自我をもち、だからこそどこにいても生きていける。どこでもと言うならば鏡子も同じだが、鏡子は自分をどこにでも適応させる。いくらでも形を変える。竹子たちは、決しておのれを変えることなく、斬り込んでいくのだろう。

「ああいう方を見ていると、羨ましく思うこともあります。どんなことも恐れず学ばれる。私も幼いころはそうだったはずだったけんじょも」

「役割が違いますもの。雪子様は会津のおなごの鑑でいらっしゃいます」

鏡子の言葉に、雪子は首を横にふった。

「いいえ。いまだ子を成せぬのに」

低い声には、苦悶が滲んでいた。

鏡子が長男の虎之助を産んだのはいまだ雪深いころで、周囲はたいそう喜んだ。神保家からも祝いの品が届き、雪子も見舞いにやってきて、赤子を見ては頰を綻ばせていた。長女の幸子も、雪子が来た時にはぐずることもなく、むしろ嬉しそうに自ら近づいていく。実母たる鏡子にも慣れてはきたものの、雪子のことは一目で気に入ったようで、いささか複雑な気持ちになった。だが、まったく正しい反応だと思う。鏡子から見ても、神保雪子はたいへん「まっとうな」女だった。夫の修理とは仲睦まじい夫婦として名高かったが、まだ子はない。しかし少なくとも鏡子よりはよほど母親として相応しい。それでも、二児あるのは鏡子のほうなのだ。

神保雪子のことを、この会津の藩士で知らぬ者はいないだろう。幼いころから美貌と抜きん出た才知で知られ、時には家老に意見することもあるという。しかしなにより彼女の名を知らしめているのは、神保修理の妻だということだ。もしそれを取り除いてしまえば、果たして今ほどに敬慕を集めていたかどうか。

雪子はそれをよく知っているのだろう。ゆえに武家の妻として最も大きな使命をいまだ果たせぬことを恥じている。鏡子の存在も焦りに拍車をかけたはずだ。

竹子や八重は、自らの力だけで立っている。少なくとも、そのように見える。某(なにがし)の娘、某の妻という肩書きとはまったくの無縁。彼女たちはおのれの名を、おのれの人生をもっている。

名門に生まれた雪子には、おそらく最初からその選択肢はなかった。望むこともできなかった。なまじ政局が見えるだけに、何もできぬという歯がゆさが苦しいのだ。

これほどに「まっとう」で、完璧な女でも、妻と母になれぬのならば、こんなにも苦しむのか。どうしても、照姫のことを重ねてしまう。

「雪子様。私はいつも、雪子様を手本にしているのです」

鏡子の言葉に、雪子はうろたえたように視線を揺らした。口許に反射のように浮かんだ笑みは、真意が見えぬ相手への防御だ。

「江戸とはずいぶん流儀が違い、困惑することが今も少なからずあります。そのたびに、雪子様ならどうなさるかしらと考えるのです。そうするとたいていはうまくいきます」

「……まあ、そんな」

「事実です。雪子様は、会津のおなごの鑑です。まちがいありません」

雪子の顔が歪(ゆが)んだ。今にも零れそうなものをすんでのところでこらえている表情だった。

「それは今や、あなただだなし」

「いいえ。もしそう見えるのでしたら、あなたは私にご自分を見ているのです。私の名は、鏡ですから」

鏡子はそっと雪子の手をとった。長い距離を歩いてきたというのに、その手はずいぶん冷たかった。あたりは遮るもののない、田畑である。視界を遮るのは桜のみ。春先の、鋭い牙(きば)のような風は、立ち尽くす二人に容赦なく襲いかかり、熱を奪っていく。

「比べられるものではありませんが、多くの者の範となる生き方は、竹子さんや八重さんより苦しみは多いかもしれません。それは雪子様でなければできません。どうかこれからも、私たちを導いてくださいませ」

「導く。私が」

　よほど思いがけない言葉だったのだろう、雪子はしきりに瞬きを繰り返した。

「私など、そんな……。夫を支えるだけで精一杯なんだげんじょも」

「女にとっては、それが導くということではないですか。何も前に立って歩くことだけがそうとはかぎりませんもの」

　雪子は大きく目を瞠った。今度はしばらく、瞬きをしなかった。やがてゆっくりと瞼を下ろすと、花びらのような唇から深い吐息が零れた。

「……そう。そうかもしんになし……」

　嚙みしめるように、雪子は「導く」と小さく繰り返した。そして奥深くに封じ込めるように口許を袂で隠すと、鏡子に微笑みかけた。

「ありがとなし、鏡子さん。まさか、あなたに励まされてしまうなんて。おこがましいのだげんじょも、私、少しでもあなだの気晴らしになればと思って連れ出したのに」

「ありがとうございます。おかげでこんなに美しい桜と出会えて、すっかり心も華やぎました」

「よがっだ」

雪子は桜に目を向けた。びゅうびゅうと風が吹き、花びらが舞い落ちる。いっそここで全て散ってしまえばよいのに。祈りをこめて、鏡子は桜を見つめた。丸裸になってしまえば、あるいは葉だけならば、きっとそれほど恐ろしくはないはずだ。

「本当に、鏡子さんは強いんだなし。あの家に入って、私たちはみな心配していたげんじょも、いつも飄々（ひょうひょう）としてらして……最初は無理をしているのかと思っだげんじょも、どうも違うんだなし」

「ええ、夫もお義母上（ははうえ）もやさしくしてくださいます」

「ふふ、そう言えるのはあなだぐらいなものだなし。きっとあなだがそうだから、あの方も毒気が抜かれたんだべない」

雪子は苦笑し、舞い散る桜から鏡子へと視線を戻した。

「気晴らしになればと言ったげんじょも、本当は、あなだも少しは辛（つら）い気持ちだと思いたかっただけかもない。ああ、きっとそうだない。自分も耐えているのだから人にも同じものを望むのは、わがの思いの中にはよくあることだげんじょも、鏡子さんにお会いするまで、私はわからなかった」

自分の心をのぞきこむように、ひとつひとつ言葉を探して雪子は語る。本当に賢い人なのだなと思う。

「雪子様が思うものとはちがいますが、私にも、耐えるものはあります」

迷いながら鏡子が口を開くと、雪子は驚いた顔をした。

「今はまだ話す勇気はありませんが……いつか、本当に耐えられなくなったら、聞いてくださいますか」

「そうだなし。いつでも語ってくんなんしょ」

雪子は穏やかに笑った。鏡子も笑い、最後にもう一度だけ桜に視線を向けた。

これで見納めだ。数日のうちに花は散り、周囲に同化してしまうだろう。そしてまた、灰色の、穏やかな日々を過ごしていくのだ。


そう思っていたはずが、時代は鏡子の思いを裏切り、怒濤の勢いで流れていく。

鏡子が江戸からの文を受け取ったのは、九月の半ばのことだった。

父からである。珍しい。江戸から来る文は、たいてい母からだった。不思議に思いながら、文を開く。するとそこに、もう一通、異なる筆跡の文が折りたたまれていることに気がついた。

「おっかさ？」

幼い声に呼びかけられて、鏡子ははっと我に返った。文を手にしたまま、凍りついていたらしい。声のほうに目を向けると、幸子が不思議そうに鏡子の顔をのぞきこんでいた。

「どこか痛いの？」

大きな目をわずかに潤ませて、幸子は首を傾げた。その場で足踏みをし、体を揺らすのは、おそらくこちらに近づきたいからなのだろう。

「大丈夫ですよ。いらっしゃい」

文を置き、両手を広げると、幸子はぱっと顔を輝かせ、胸に飛び込んできた。赤子のころはまったく懐かなかったというのに、半年ほど前から幸子は急に鏡子に近づきたがるようになった。不思議に思っていたところ、ミツに「幸子様は、お母様が会津で一番お美しいと気づいたんですよ」と笑って言われた。

「お手紙、どなた？」

「江戸のおじいさまからですよ。二年前に会いに来てくださいました。覚えているかしら」

「はい」

そう言いながら目は泳いでいたから、覚えていないのだろう。

「おじいさま、なじょしらったのがし？」

「京で大きな戦いがあったとお知らせしてくださったのです。ああ、でもお父様はご無事ですよ、大丈夫」

戦いと聞いた途端、泣きそうになった娘を安心させるように、背中を撫でてやる。

父の文は、二月ほど前に御所の蛤御門で起きた戦いについて綴っていた。前年追い出された長州藩が軍勢を率いて京都に攻め上り、京都守護職・松平容保の追放を訴え、蛤御門で会津藩と桑名藩の軍勢と激突した。桑名藩藩主・松平定敬は、松平容保の実の弟であり、守護職の兄に続いて京都所司代として入京していた。激闘が続き、長州軍は一時御所に侵入するも、薩摩藩の援軍が駆けつけ、敗退した。

大変な激闘で京都は火の海となり、両軍ともに多数の死者が出たという。会津藩の死者はおよそ六十名。その中には、兄・青垣万真の名があった。

娘の背を撫でる鏡子の手は震えていた。兄の死はあまりに唐突で、まるで現実感がない。そのせいで、悲しいという感情も湧かない。それでも激しい衝撃は、どうしようもなく手を震わせる。

だがそれは、父の文の下にとっさに隠されたもう一通——その末尾に記された「岡元伊織」の名に齎されたものかもしれなかった。

二

猪苗代湖は、満々とたたえた水に夏の青空を映している。涼やかな風が吹き、湖面に漣が揺れた。江戸から長々と歩いてきた伊織は、ほっと息をついた。この風は、疲れた体ばかりか目も癒やしてくれる。

湖を背に北に向かえば、亀ヶ城が聳えている。その名の通り、会津藩主居城・鶴ヶ城の支城だ。鎌倉時代、奥州合戦での手柄によって会津を与えられた相模国の佐原義連の孫・経連が、鎌倉時代初期に築いたと言われているが、こうしていざ訪れてみると、果たしてあの時代にここに城を築く意味があったのだろうかと疑問が残る。現在は会津藩により城代が置かれているこの城の背後では、名高い磐梯山が地上を睥睨していた。

その堂々たる姿にまず伊織の脳裏をよぎったのは、故郷の御岳だ。振り仰ぐ磐梯山の山頂は、美しい三角錐の形をしている。端整なその姿から会津富士とも呼ばれるという。薩摩で富士と呼ばれるのは南端の開聞岳で、これこそまさに富士の名に相応しい見事な姿をしているが、伊織ら薩摩藩士にとって象徴となる山といえばやはり御岳──桜島だ。桜島は、錦江湾に聳える複合火山で、荒削りの風体にいまだ噴煙を吹き上げる様は猛々しい。穏やかな猪苗代湖に映る静かな磐梯山とは似ても似つかないが、この地の象徴として君臨する山は、自然と畏敬の念を呼び起こす。

「会津富士というのも頷けっどなあ。だいたい、なんとか富士とか誇張が多かもんですが」

隣で感嘆の声があがった。池上四郎左衛門である。伊織はとくに反応も見せず、黙々と先を急ぐ。

「じゃっどん少々、お行儀がよすぎるかな。見ていて心が奮い立つような——神威というか、そいがもっとあるとよかったですなあ」

「充分威厳はある。君は薩摩に戻って好きなだけ御岳を拝めばいいだろう」

呆れて返すと、池上は大仰に嘆いた。

「あんまいじゃ、ここまで一緒に来たっちゅうとに」

「君が無理矢理ついてきただけだ。こんなところで油を売っていていいのか？　大好きな攘夷はどうした」

「さすがにもう結構じゃ」

池上は顔をしかめた。

生麦事件をきっかけに薩摩が英吉利と戦をしたのは、もう二年前のことになる。幕府は英吉利に賠償金を支払いはしたものの、薩摩が事件の犯人引き渡しを拒んだために、七隻の英吉利艦隊が錦江湾に来襲した。激しい戦闘で双方ともに損害が大きく、勝敗が決しないまま和議を結んだが、西洋の軍事力の凄まじさを思い知った薩摩藩はここにきて攘夷は不可能と判断した。英吉利側も予想外の損害をもたらした薩摩藩の実力を評価し、昨日の敵は今日の友とばかりに現在の両者はずいぶん親密になっている。

　薩摩藩の攘夷の志士たちが現実を知り、いっせいに開国論に転じたのは喜ばしい。伊織の長年の願いがようやく実を結んだといってよかった。口を開けば攘夷と叫んでいた池上ですら、今は積極的開国論者である。

「もちろん、尊王の志は変わいもはん。幕府がかつて奪ったもんは全て主上のもとにお返しする、そいがあるべき姿。そいなら、同じく京を護(まも)り、宸襟(しんきん)を安んじ奉る盟友・会津を訪れ、その気質の根に触れるのもまた大事というもんごわす」

　その白々しい言葉を、鼻で嗤(わら)う。

「盟友か」

「盟友でしょう、ともに長州と戦い、京の治安を守ったでなあ」

　昨年七月十九日、京都での尊攘派の勢力挽回(ばんかい)を策した長州軍と、京都を守る会津・薩摩藩を中心とする公武合体派軍が衝突した。とくに蛤御門を巡る戦いは熾烈(しれつ)を極め、両軍に多数の死者を出した。戦いは一日で終わったものの、火災は数日にわたって続き、三万戸近い家屋が焼け落ちた。

　連日のように三条河原で首が晒(さら)される時代ではあったが、ここまで大規模な戦が起きるとは京の人間も思っていなかったことだろう。数年前までは京で最も人気が高く、二年前の七卿落ちの後ですら同情されていた長州は、今や怨嗟(えんさ)の対象である。獄中にあった志士たちは多数殺害され、長州側の公卿や宮は処罰され、さらに長州追討の命が下され、尾張藩主徳川慶勝を征長総督として最終的に三十五藩による征長軍が編制された。

しかし、戦は起こらなかった。長州藩ではすでに禁門の変で尊王攘夷勢は壊滅状態であり、さらにこのころ列国艦隊の攻撃を受けていたためだ。文久三年の攘夷の〝実行〟たる砲撃事件の報復である。長州にはもはや幕府に抵抗する力はなかった。

恭順の証として家老三名が切腹、四名の参謀が斬首されたが、藩主毛利敬親は謝罪および官位の剝奪のみで命をとられることもなく終わった。降伏工作に奔走したのは、西郷隆盛である。そもそも長州征討は薩摩にとって何の利もないものだ。費用はかかるし、それに長州が完全に潰れてしまえば、いずれは薩摩も標的となりかねない。幕府からすれば、幕政に口を出してくる薩摩も長州と似たようなもの。取り除くべき脅威だ。

薩摩の安寧のためにも長州へのとどめはさしてはならない。

そこまではよい。理想は生かさず殺さず。しかし降伏以降も、西郷らは水面下で犬猿の仲だったはずの長州と接触を続けている。

「京都守護職の会津藩、京都所司代の桑名藩、そして背後の一橋慶喜公は、今や長州になりかわって朝廷を利用している――君たちは常々そう言っているじゃないか。それが盟友とはよく言ったものだ」

伊織は呆れ顔で言った。早足はいささかも緩むことはない。いつしか周囲はのどかな田園に変わっていた。青々とした稲穂が揺れてはいるが、ここまでの旅路を顧みると、いささか生育が悪いような気がする。会津における凶作を耳にしているから、そう思うのかもしれない。

「事実じゃ。むしろないごて岡元さあが、いまだに会津に固執しちょっかがわかいもはん」

不満げに池上は言った。

「固執しているわけじゃない。会津を取り込むのが幕政改革の一番の近道だと今も考えているからだ」

京都で、長州対策として会津と手を結ぶよう持ちかけたのも、それが薩摩にとって利が大きいからだ。力尽くの攘夷は断じて退けるべきであるし、また朝廷と幕府双方に近い会津藩の信用を得られれば、斉彬以来の悲願である幕政改革も実現に近づく。

攘夷は退けた。京における薩摩藩の名声は確固たるものとなった。そこまでは順調だった。しかし、幕府の壁は強固であった。薩摩は国内有数の財力を誇り、英吉利と結んだことによって軍事力も目を瞠るほど強化されているものの、幕府から見ればあくまで外様に過ぎない。

そもそも、現在は会津が担っている京都守護職も、朝廷からの要望は久光だったという。会津藩が任命されたのは、幕府が朝廷と薩摩が結びつくのを恐れたためだ。幕府も一度は久光の介入を受け入れ、文久の改革を行ったが、それ以上外様に幕政に参与させるつもりなど毛頭ないのだ。

だが今一度、会津とともに実績をあげられれば。そうした目論見（もくろみ）があったからこそ、京での会津工作は大久保一蔵（利通）や久光の賛同も得られた。

しかし結果は芳しくない。長州征討から半年が経ち、伊織も悟らざるを得なかった。幕府の改革は望めない。薩摩の介入は許されない。いや、むしろ財政が潤っている薩摩への警戒は強まっている。

西郷たちは、たしかに攘夷を諦（あきら）めた。しかし尊王の意志は変わらず、積極的開国論に転じたことで、かえって幕府に対する不信感と強硬論はいや増した。他藩の尊王攘夷派と接触をもち、長州とも接近している。

――このまま薩摩は、長州と手を結ぶのではないか。

そんな予感が、どうしても拭（ぬぐ）えない。昨年までは、不俱戴天の敵だった。しかし薩摩と英吉利が友好的な関係を築いたように、昨日の敵が今日の友となることはありうる。

「長州にはいまだ怨嗟と熱病が渦巻いている。手をとれば我々も呑み込まれる。そして二度と戻れぬ道を行く気がしてならないのだ」

「結構じゃなかですか、倒幕の道。公武合体派もてんでばらばらで、改革なんぞ夢のまた夢じゃなかかち。もう倒すしかなか、あん幕府は」

倒幕。明白に、そう言った。

「君たちは、攘夷に浮かされていたころと何も変わっていない。すぐに結果を求めて過激な道に走る」

「岡元さあが暢気すぎっとじゃ。会津になんの期待がでくっじゃろかい。いまだに、時代錯誤の御家訓に囚われ続けているような藩じゃっど」

池上は足を止め、前方を指し示した。森閑とした森を守るように、白い大鳥居が聳えている。磐梯山の麓を占めるこの小山は見禰山と呼ばれ、あたり一帯が神社となっている。土津神社。会津藩祖・保科正之を祀る神社である。土津とは、正之の神道の師・吉川惟足が奥義とともに正之に贈った霊号の「土津霊神」に由来する。「土」とは事の始めであり終わりであって、天地の根元・宇宙の根本原理である真理を正之が体得したことを示し、「津」とは会津の津で、会津藩主の証だ。正之は、股肱の臣・田中正玄も眠るこの見禰山を気に入り、自らの墓所と定めたという。

亀ヶ城は単なる支城ではなく、この土津神社を守るという重要な使命も負っているのだろう。会津藩の精神の源といってよい場所だ。

山麓に広がる田園は、末永く神社が祀られるよう、正之の葬儀奉行であった友松氏興（おき）が檜原（ひばら）川から水を引き、荒野を切り開いたものだという。大鳥居の前には、この地に恵みをもたらした水路・土田堰（はにたせき）が流れ、橋を渡ると空気が変わるのを感じた。

参道を歩き、階段を上れば、東北の東照宮（とうしょうぐう）とも称される絢爛（けんらん）たる社殿が現れる。

「ほう、こいはすごか。さすが副将軍」

池上も感嘆の声をあげた。

二代将軍秀忠の四男にあたる保科正之は、異母兄・家光に深く信頼され、四代将軍・家綱を輔佐（ほさ）し、戦国以来の武断政治から文治政治への変換を推し進め、都市整備や福祉政策に力を注いだ。明暦（めいれき）の大火で焼け落ちた江戸城の天守閣は今現在も欠けたままだが、これは天守閣を再建するよりも焼け出された庶民の救済にあてるべきだと正之が進言し、実行されたためだ。

二代にわたって将軍を支え、ほとんど江戸で過ごしたために会津に足を運ぶことはあまりなかったが、藩政にも力を尽くし、そして今はこの地に眠る。

まがうかたなき名君であり、また見本のような忠臣である。自身も将軍の「ご落胤（らくいん）」でありながら権力は求めず、ただひたすらに将軍家に尽くし、民に尽くし、藩に尽くした、現実にそんな人間がいるのかと疑いたくなるような完全無欠の人物。多少の美化はあるにしても人柄と政治手腕が飛び抜けていたのは事実であり、それが会津藩を大藩たらしめた。

名実ともに神となり、「土津公」と崇められる彼の魂は今なお会津を支え、そして押し潰そうとしている。名高い御家訓第一条「大君の儀、一心大切に忠勤を存すべく、列国の例を以て自ら処るべからず。若し二心を懐かば、則ち我が子孫に非ず、面々決して従うべからず」だけではなく、以下の御家訓も、戦国の名残ある時代から文治政治へと移り変わる時期ならではの、厳しい条文が並ぶ。当時であれば、それは必要なことであっただろう。しかし、あれから二百年だ。太平の世が続いてなお、御家訓はいっさい修正されることなく生きている。

「土津公にお詫びを」

華麗な社殿を見上げ、伊織はつぶやいた。池上が怪訝な顔をこちらに向けた。

「は？」

「そう言ったんだ。万真殿が」

すると池上も表情を改めた。

「お詫びとは、青垣殿らしかなあ」

長州軍との戦いで、青垣万真は重傷を負った。伊織が三本木屋敷の彼を見舞うことができたのは、蛤御門での戦いから数日過ぎた後のことだった。

一年経ってもよく覚えている。湿気が皮膚を押し潰すような、ずいぶんと暑い日だった。顔見知りの公用方に部屋に通された瞬間、もう助からないとわかった。薄暗い部屋は、死にゆくもの特有の臭いが立ちこめていた。万真の肌はすでに土気色で、閉じた瞼は青黒かった。ひどい喘鳴と額に滲む脂汗がなければ、死体と思ったことだろう。

嘔吐しそうな臭いの中、伊織は長い間そこにいた。ただ息を吸って吐くだけの肉の塊を、じっと見つめていた。意志も知性も、それまで積み重ねてきた時間も、何もない。横たわるのはただ、死を待つだけの、なんの意味もない物体だった。

宵闇が障子越しに忍び寄り、万真を塗りつぶすころになって、伊織はようやく腰を上げた。見えなくなっては、ここにいる意味はなかった。が、動く気配を感じ取ってか、それまでぴくりともしなかった瞼が動き、うつろな目が現れた。万真が伊織を認識するまで、ずいぶんと時間がかかった。目もあまり見えないようだったので再び座り直し、「岡元だ」と囁くと、ああ、と安堵の息を吐いた。彼は、口を動かした。何かを伝えようとしても、言葉がなかなか出てこない。もどかしい思いが、きつく寄せられた眉根に滲んでいた。しばし迷ってから手を貸して半身を起こしてやり、水差しから注いだ水を渡すと、ほんのわずか口に含み、それからまた白茶けた唇を動かした。

『無念です』『土津公にお詫びをしなければ』『報いが、家族や友に及ばぬよう』

口に耳を近づけ、聞き取れた言葉はわずかだった。彼はしきりに、罪の報いを恐れ、懺悔を繰り返した。それまで彼の口から土津公などという言葉を全く聞いたことがなかったので、最初は土津公が何を意味するのか理解できなかった。

「大丈夫だ、万真殿。君はなにも罪など犯してはいない。家族が報いを受けることはない。君は立派な男であり、天晴れな会津藩士だ」

手を握り、そう繰り返すと、苦痛と恐怖に強張っていた顔がほんのわずかながら和らいだ。

会津藩の中に、万真が尊王攘夷に深く魅入られていたと知る者はいないはずだ。ただ、木像梟首の共犯者のように、それは決して珍しくはない話だろう。万真が語ったように、会津こそが本物の勤王の士であるという思いは多くの藩士が抱いている。が、おそらく万真の思いはそこからも逸脱していた。

「……よかった。岡元さんにそう言っていただけるなら……安心できますね」

万真はかすかに微笑むと、安心したように意識を失った。伊織は慌てて医師を呼び、最後に友の顔の汗を拭うと、あとを任せて退出した。その翌日に、訃報が届いた。

土津公にお詫びを。その言葉が、強く胸に残っていた。青垣万真は理性的な男だった。皮肉屋ですらあった。その彼が、今際の時に、幼な子のように恐れた神。神罰。

彼のかわりに詫びを言うことはできないが、せめて祈りたかった。なにより、見てみたいと思った。あそこまで深く、自覚できないほど深い場所に打ち込まれた、始祖の執念。人がただの獣に戻り、そしていよいよ無に返ろうという時にもその魂をくわえて離さぬもの。

自分も死の間際には、あのようになるのだろうか。剝き出しになった魂には、何があるのだろう。土津公のようなものが、果たしてあるだろうか。未練や恐れに震えることが本当にあるのか。

「我々には、こいほどのもんはなか」

池上の声に、伊織は我に返った。

「美しか教えも時を経ればただの重しとなる。気の毒ではあいもすが、二百六十年もの間奉じていたほうが悪かどなあ」

しかつめらしい顔で社殿を眺めていた池上は、おざなりに礼をすると、くるりと背を向ける。

「君、よくこの場で言えるな」

「停滞すれば国は滅ぶ、当然のことじゃ。こいまで見ちょっただけでも、財政が相当逼迫しちょることはわかいもんどなあ」

やはり池上もよく見ていたらしい。田畑は不作、そして農民たちはお世辞にも豊かとはいえぬ風体だった。この猪苗代でも、町中や道中で行き会った農民と話をしてみたが、会津藩への忠誠などまるで持ち合わせていない。江戸でも京都でも、藩士たちはみな容保を熱烈に支持していたから、藩主がどんな人間かもまるで知らない人々に驚いた。

会津藩自体は、京都ではお世辞にも好かれてはいなかったが、若く凜々しい容保ばかりは京の民にも人気だったから、地元のこのそっけなさは意外だった。猪苗代は若松とは離れているとはいえ、仮にもここは、始祖の眠る土地なのだ。そしてこの田畑は、子々孫々、神社を守るようにと開かれたものだというのに。

「会津で誰と会おうが何をしようがかまいもはんが、そいで区切りはつけてくいやんせ。我々にとってもう、会津は敵としかなりえもはん」

「まだ、そう決まったわけではない」

池上の後に続きながら、伊織は言った。できれば奥の院にあるという保科正之公の墓にも行ってみたかったが、この様子ではやめたほうがよさそうだった。

「本当に頭でも撲ったとしか思えもはん。岡元さあらしくもなか」

長い階段を下りながら、池上は呆れ顔で言った。

「俺らしくないとはどういうことだ」

「利用価値がなかと判断すればすぐ切ってしまっとに」

「へたに敵などつくらぬほうがいいに決まっている。繫がっておけば、いつか使い道があるかもしれないだろう」

「会津にはまだ使い道があるとおっしゃいもすか？」

「一橋慶喜よりは付け入る隙はあるだろう。土津公の呪いが少しでも解ければな」

間違っても、昨年のような戦を起こしてはならない。そのために、薩摩の選択肢を少しでも広げておきたかった。

ごく正当な理由だ。でなければ、この旅に許可は下りなかっただろう。大久保は渋い顔をしていたが、最後は納得してくれた。

池上の言うことも一理ある。この行動は薩摩藩士としてというだけのものではない自覚はある。

昨年、鏡子に文を出した時も、最後まで迷った。出した後も、なぜ書いたのかと幾度も悔やんだ。

死にゆく万真を見た時に、なんとしても彼女に伝えなければならぬと筆をとってしまった。青垣家の兄妹(きょうだい)は、表向きの性格はまるで違えど、本心をいっさい明かさぬところは似ている。万真は命ごと葬り去ることを選んだ。会津藩士としての生き方を選び、みごとにまっとうした。万真が望んだ虚像を江戸の両親にはそのまま伝えたが、鏡子には違うと知ってほしかった。

あの少女もいずれは、心の底に溜まった澱(おり)をちらとも見せぬまま死ぬのだろう。伊織の知らぬところで、遠い会津の地で、子や孫に囲まれながら。それでも彼女は人知れず怯え続けるのだ。その兄のように。

そう思った途端、会わねばならぬと思った。万真は最後、本心の一端を伊織に明け渡し、安堵しているように見えた。鏡子にも伝えてやりたい。そなたは一人ではないのだ。切実な思いに背を押され、他の者にはわからぬように言葉を選び、鏡子に届けた。返ってきた礼の文は、上士の妻として文句のつけようのない完璧なものだった。

やはり直接会わねば、何も見えない。伝えられない。万真や鏡子にかぎったことではない。同じ不安を抱えた者は、存外多いのやもしれぬと思いついた。江戸や京都では見えぬ、「会津」という現象。それを知り、対話をする機会は、おそらくこれが最初で最後。だからなんとしても、この足で会津の地を踏み、この目で会津を見たい。そしてこの口で、語りたかった。

わかっている。言われなくとも、これが最初で最後だ。自分の衝動のままに動くのは。これできっと、気が済むはず。もう自分の人生に必要ないと確信できれば、切り捨てられるはずだった。

三

ぴしゃん、と水が跳ねる音がした。

開け放った障子から庭に目を遣(や)る。今はなにも見えないが、金魚が跳ねたのだろう。

そう思いかけたところで、鏡子は小さく息を吐き出した。ちがう。この池にいるのは鯉だ。金魚がいたのは、江戸の実家だったはず。

ここも、実家といえば実家だ。若松城下にある青垣の本家である。鶴ヶ城をぐるりと囲む外堀の、全部で十六ある城門のうち、最も東に位置する天寧寺町口門を出て右に折れ、しばらく北上したところにあった。

鏡子が嫁いだ森名家は、外堀の中――郭内にあり、南東の宝積寺口門近くに位置していた。宝積寺口門は普段は閉めきられたままの不明門であり、郭外に出ようと思うならば、天寧寺町口門を使うことが多い。郭内と郭外という違いはあれども、さいわい実家である本家との距離は遠くはなかった。もっとも、江戸で生まれ育った鏡子には、なんの感慨もない家だ。それでも今年に入り、両親が江戸から戻ってきたのでいくらかは身近になったが、めったに足を運ぶことはなかった。森名は上士、こちらは郭外の中士。おまえは「郭内」に嫁に行ったのだから、と両親に強く禁じられたためだ。

久しぶりにやってきたのは、兄の法事が迫っていたためだった。父は壮健だが、母は今も思うように体が動かぬ上に、息子の死と江戸からの長旅が応えたのか体を壊し、いまだ回復の兆しが見えない。家の女中や下男たちも、こちらに戻ってきてから新たに雇い入れた者がほとんどで、江戸にいたころのように一を聞いて十を知るというわけにはいかない。母の憔悴も色濃く、父のほうから使いが来た。おそるおそるお伺いをたてると、姑からは快く許可が出た。彼女の息子も、長らく京都に出向いたままだ。万真の悲劇はひとごとではないのだろう。よく助けておやりなさい、と励まされた。

江戸の家に比べれば家屋も庭も大きく、知らぬ家だというのに、ふとした瞬間に懐かしさを覚えるのが不思議ではあった。わずか数ヶ月でも、両親が過ごしたというだけで、あのよそよそしかった家がこうも変わるのか。庭の池も、やはり記憶よりもひとまわり大きいはずなのに、錯覚してしまう。子どものころ、よく池の縁に座りこみ、泳ぎ回る金魚を見つめていた。兄とともにつくった舟を浮かべたこともある。金魚は最初、餌と思ったのか舟に寄ってきて、すぐに興味を失い離れていった。自分はそのさまを飽かず眺めていたが、兄は飽きて早々にどこかに行ってしまった。

万事、飽きっぽい人だった。だからおそらく、この世にも飽きたのだろう。

庭からの風に仏間の空気がゆらりと動き、沈香が強く香った。池に向けていた目を仏壇へと戻す。そこには兄の新しい位牌があるはずだったが、広い背中が視線を遮っていた。ぴしりと伸びた背筋、うっすら汗の滲んだ小袖はさきほどからまるで動かない。手を合わせたまま、ずいぶん長く祈っている。若い男だった。布越しにも、背中にはっきりと厚みを感じる。よく鍛えた、若い武家の後ろ姿だ。じっと眺めているうちに、耐えがたいほどの喉の渇きを覚えた。今日は暑くていけない。早く焼香を終えて帰ってくれないだろうかと苦々しく思う。

今日は、朝からやけに暑かった。夜明け前から女中たちとともに法事の準備を進めたおかげで、昼七ツを迎える前にはあらかた調ったが、暑さのせいで疲労が濃い。できるならば少し休みたかったが、ちょうど父が城から帰ってきた。しかも思いがけぬ客を伴って。玄関まで出迎えた鏡子は、その客人を見て絶句した。

「すぐ近くでお会いしたのだ。一周忌には参列したいという文は頂いていたのだが、まさか本当に会津まで来てくださるとは」

目許を赤くする父の背後で頭を下げていたのは、岡元伊織だった。

「ご無沙汰しております、鏡子殿。お忙しきところ、失礼いたします」

「……ようこそおいでくださいました。兄も喜びましょう」

深々と頭を下げて迎え入れ、仏間に案内した。それからずっと、頭がぼうっとしている。江戸の家と錯覚したのも、きっとそのせいなのだろう。

彼が会津に来るという話は、鏡子も聞いていた。昨年、万真の死を知らせる父からの文に伊織の文も同封されており、万真とは浅からぬ縁があり臨終間際に土津公に詣でるよう頼まれたので騒動が収まりしだい会津に向かう旨が認められていた。

薩摩の人間が会津に来るわけがない。かつての気楽な身分ならばともかく、父の文によれば伊織も今は京都と江戸を行ったり来たりで忙しく、長州軍との戦いの際にも京都にいたらしい。そのため亡くなる直前の万真にも会えたそうで、わざわざ江戸の両親のもとを訪ねて最期の様子を伝えてくれたらしいが、さらに会津にまで足を延ばすような余裕はないはずだ。そう言い聞かせて、文のことは忘れようと努めてきた。

それなのに、一度夢を見た。二人で石部桜を眺める夢だった。灰色の世界の中、あの桜だけが紅く色づいている。薄紅ではなく、燃えるような紅だった。周囲から全ての命と色を吸い取って燃え盛る桜を、ただただ見つめている夢。言葉は交わさなかった、目も合わさなかった。同じものを見つめ、ずっと手を繋いでいた。現実に、彼と手を繋いだことなどありはしない。だからだろうか、明らかにそれは人の手の感触ではなかった。そのくせ記憶に深く染みこんでいる、ぬるりとした感触――幼いころ、この手で潰してしまった金魚にそっくりだった。

異様な、おぞましい、だがもう一度触れてみたい、あの忘れえぬ感触。

ああ、この人はやはり人ではなかったのだ。夢の中の鏡子は、安堵していた。本来生きるべき場所から飛び出してしまった、憐れな金魚。表面だけは美しく整っているけれど、中身はとっくに腐っている。それがよくわかった。

目覚めている時は決して考えぬようにしていた事実が、夢の中ではごくすんなりと受け入れられる。そう、私は、私たちは、はじめて会った時から、知っていたのだ。

この世でただひとりの、同じいきもの。

目が覚めた時には、ひとりであることに愕然とした。深紅の桜はなく、世界はごく平凡に色づいていた。手を見れば、冷たく乾いている。落胆し、次に安堵し、やがて自身に猛烈な怒りが湧いた。夢など埒も無きことばかり。そう思って意識の外に追いやろうとしても、手の感触はなかなか消えてはくれなかった。珍しく苛立ちが顔に出ていたらしく、朝餉の時に幸子を怯えさせてしまったほどだ。その日は妙に後ろめたくて、幸子や虎之助、そして姑の顔をあまり見られなかったことを覚えている。

そんなことがあったせいか、今こうして伊織を目の前にしても、やはりこれは夢ではないかという疑いが消えない。

ふと、沈香にまじり、ほのかに汗の匂いがした。鏡子ははっと我に返った。またいつしか、池を見ていたらしい。伊織が腰を浮かし、鏡子に向き直るところだった。

「お時間を頂戴し、まことかたじけない」

目も合わぬうちに、伊織は深々と頭を下げる。

「こちらには法要にてうかがうつもりでしたが、道を確認するつもりで近くまで参りましたところ、青垣様とお会いいたしたのです。お忙しいとは承知していたのですが、お言葉に甘えてしまいました。万真殿と語らう時間を頂き感謝いたします」

鏡子は一度呼吸をし、唾を飲み込んでから口を開いた。

「兄が岡元様と心ゆくまでお話ししたかったのでしょう。いつ会津にいらしたのですか」

「城下にはさきほど入ったばかりです」

伊織は顔をあげた。顔はずいぶんと窶れ、日に焼けている。口許には柔和な笑み、しかし目はちらとも笑っていないのも相変わらずだった。眼光は明らかに鋭さを増し、翳りを帯びていた。

「さようでございましたか。それは、早々にかたじけなく存じます。お疲れでしょうに」

「昨日は猪苗代でして、そこからずいぶんゆっくりでしたから。予定では昼前には着いているはずだったのですが、連れが熱を出しましてね」

「まあ、それはそれは。お連れ様はどちらに」

「先に旅籠にて休んでおります。もし今日、ここに鏡子殿がおいでと知っていれば、無理をして来たのでしょうが間の悪いことです」

「私がいれば？」

「池上という同郷の男なのですが、江戸にいたころ、会津藩の白百合にお会いしたいと万真殿に無理を言っておりましたからね」

「池上様も、兄のご友人だったのですね」

「はい。それで、私が会津に向かうと知って勝手についてまいりました。まあ……おそらくは、私の目付なのでしょうが」

後半は、風にまぎれるような小声だった。穏やかではない響きに、鏡子はわずかに眉を寄せた。

「目付？」

「たいしたことではありませんが。此度、井上様とお会いできればと思っておりますので、それを気に懸けているのでしょう」

鏡子は目を瞠った。

「井上……もしや井上丘隅様でしょうか」

神保雪子の実父である。郭内で井上と言えば、彼ぐらいしか思い浮かばない。

「はい。京都守護職公用方の秋月様にご紹介頂きました。文をお出しして断りの返事は頂いたのですが、せっかく会津に参りましたので、お訪ねしてみようと考えておるのです」

「薩摩のお方が、井上様にいったいなんのご用でございますか」

自然と声に険がこもった。

「高名な軍学者でいらっしゃいます。秋月様も私も、ともに昌平坂で学んだ身。お名前が出るのは自然なことでございましょう」

「それだけでわざわざ足を運ばれる理由がわかりませぬ」

鏡子の追及に、伊織はあっさりと白旗をあげた。

「かつて、桜田門外の変が起きた折、秋月殿は水戸へ足を運ばれて知己をお訪ねになり、水戸藩と徳川宗家の仲介の労をとられました。ご存じでしょうか」

「はい」

「秋月殿に倣うなどとおこがましいことは申せませんが、この地まで足を運ぶことは重要であろうと考えたのです」

つまり、仲介の労をとらねばならぬ程度には会津は追い詰められているということだ。鏡子はため息をついた。

「なるほど。当然、井上様のご息女が神保家に嫁がれていることもご存じなのですね。ご家老まで繫がればよいと、そうお考えなのですか」

おおかた父が、よけいなことを言ったのだろう。神保雪子と鏡子が親しくしていることも伝えたにちがいない。わざわざ、鏡子がいる自宅に連れてきたのはそういうことだ。座敷で待っているであろう父を、恨みたくなった。

「承知いたしました。おなごの口添えなど意味があるとは思えませんが、お伝えしておきましょう」

ため息まじりに応じると、伊織は驚いた顔をした。

「よろしいのですか」

「もとよりそのおつもりでいらしたのでしょう」

「あわよくばと考えていたのは事実です。しかし、何をお伝えするかいっさい聞かずに承諾されるとは」

「今ここに岡元様と私しかいないということは、父がすでに話を聞いて、井上様に会わしめるべきと判断されたということでしょう。私が聞く必要はございません」

伊織は、連れは目付だと言った。わざわざそう明かしたということは、いま伊織がここにいるのは、薩摩藩の藩論からは外れているということだ。

中野竹子からの文には、会津藩と薩摩藩の間に徐々に齟齬が生じていると認められていた。さきの長州征討でも、あれほどの大逆を犯した長州藩主親子の首もとらずにおさめた薩摩の裏切りに激しく憤っていた。

薩摩と長州は犬猿の仲ゆえ、両者が手を組むとは考えにくいが、薩摩が会津――ひいては公武合体派と手を切ろうとしているのはほぼ確実だろう。そのあと近づくのは西国諸藩か、尾張か水戸か。

ただ、伊織がここにいるのを許されているということは、薩摩側もまだ完全に会津を見切っているわけではないのだろう。薩摩藩の望みは、幕政の改革。その最大の障壁となっているのが、幕府に最も忠実な会津だ。排除ではなく懐柔できるのであれば、逆にこの上なく頼もしいはずだ。伊織がここまで来たのは、最後の賭けなのだろう。

京都では、成果がでなかった。しかし江戸や京都の藩邸と、国もとの意見が異なることは珍しくない。おそらく伊織も、家臣団は京都守護職就任に猛烈に反対し、当時江戸藩邸で病床にあった容保のもとにわざわざ家老たちが出向いて辞退するよう懇願したという話を聞いているのだろう。こちらから切り崩せれば、あるいは。そう考え、薩摩の仲間を説得したのではないか。

「なにもかもお見通しというわけですね。お見それいたしました」

「さきほども申し上げましたが、くれぐれも期待はなさらないでください。会津藩御家訓には、『婦人女子の言、一切聞くべからず』とありますので」

「御家訓ですか。まことに、どこにでもついてまわる」

伊織の口許が歪む。苦い笑みだった。

「鏡子殿は、それでよいのですか」

「よいもなにも、そういうものでございます」

鏡子の返答に、伊織は迷うように視線を逸らした。

「あなたの兄上は、御家訓に疑問を抱いておいででした。ゆえに最後に、土津公にお詫びせねば、とおっしゃいました。自分の不忠が、あなたがたに害を及ぼすことのないようにと。ですが、同時に……」

伊織は迷うように一度口を噤んだ。眉間に深く刻まれた皺に、言ってよいものかという苦悶が見てとれる。だが、わかる。彼は、言いたいのだ。誰にも告げていない真実を、ここでは明かしたいのだ。

目の前には自分。そして背後には、万真がいる。庭へ続く障子は開いてはいるが、薄ぼんやりしたこの仏間は今、たしかにこの世から隔絶されていた。

「兄と私しか、聞いておりません」

鏡子は言った。労るような口調に伊織が目を瞠る。彼の驚きぶりに、江戸にいたころの我が身を思い返し、苦笑が滲んだ。当時の態度はひどいものだったと思う。彼の前ではいつも落ち着かなかった。あのころの鏡子は、なにものでもなかった。必死に竹子の真似をして、人として生きることを諦めていなかった金魚にとって、全て知っているぞと笑う男の視線は我慢ならなかったのだ。

今は、まるで違う光景が見える。母となった鏡子がとうの昔に通り過ぎた地点で、彼はいまだ立ち止まり、途方に暮れている。かつて鏡子が、一世一代の勇気で手を伸ばそうとした時、笑いながら身を退いたくせに、ひとたび道に迷うと途端に幼子のような顔をして顧みる。

「兄が岡元様に話したということは、岡元様の判断で私に聞かせてよいということでしょう。ですからどうぞ、お心のままに」

それであなたの苦痛が少しでも取り除かれるのならば。母のような気持ちで、鏡子は語りかけた。

「そうですね。おなごに背中を押してもらうとは、情けないかぎりです。これでは万真殿にも笑われます」

伊織は居住まいを正した。

「万真殿は、安堵しているとおっしゃいました」

見据える目の力は、強かった。

「会津藩には、旧態依然とした藩のありように反発している若者も少なからずおります。彼らによって改革が成されなければ、会津の先行きは厳しい。それはわかっておいででした。されど万真殿は、このまま生きながらえれば、いずれ仲間をも裏切ることになるやもしれないと——内なる声と常に戦っていたと、おっしゃいました。だから、ここで終わるのは、誰にとっても最上であるのだから、むしろ嘉してくれと」

静かな、しかし芯のある声だった。鏡子はじっと伊織を見つめた。いつも薄笑いをうかべていた——かつての鏡子にはそう見えていた怜悧な目には、縋るような色がある。

兄の言葉が、彼をひどく揺さぶっているのは間違いなかった。何を成したわけでもない、いや何も成さぬまま逝くことを祝福してくれと言った男の言が。

「ではどうか、嘉してください」

鏡子は微笑む。伊織が小さく息を呑んだ。

「最後にそう伝えうる友がいたことが、兄にとっては何よりの喜びであったでしょう」

「まこと、そう思われますか」

「はい。岡元様でなければ、明かせなかった真意でございましょう。お伝えいただき、感謝申し上げます」

「……無意味だったと、いささかも無念には思われませんか」

みな万真の死を悼み、忠義の士と評した。空々しい言葉で。それが遺された両親にはわずかな救いでもあった。

しかし本当のところは、万真は無意味に生きて死んだのだ。会津藩士として何ひとつ果たさず、心も秘したまま。それを伊織と鏡子だけが知っている。

「わかりません。私は、人生の意味など一度も考えたことはございませんから」

「あなたは聡明な方だ。それに今は、二人の子の母親にして、賢夫人として名高くていらっしゃる。それでも、考えたことがないと？」

「はい」

「考えても無駄だと思っていらっしゃるのですか」

顔を曇らせる彼の頭には、おそらく御家訓が浮かんでいるのだろう。鏡子は首を横に振った。

「おなごの不便に憤り、あるいは諦める者もたしかに少なからずおりましょう。ですが私は、たとえ男に生まれていてもなにも変わらなかったでしょう」

「そうでしょうか。私にはあなたが……」

「岡元様」

冷ややかに遮ると、伊織はわずかに怯んだ様子を見せた。

「どう言えば満足なのですか。兄のように、私が苦しみ、あなたに胸の裡を打ち明けでもすればよいのでしょうか」

「そういうわけでは……」

「あなたは以前、おっしゃいましたね。あなたと私は同じものだと」

反論する暇を与えず、畳みかける。怒りは感じない。ただ、憐れな男だと思った。きっと彼の目には今も自分が、周囲に気取られぬよう必死に息を潜めている憐れな幼な子に見えているのだろう。そしてきっと、安心したいのだ。

「かつてはそうであったかもしれませぬね。ですが今なお私が迷い子のように見えるのでしたら、それはあなたが迷い子のままだからでしょう。岡元様はご自身の悲しみを私に映しているにすぎません」

「……私が？」

「ええ。私は、あなたに――いえ誰かに打ち明けねばならぬようなことはありません」

まっすぐ目を見据えると、伊織が眩しいものを見るように目を細めた。

「私はいつもあなたを怒らせてばかりのようだ。お強くなられましたね、鏡子殿」

「恐れ入ります。まだまだ至りませんが、森名の家あってこその私にございます」

自分はもう、ないものを探してさまよう子どもではない。奥底に潜む闇に怯えることも、誰かの救いを求めることもない。森名鏡子を最期まで演じきる覚悟は、とうにできている。

鏡子は微笑んだ。未だ覚悟もできずふらふらしている、憐れな友に向かって。

「岡元様、きっと縁談がたくさんおありでしょう。そろそろ妻を娶られてもよいのではありませんか」

その瞬間、伊織の形相が一変した。白目が血走り、濡れた虹彩がぎらりと光る。今にも喰われそうだと思った。

「はは。なにしろ昔、鏡子殿に断られてしまいましたから。それ以降、とんとご縁がないのですよ」

しかしすぐに怒りを苦笑にすげ替え、照れくさそうにうつむいたのはさすがだった。まだ、崩れない。鏡子は手をきつく握りしめた。あなたはいつもそう。私たちは同じものだと言うくせに、なにもかも知っているような顔をするくせに、自分の底は見せようとしない。そんな人間に怯え、期待するような幼な子はもういないのだ。

「世の変革も結構、大望抱きてこその男子という思いもごもっともですが、みなが上だけ見ていては、道が崩れていても気づきません。岡元様の足下を見てくださる方がいらっしゃればいいのでは」

笑みを刻んだままの伊織の唇がわずかに震えた。

「ご忠告いたみいります。鏡子殿にそこまで言われるとなると、私はよほどふらふらしているのでしょうね」

「兄もきっと岡元様の身を案じていたと思いますから」

いよいよ彼も気づいたのだ。目の前にいる女が、もはや同情と庇護を必要とする小娘などではないことを。森名鏡子の人生に、すでに岡元伊織という男はその名残すら残していないということを。

哀れな人。鏡子は心の中でつぶやいた。なぜ男は、女がいつまでも同じ場所で待っていると思うのだろう。あなたがこの世でうまくやっているつもりになっている間に、私はおさまるべき匣を見つけた。

息詰まるような時間が、どれほど続いたのかわからない。張り詰めた糸が切れたのは、再び池の鯉が跳ねた時だった。伊織の目に正気が戻る。浮きかけていた腰を下ろし、顔からは瞬く間に異様な熱が引いていく。

「わかりました。では、友の死を嘉しましょう」

ひとつ息をつき、伊織は言った。折り目正しい武士の顔だった。

「ありがとうございます」

「……そうだ、これを」

今思い出したといった体で、傍らに置いていた風呂敷包みを手にとった。

「このような時にどうかと思ったのですが、以前お渡ししそびれていたものです。よろしければ」

そう言って鏡子の前に差しだしかけたが、ふと思い直したように、おもむろに風呂敷を解き始めた。中には細長い桐箱があり、蓋を開くと、美しい薩摩切子の一輪挿しが入っていた。

「覚えておいででしょうか。いつかお贈りすると言っていたものです」

「……覚えております」

ただの戯れ言だと思っていた。あの夏の日、触れた硝子は伊織の熱を吸い、ほんのりと温かかった。

「どうぞ、お収めください」

深い藍色の花器を、伊織は手ずから差しだした。鏡子は躊躇いがちに手を伸ばす。

受け取る瞬間、わずかに指先が触れた。

伊織の手は、うっすらと湿っていた。しかしあの夢とはちがい、その指先は溶けそうなほど熱かった。

「ありがとうございます」

鏡子は気づかぬふりをして、そのまま手を引こうとした。しかし果たせなかった。

「鏡子殿。万真殿は、人をよく見ている方でした」

伊織は離れない。優美な顔の印象にそぐわぬ硬く太い指が、鏡子の手を強く握っている。

「私は今、悔いております。あなたが江戸にいる間に、なぜ薩摩からあなたのもとへこの切子を届けなかったのかと」

堅牢な手が、切子ごと鏡子の手を包み込んだ。湿り気を帯びた分厚い熱に、総毛立つ。あの夢とは似ても似つかぬ感覚だった。これは、ばけものでない。生身の男なのだ。

「御殿山でお会いした時、なぜあなたを攫わなかったのか。万真殿は、私自身も理解できぬ私のことをよくご存じだったのです。彼は、鏡子殿と私が同じものだと知っておりました。もしあの時……」

「お離しください！」

「鏡子殿！」

耳を塞ぐこともできず叫べば、打ち消すように名を呼ばれた。

「万真殿は、私に言われました。鏡子を頼む、と」

「……兄が？」

信じられなかった。睨みつけた先にある目は、必死だった。いつもの厭味なほどの余裕はどこにもない。ここにいるのは、捨てられまいと必死に縋る童だった。

「いかに人のふりがうまくなろうとも、あやかしはあやかしです。あなたもきっといつか、引き裂かれるような苦痛に苛まれる日が来る」

「いいえ。私はもうあなたとは違います」

「違いません」

縋る目の中に焔が見えた。なんといまいましい焔だろう。もう見ることはないと思っていたのに。この男はこうしてたやすく、とうに絶えたはずの種に火をつける。

ああ、熱い。苦しい。手が痛い。ここから全てが焼け落ちていくような気がする。

「どうか、忘れないでください。もしあなたが全てが無意味だと思う日が来ても、それを理解できる人間がここにいるということを」

第五章

一

ああ、これはもう駄目だ。

暁天の空を焦がす炎を見上げ、伊織はいよいよ悟った。

三田の下屋敷が庄内藩士に囲まれたと知らせを受けたのは、慶応三年十二月二十五日早朝のことだった。他藩士とともに三田へと向かえば、いまだ暗い空の下、ぼうと浮かび上がる場所がある。

驚きはなかった。近々、焼き討ちをかけられるだろうということはわかってはいた。いまや三田の薩摩藩邸は、薩摩藩だけのものではない。あの下屋敷に居着いているのは、数多くの尊王討幕の浪士たちだ。

かつて幕政の改革を目指していた薩摩藩は、いまや長州とともに討幕の急先鋒(きゅうせんぽう)である。昨年の頭には秘密裏に薩長同盟が成立し、六月の第二次長州征討では薩摩藩は長州を攻撃しなかった。十五万の兵を動員した幕府軍は敗北を重ね、そのさなかに将軍家茂も死去し、幕府はその権威の衰退ぶりを全土にしらしめる形で敗退した。そして年末に公武合体派の要（かなめ）であった孝明天皇が崩御すると、全国の浪士たちが再び尊王討幕に立ち上がる。

討幕。もはや幕府は討ち滅ぼす対象でしかない。薩摩藩の藩論は揺るがぬものとして確定した。そして今年の十月には朝廷もいよいよ幕府に見切りをつけ、討幕の密勅が下った。勅命が下った以上、大義名分はこちらにある。恐れるものはなにもない。

しかし、意気をあげ、江戸に攻め入る時を待ち焦がれる志士たちの期待に反し、新たに将軍の座に就いた徳川慶喜は、薩摩に密勅がもたらされた当日に政権を主上に返上する旨を奏上した。討幕の密勅は意義を失い、一週間後には撤回されたが、当然、藩士たちはおさまるはずもない。全国の志士たちを三田の下屋敷に呼び集め、江戸で掠奪（りゃくだつ）や暴行を繰りかえさせたのは、かつては斉彬に殉じようとしていた西郷だった。幕府を挑発して薩摩へ戦を仕掛けさせるのが目的とはいえ、彼が躊躇（ためら）いなくそうした手段を選択したことに、伊織は衝撃を受けた。

もう戻れぬところまで来てしまったのだ。燃え上がる炎を見て、実感した。

庄内藩は、江戸市中の警備を担当する藩のひとつであり、賊徒らの銃撃の被害を受けていた。庄内藩が薩摩藩邸に引き渡しを要求するのは当然のことであり、薩摩側が拒否するのもまた当然だった。結果、藩邸は炎上した。

　志士たちの多くはすでに逃げ出したことだろう。仮に死んだところで薩摩とはゆかりもない「賊徒」、懐も心もさして痛まない。かつて長州が京を燃やしたような、大きな騒ぎにはなるまい。ぼや程度だ。しかし、伊織にとってはそうではない。

「岡元さあ」

　背後から腕を引かれ、我に返る。いつからいたのか、池上が険しい顔で立っていた。

「何を惚けているんです。近くにおっと、捕まいかねもはんど」

「……浪士たちを誘導したほうが」

「品川に翔凰丸が停泊しちょいもす。そちらで回収する手はずじゃっで心配はあいもはん」

「そうか」

　伊織は苦い笑みを浮かべた。池上が当たり前のように知っている情報が、自分のもとには届いていない。もう完全に西郷や大久保に見限られたということが、否応なく理解できた。

　一昨年、伊織は会津に向かった。友人の墓参という名目で、会津の動向を探るためだった。

藩士らが討幕へと流れていることは知ってはいたが、久光はあくまで合法的な幕政改革を望んでいると伊織は信じていた。以前、ともに碁を打ち語らったわずかな時間のことを、信じていた。いや、今となっては、ただ信じたがっていただけなのだろうと理解はしている。

会津の旅は徒労に終わった。幸いにも家老・神保内蔵助に会うことはできたが、成果は何もなかった。

会津においては、藩主が万機を総攬（そうらん）する。専断を固く禁じられている家老衆は、複数の家老・若年寄による合議を決定機関としているが、その場合でも最終決裁権はあくまで容保にある。どの藩も建前は同じとはいえ、会津の場合は徹底されていた。それで二百年変わらず揺るがなかったのも保科正之公の教えなのだろうし、平時であれば全く問題はない。決定から迅速に実行に移せる利点もあり、先代の容敬の時代にも数々の改革が成されたと聞く。

しかし容保自ら京都守護職として長く国もとからも江戸からも離れ、激務ゆえに病に伏してもなお、藩主が万事決定するという藩是が覆されることはなかった。起居さえままならぬほどになると、さすがに容保抜きで政治判断を行う必要に迫られたが、合議に慣れた家老陣の中に、先頭に立ち局面を切り開ける資質と気概を備えた者はいなかった。

　神保内蔵助は、清廉な人物だった。国もとからの改革の必要性には理解を示していた。が、それだけだった。

「京都守護職も、最終的には殿と我らで忠義を尽くそうと決めたことなのだ。これからもそれは変わらぬ。会津の忠義は、御公儀も朝廷もよくよくご存じのはず。我らはいっさいの私心なく、ただ大君のために身を尽くす。それが会津の魂だ」

　淡々と語る家老に、伊織は反論を諦めた。いっさいは無駄と悟ったゆえである。

「岡元さあ、こいで気が済みもしたか」

　会津からの帰り道、池上は言った。

「岡元さあにも、情で目が曇る可愛げがあったとは喜ぶべきことかもしれもはんが、さすがに目は覚めたでしょう。だいぶ時間を無駄にしもした、江戸に戻ったら忙しいですよ」

　励ますように肩を叩かれ、伊織もそうだなと笑った。目は覚めた。いや、おそらくとうに覚めてはいた。自分では認めたくはなかったが、池上の言うとおり、情で目が曇っていたのやもしれない。とうに藩論は転換されていたのに、久光にかこつけて、私情を捨てきれなかっただけなのだ。これで区切りをつけようと、その日に腹を括りはした。

「これで、戦は起きるな」

西郷たちが焚きつけた炎が、夜明けの空を焦がす。いずれは日本全土に燃え広がるだろう。二百六十年続いた徳川の世を、焼き尽くすために。

この炎は魁であり、そして伊織の中にわずかに残っていた希望を完全に燃やし尽くすもの。

「ええ、まちがいなく幕府は薩摩討伐に動くはずじゃ」

池上は力強く頷き、炎をうつした目で伊織に向き直った。

「ますます忙しくなりますよ。戦となれば、岡元さあも駆り出さるってなあ。ここからいくらでも挽回できもす！」

「君も物好きだな。なんだって俺なんぞにかまうんだ。君は西郷さんに気に入られているじゃないか。俺は賭けに負け、見限られた。あまり近づかないほうが良いと思うぞ」

「西郷さあは、そげなこと気にする方じゃあいもはん。岡元さあのことだって心配しておいもした」

「西郷さんがねえ」

「物が見えすぎて正道を見失うのも、若いうちはままあることじゃっでなあと。今は岡元さあを必要とする時ではなかかもしれもはんが、そん才はいずれ必要となっで、そんまま極めてほしかとのことじゃした」

「それはそれは、親切なことだ」

西郷とはそこまで親しかったわけではないし、そこまで伊織を気遣うとは思えない。おおかた池上が西郷を説得した言葉をそのまま並べただけだろう。

「西郷さあだって、長らく大島に流されておいもした。誰しも雌伏の時はあいもす。岡元さあは江戸にいるんですからよかかではなかかな。必要とさるっのはいっきじゃど」

「そうだなあ、この様子では幕府が倒れるのもそう先のことではなさそうだ」

伊織は炎を見上げて言った。

「おいは、あなたを尊敬しているんですよ。こいからの薩摩に、いや日本に、あなたは必要じゃ。そう確信しちょいもす」

「それは嬉しいが、わからんなぁ。君とは付き合いは長いが、自分で言うのもなんだが君にそこまで言わせる要素があるとは思えない」

「たしかに岡元さあは自分以外は馬鹿ち思っちょっふしがあるし、長く付き合えば付き合うほど鼻につきますが」

「おい」

「じゃっどん、あなたの目を信用しちょっ。岡元さあ、あなたが常々言っちょったどなあ。ものを一方向から見ることの恐ろしさを。力を恃むことの無意味さを。あなたは、おいたちの声が急速にひとつの流れに収束しようとすっ時、必ずひとり冷静に俯瞰して声をあげもした。おいはそれを見てきもした。そいにあなたがいたで、おいは攘夷派に染まりきらずに済みもした。でなければおいは、寺田屋あたりで死んじょったかもしれもはん」

「なるほど、恩返しってわけか」

ようやく納得がいった。同時に、気の毒になった。たしかにかつては、池上は攘夷に夢中だった。だがこちらが引き留めずとも、おそらく彼ならば踏みとどまったと思う。斉彬が逝去した時に傍にいたのがたまたま自分だったから、池上は友のおかげだと思いこみ、今度は自分が引き留めなければと考えているのだろう。

呆れるほどの善良さだ。そんな必要はないのだ、と笑おうとしたが、先に封じるように続けられた。

「今のところ、薩摩はほぼ一本化されておいもす。こん流れは逃すわけにはいけもはんし、今後はさらに周囲を巻き込み、幕府を押し流さんといかん。こん勢いならば、幕府は我々の予想より早く、消滅するかもしれもはん。じゃどん、そん後は？」

「……さあな」

「長州とは便宜上、繋がっちょっとにすぎん。彼らとは根本的に相容れんと、岡元さあは常々言っちょったどなあ。薩摩内だって、今でこそ西郷さんたちがまとめちょっどん、一枚岩ではなか。攘夷もかつてとはずいぶん形を変えもしたが、幕府が滅びた後は、そん形が問題となる。そげな時に、異端であったあなたの目と知識が必要になっと思いもす」

「ずいぶんかってくれてるじゃないか。照れるな」

「かっちょいもす。じゃっで会津にだって付いちょった。あなたを断じて会津に渡さんために」

思いがけない言葉に、伊織はまじまじと池上を見た。

「目付を命じられていたわけじゃないのか。俺がそのまま会津に居残るとでも思ったのか？」

「大久保さあは、放っちょいても大丈夫じゃちと言っちょいもしたが、若干不安じゃったで志願しもした」

「おいおい、さすがに脱藩して会津につくなんてことはありえないぞ」

「本当にそげんじゃったか」

「俺は別に会津を評価していたわけじゃない。ただ、戦わずに済む道を残しておきたかっただけだ」

「じゃっどんあそこには、青垣殿の妹御がおっはずじゃ、絆（ほだ）されっとじゃなかかち心配じゃした」

何を馬鹿な。そう返すつもりだった。しかし、出来なかった。伊織は口を開いたまま、その場に立ち尽くした。

「岡元さあ？」

いつしか立ち止まった伊織に気づき、池上も足を止めて振り向いた。

「おや、珍しい間抜け面じゃ。やっぱい図星じゃな」

池上は笑っていた。伊織はまだ何も言えなかった。そうか。そういうことなのだ。

「まあ、気持ちはわからんでもなか。法事ではじめてお姿を見もしたが、あいは岡元さあが道を外れるっとも無理はなか」

「……道を外れる？」

伊織は力なく笑った。外れようもない。鏡子はもはや、伊織の知る彼女ではない。不安を必死で押し隠そうとする少女など、もはやどこにもいなかった。

彼女は会津に根を降ろし、見事な花を咲かせていたのだ。その凜(りん)とした姿は、かぐわしい香りは、たしかにいささか人としては行き過ぎていた。仏間で対峙(たいじ)した白百合は、泰然自若としていたにも関わらず、やはりあの大地震の夜のように胸をさわがせる存在だった。

「まあ、焦ることはなか。こちらが勝てば、いずれ彼女を娶(めと)ることもでくっかもしれんでなあ」

池上の冗談めかした言葉に、伊織は耳を疑った。

「彼女にはすでに夫も子もいるが」

「後家など珍しくあいもはん。戦になれば夫はどげんなるかわかいもはん」

「君は何を言っているんだ！」

「もしもの話じゃ。参ったな、そげん怒っとは」

池上は困ったように頭を掻いた。彼は単純に、友を慰めるつもりだったのだろう。彼がそうせねばならないほど、自分は落ち込んで見えるということなのだ。

「君に悪気がないのはわかるが、それは鏡子殿を侮辱しているも同じだ。もし森名の家に何かあれば、彼女は会津の妻として相応しい道を迷わず辿るだろう」

池上は目を瞠り、伊織を見た。

「……なるほど。岡元さあにとって、彼女はまこて会津の白百合なんじゃっでなあ」

口調に含みを感じ、「何が言いたい」と尋ねると、池上は口の端だけで笑った。

「西洋の花言葉というもんを最近知りもした。岡元さあは知っちょっじゃろうが」

「以前、話の種にいくつか調べたことはある程度だが」

「白百合は純潔や穢れなき心を表すそうで、万真殿の妹御もそげんお方じゃろうと思っておいもした。じゃっどん法事でお会いして、もうひとつの花言葉を思い出しもした」

伊織は何も言わなかった。この先は聞きたくはない。しかし仮に耳を塞ごうとも、池上は最後まで言うだろうことはわかっていた。

案の定、気の良い友人はいまいましい思いを隠そうともせずに、吐き捨てるように続けた。

「死者に捧げる、ですよ」

二

しんしんと降る雪は、世から音を消す。

そのせいか、雪の中の神保邸からは音ばかりかいっさいの気配が感じられなかった。まるで存在そのものを世間から雪の下へ覆い隠そうとしているように見えるのは、鏡子の心持ちのせいなのだろうか。この世ならぬ静寂の中にある家を訪ねるのは、いささか勇気が要った。それでも訪問を告げれば影のように人が現れ、鏡子を内玄関へと案内してくれた。雪を払い、中に入っても、やはり家の中は物音ひとつしない。

「鏡子さん」

入り口の先には、雪子が立っていた。鏡子を見ると、ほんのわずかに目を細め、優雅な所作で頭を下げた。

「お足元の悪い中、足をお運びくださいましてありがとうなし」

「此度のことはご愁傷様にございます。修理様はご立派におつとめを果たされたとのこと。どうか弔わせていただけませんか」

「お心遣い、痛み入ります」

雪子は先に立ち、仏間へと案内した。足取りは確かで、すっと伸びる背中はいつも通りだったが、襟元からのぞく白い項は今にも折れそうなほど細かった。

板間を踏む足裏は、氷柱を踏むようだった。なにもかもが時を止めた中、唯一息をして動くのは、目の前の雪子だけだ。いや本当にこれは息をしているのだろうか。いつもと変わりない姿が、刺すような冷気と静寂のなかにあって冥府の使いのように思える。

ふと、既視感を覚えた。初めて森名家に来た時にも、姑の通子に同じ思いを抱いた。嫁入りは雪とは無縁の季節だったのに、あの家はしんと静まりかえっていた。家というよりも神社の神域に迂闊に足を踏み入れてしまったような感覚だった。

神保家を訪れるのは初めてではない。が、これほど静まりかえっている日は記憶にない。無理もないが、胸が痛む。神保家は現在、忌中である。雪子の夫、神保修理は先月、江戸上屋敷にて切腹して果てた。君命だったと聞く。

修理は藩主・容保に付き従い上洛しており、以来こちらには戻っていない。二年前には、君命により藩兵組織の西洋化のため長崎へと視察に出向いたという。幼いころから優秀かつ柔軟な思考の持ち主で、藩主からの信頼も篤く、今後も側近として会津の改革を成すであろう人物だった。

それが、この半年足らずで修理の評価は激変した。最近は、にわかには信じがたい悪評まで鏡子の耳に流れてきた。毀誉褒貶相半ばは世の常とはいえ、最近は貶すというよりも罵倒しか聞かない。

「修理殿は運が悪かった。ただそれだけだ」

鏡子の夫・篤成は、凄まじい悪評をそう評した。長らく会津を離れている彼は月に二度の文を欠かしたことはなく、この時はたいそう長い文を認めていた。篤成は修理と同輩である。いつもはほとんど乱れのない筆跡も、この時ばかりはところどころ崩れ、こらえきれぬ無念が滲んでいた。

幕府に振り回されながらも、帝の深い信頼を恃みに京都守護職の責務を全うしていた容保および会津藩の運命が急転したのは、二年前——慶応二年十二月に、孝明天皇が崩御してからだった。いや、同年六月、幕府が十五万の兵を動員した第二次長州征討が失敗に終わった時点で、すでに崩壊は始まっていたのだろう。

長崎で長州や薩摩の藩士たちとも交流を続けていた修理が、容保の要請で京に戻ったのは大政奉還のころだ。鏡子もよく覚えている。雪子は、京都に行ったきり戻ってこない夫がさらに遠い長崎へ向かったことを知り、さすがに不安を隠せず鏡子に零したことがある。

「長州の方ともお会いになっているようで、会津公用方と知られれば報復されるのではないかと不安でならないのです」

　おそらく長州藩に最も憎まれているのは、京都から彼らを追放した会津だろう。当時は京都所司代の桑名藩だけではなく薩摩も会津側に与（くみ）していたが、第二次長州征討の失敗後は長州の手をとった。会津藩にとっては厳しい情勢の中、長崎へ視察に出向いていた修理の身を案じるのは無理もなかった。それほどに、かつて京都を騒がせた長州志士たちの「天誅（てんちゅう）」騒ぎは、会津で夫や父を待つ者にとっては脅威だった。

　そのため、修理の京への帰還は雪子を喜ばせたが、なにしろ帰還の理由が大政奉還である。同年十二月の王政復古の大号令により京都守護職は廃止され、会津藩も大坂城へと退去する中、修理は幕府側と薩長の内戦を避けるべく奔走した。そして容保に非戦恭順を説き、将軍にも江戸へ退（ひ）くよう進言したという。西における視察で、薩長を支援する異国の軍事力を目の当たりにした修理が恭順を説くのは当然であるし、そもそも雪子によれば、修理は会津にいたころから開国派であったらしい。

　戦になれば双方困るし、なにしろ会津の財政は火の車である。西洋式の軍備を調えている倒幕派と戦にでもなったら、ひとたまりもない。修理の行動はごく当たり前のことだったが、会津藩内の主戦派には怯懦（きょうだ）ととられた。そして度重なる薩摩藩の挑発に、幕府はとうとう京都に軍を進め、鳥羽伏見の戦いが勃発する。軍事奉行添役の修理は会津の藩兵を率いて戦うも幕府軍は敗北し、あろうことか将軍慶喜は兵を見捨て、いち早く江戸に戻ってしまった。このとき容保も連れ戻されたために、あまりの不義理に藩士の怒りは爆発し、それが不幸にも全て修理に向かう結果となった。

「修理殿が殿を説き伏せて江戸に向かわせたのだとか、あんなにたやすく幕府軍が負けたのは修理殿が薩長と通じていたからだとか、聞くに堪えぬものばかりだ。だが、かように無残な負けいくさ、どこかに怒りをぶつけねば、みな耐えられぬのだろう」

　篤成はそう認めていた。彼自身、鳥羽伏見の戦いには出陣しており、鏡子としても安否を気に懸けていたため、文が来た時は心の底から安堵したものだったが、書いてある内容といえば戦のことよりも、修理のことばかりだった。

　おそらく篤成自身も、葛藤していたのだろう。友を信じながらも、気を抜けば周囲の凄まじい憎悪という名の熱狂に流されそうになる。敗北の無念、多くの仲間を失った悲憤。それらは心身をひどく消耗させる。人は長い悲しみに耐えるようにはできてはいない。誰かのせいにして、全てを押しつけられれば、どれほど楽になることか。冷静なうちは誹謗に怒りを覚えても、風評は人の口を経るごとに厚みを増し、いかにももっともらしく聞こえるようになる。違う人間の口から何度も繰り返されれば、疑心は生まれる。ひょっとしたら、本当に修理が唆したのではないか。そう思う瞬間が、きっと彼にもあったのだろう。それを恥じ、文字にすることによって正気を保とうとする意志を、鏡子は夫の文の中に見いだした。

修理が恭順を説いて江戸へ向かうように進言したのは、戦の前の話である。長崎視察の際に、薩長の者と親しく交流をしたのも事実。それらが全て、怒りの矛先を求める者たちによってねじ曲げられ、推測はいつしか事実となり、神保修理こそ諸悪の根元と罵(ののし)られた。

本来、怒りを向けるべきは容保なのだろう。しかし会津藩士に、それは不可能だった。藩主の近くに、いかにもあやしい者がいる。それだけで、標的となるには充分だったのだ。最初は修理に同情的だった同輩が次々批判に転じていくのを見て、篤成は心を痛めているようだった。そして神保家を案じ、とくに針の筵(むしろ)であろう雪子の身を心配し、鏡子に「気に懸けてさしあげるように」と書き添えていた。

夫の懸念通り、この会津でも神保家への誹謗中傷は凄まじい。そもそも会津では、主戦派が圧倒的だ。

会津から勢いよく流れこむ憎悪の激流に、修理は逆らえなかった。彼は結局、切腹を命じられてしまった。

「どうぞこちらに」

雪子が襖(ふすま)を開けた先には、中陰壇がしつらえられていた。葬儀はごく内々に行われたと聞く。鏡子が人目を憚るようにやって来たのは、夫の希望でもある。

白木の位牌を前に、鏡子は手を合わせた。修理とはほとんど面識がない。修理が雪子と結婚したのは上洛の直前であり、その前にも一度、夫の友人として顔を合わせてはいたが、雪子の夫という印象はないに等しかった。

修理と雪子が夫婦としてこの家で過ごすことができたのは、わずか数ヶ月のことだ。にもかかわらず、二人はとても仲の良い夫婦として知られていた。ともに若く美しく才に溢れ、神保家の将来はこれで安泰と誰もが言った。会津の若い娘たちも、この美しい夫婦に理想を見いだした。

それが今や、世間から隠れるようにして、夫を弔うことしかできない。切腹という形がなければ、神保家への風当たりはもっと強いものとなっていただろう。焼き討ちぐらいされかねない。それほどに、会津藩士の怒りは深かった。

篤成の言葉を借りれば、修理は彼らに殺された。彼には何ひとつ非がないにもかかわらず。あるとすれば、彼に先見の明がありすぎたことだろう。京からも江戸からもあまりに遠い、この二百六十年前から時が止まった地に閉じ込められた者たちには決して見えぬ世界が、見えていた。

いま、自分が祈っているのはなにものに対してなのだろう。暗愚に塗りつぶされた最後の光だろうか。会津を救ってくれるかもしれなかった、わずかな希望。

「鏡子さん、どうぞこちらに」

焼香を終えた鏡子は、雪子の案内で居間へと移った。火鉢を勧められてもなお冷え切った体には、常より熱めの茶は救いだった。供された茶を有難く頂き、鏡子は雪子の顔を見た。青白い顔は、以前見た時よりも痩せている。しかし、表情はどこまでも静かだった。年明けに顔を合わせた時は憔悴の色が濃く、今にも倒れそうだったが、今はその目もふしぎと澄み渡っている。

「雪子様、修理様にはお会いになれたのですか」

茶托に湯呑みを戻し、しばし迷った後、雪子は口を開いた。

「はい、先月に」

先月、井上親娘が人目を憚るように会津を離れたことは、鏡子も聞き及んでいた。当時、修理は江戸の会津藩邸で謹慎中の身だった。鏡子にとっては懐かしい、和田倉門の上屋敷である。

「そうですか。お話は……」

「はい。ただ一言、後を頼むとおっしゃいました」

修理の切腹は容保の命令であったと聞いている。しかしそれは偽りだろうと篤成は綴った。殿は修理を深く信頼していらっしゃるし、全て誤解だとよくご存じのはずなのだからと。そして修理もまた、君命ではないと承知の上で、腹を切ったのだろうと。

自分の腹ひとつで、会津に渦巻く怒りを引き受けることができるのならば。藩主を守ることができるのならば。

「雪子様。修理様をよく知る者は、潔白であると存じております」

雪子の肩がかすかに揺れた。

「君命と申しますが、これはおそらく……」

「鏡子さん」

雪子は凜とした声で遮った。

「ご無礼おゆるしくなんしょ。だげんじょも、どうぞその先はお心にとどめられますよう。旦那様は、全て承知の上、腹を召したのですから」

鏡子は目を瞠り、雪子を見た。白い面にはいささかの揺らぎもない。途端に鏡子は恥じ入った。いったい自分は何をしようとしていたのだろう。神保夫妻の不運を憐れみ、慰めるつもりだったのか。

「私のほうこそ、ご無礼を。出過ぎたことを申しました」

「いいえ。鏡子さんのお心はまこと嬉しく、ありがたく存じます。ただ、今となっては、何が正しいか、正しくないかは問題ではないのです。唯一、確かなことは」

そこで雪子は、言葉を切った。鏡子はしばし待ったが、雪子は続きを口にすることなく、湯呑みの中をじっと見つめていた。

「確かなことは、なんでしょうか」

いささか焦れて尋ねると、雪子は目をあげ、うっすらと微笑んだ。

「……いえ、くだらぬことだなし。お聞き捨てくなんしょ」

「確かなことは、会津は遠からず滅びる。そうおっしゃりたいのではないですか」

鳥羽伏見の戦いから早々に江戸に退避した慶喜は、東征軍に徹底して恭順の姿勢をとった。半ば連行される形で同じく江戸に留まっていた容保も同じく恭順の意を示していたが、結局は前将軍より江戸城登城禁止の命を下された。その知らせが会津に届いたのはつい先日のことで、今月のうちには、容保が会津に戻ってくるだろう。

会津は、徳川家にも見捨てられたのだ。大君の儀、一心大切に忠勤を存すべく、列国の例を以て自ら処るべからず。御家訓をもって誠心誠意仕えた結果がこれだ。

だがそれを、不義理とは謗るまい。不運だと嘆くまい。少なくとも雪子はどちらとも思っていないだろう。彼女は知っている。最後の逃げ道を塞いだのは、他ならぬこの会津だ。

「滅びると言うのがし、この会津が。旦那様が命を賭して守ろうとしたこのくにが」

静かに問う雪子に、鏡子は頷いた。

「陸軍総裁が修理様を救おうと、公方様の側近に取り立てようとなさったそうですね。ですがそれがさらに、会津側の主戦派の反感を煽り、切腹へと追い込んだ。そううかがいましたが」

　幕府陸軍の最高職である陸軍総裁・勝海舟が修理を将軍の側近に取り立てようとしたことは、鏡子も聞き及んでいる。それが会津側の疑心暗鬼に拍車をかけた。しかし篤成によれば、勝と修理は親しい友人であり、勝は修理の無罪を知り、また彼の才能を惜しんで助命のため将軍を頼ったということだった。

「そうだなし。勝様は旦那様の友人として、助けようとしてくらはった」

「ですが、もはや誰も耳を貸さない。もとより、徹底して戦うべしという声しか聞きませぬ。いえ、修理様のように恭順を説かれる方もいたでしょうが、修理様がああなった以上、もはや声をあげる者はおりますまい。公方様に見捨てられるも道理」

　容保がいかに薩長に恭順の意を示していたとしても、無駄なこと。そもそも恭順の証に容保の首を差し出せと言われれば、会津としては決して受け入れるわけにはいかない。

「もはや、戦うほかないでしょう。そしておそらくは負けるのでしょうね」

　雪子はわずかに目許を和らげ、微笑みに似た表情を見せた。

「鏡子さんはほんとうに、容赦のない……。その割り切りの良さは、江戸育ちゆえでしょうか。誰かに聞かれたら、おおごとですよ」

「ここには雪子様しかおいでになりません」

「森名様も同じお考えなのですか」

「私見にすぎませぬ」

「かつての長州のように、土壇場で逃れられるかもしれねがら」

「難しいでしょう。瀕死の状態から復活した長州だからこそ、会津が第二の長州となるのを恐れ、完膚なきまでに叩きのめすでしょう」

「戦いは避けられずとも、会津が勝つかもしんにない。鳥羽伏見では不運だったげんじょも、江戸の公方様に危機が及べば抗う者も出てくんべ。奥羽諸藩も黙っているとは思わんなし。数はこちらが勝ってんだがら」

「ではなぜ、薩長をよく知る修理様は恭順を説かれたのです」

切り返しに、雪子は小さく息をついた。ふ、と笑うような吐息だった。

「……その通りですね。由ないことを申し上げました」

修理のように江戸や京、そして長崎などに遊学した経験のある若い藩士たちは、みな口を揃えて、薩摩のような洋式銃の導入や軍制改革の必要性を説いていた。しかし会津内に蘭学所ができたのも数年前で、軍制改革はいまだ進んでいない。そして提言した若者が死んでいく。

「おっしゃる通り、遠からずこの会津は滅びるでしょう。錦の御旗をたてた軍勢に朝敵と謗られ攻めこまれる日も来るかもしれねなし。でもそれは、自らが選びとった道にございます」

恐ろしい言葉を連ねてはいても、雪子の口調はあくまで穏やかだった。

鏡子を照らす双眸は、今やはっきりと明るく輝いている。笑ってはいない。澄んだ目には、何もなかった。悲嘆も、憤激も、恨みもない。全てはしんしんと降る雪の下に押し隠され、真白い平明がひろがっていた。

ああ、彼らはまこと仲睦まじい夫婦だったのだ。それが今、鏡子にも理解できた。雪子は常に、誰よりも先を見る夫に寄り添ったのだろう。修理は、妻の聡明さと明るい覚悟を愛したのだろう。これが夫婦というものかとしみじみ思った。この二人は、夫婦となる前から同じ世界に生きてきたのだ。それはどちらかが欠けても、変わらない。

羨ましいという感情が、ごく自然に湧いてきた。夫のことは決して嫌いではない。あの善良さ、穏やかさには感謝している。だが彼は決して同じ世界を歩む者ではなかった。夫婦となるのにそのような必要はないし、求めたこともない。誰であろうとさして変わらない。それでも自分は運が良いほうだと感謝していた。雪子を見て羨ましいと感じたこともなかった。

しかしこの時は、自分でもとまどうほど胸が痛かった。無明の闇に取り残されてもなお、自分の行く先には彼がいる。そうした伴侶と巡り会えた彼女が、いっそ妬ましかった。

目の前が、ふと淡い紅に染まった。

舞うのは白々とした雪ではなく、桜吹雪。石部桜よりわずかに淡い花弁の中、笑って鏡子を見下ろす男がいる。隙のない、なにひとつ心のこもらぬ美しい笑顔で。幾度打ち消しても消えぬ幻。彼は決して待ちはしない。もし次に会うことがあったとしても、会津を滅ぼす敵でしかないのだ。

「不思議でございますね」

鏡子はぽつりとつぶやいた。

「何がでしょうか」

「なぜ、雪子様や私にも見えることが、お偉い方々には見えぬのだろうかと」

「忠義とは全てを美しく覆い隠す、使い勝手のよい言葉だからなし」

雪子はおっとりと微笑んだ。

「権威をもてばもつほど、そして真実を見据えるのが辛くなればなるほど、人は御家訓にしがみつくのかもしれんなし。げんじょもそれもまた、美しい夢なのだなし。あの御家訓があって、会津は幸いにございます」

夢と言ってのける雪子は、美しかった。ああ彼女はもうこの世に生きてはいないのだなと思い知る。ひとり彼岸に踏み込んでいるからこそ、真実を見晴るかすことができるのかもしれない。

雪子はすでに、この世の先を歩いている。修理に向かって歩いている。

晴れ晴れと輝くその微笑みは、静かに降り積もる雪のように穢れなかった。


「おっかさ、おかえんなんしょ」

屋敷に戻ると、聞きつけた虎之助がすぐに飛んできた。その賑やかな足音と、雪子の青白い肌とは対照的な、我が子の頰の赤みに、ようやく呼吸の仕方を思い出したような気がした。

「いけねぇ、虎之助様。寝てなければ」

慌てたように、女中のミツが追ってくる。かつてはしんと静まりかえっていた森名家は、今やこれほどに賑々しい。

「ずいぶん元気なようですね、虎之助」

「もう平気だべ」

鏡子にまとわりついて笑う虎之助は、朝方は具合が悪く、朝餉もそこそこに部屋で休んでいたはずだった。六歳になった虎之助は、今年から会津藩士子弟の教育組織「什」に所属し、毎日のように什長が迎えに来ては出かけているが、最近は休みがちだ。もともと体が弱いこともあって、具合が悪いと言えばミツは休ませてしまうが、半分ぐらいは仮病だろうとふんでいる。実際、こうして見るかぎり、虎之助は健康そのものだ。

「そこまで元気なら、今からでも什に行ってはどうかしら」

「さすけね、ひとっきり休むことにするべ」

けろりとした笑顔に、鏡子は呆れた。かつては姑の通子が睨みを利かせていたが、昨年末に病を得てからというもの自室に籠もりがちだ。森名の家のすみずみまで張り巡らされていた静寂の秩序は、通子とともに家の奥深くにしまいこまれ、祖母の前に出ると借りてきた猫のように大人しくなった虎之助も今や野良猫のように自由に駆け回っている。

「申し訳ねぇ……げんじょもさっきまではうんと辛そうで」

いっさい悪びれる様子のない虎之助にかわって、ミツがひたすら恐縮している。先日、具合が悪いからとぐずる虎之助を無理矢理送り出したところ、高熱を出して什長に背負われて帰ってきたことを気にしているのだろう。以来、虎之助は何かと具合の悪いふりをする。

「だがら言ったべ、虎のは演技だと。ミツは騙されすぎだ」

ミツの後ろからやって来たのは、姉の幸子だ。虎之助の二つ上だが、年齢よりずっと大人びている。幸子は、父譲りの丸い目に冷ややかな光を浮かべ、母にまとわりつく弟を睨みつけた。

「什さ入ってようやく、武家の一歩が始まるづうのに情げねぇ。おめは森名の跡取りづう自覚がねぇか」

淡々と、しかし抉るような物言いは、姑そっくりだった。虎之助は露骨にうんざりした顔をする。

「ばあさまみでぇ。なんだぁ、二言目には什、什て。そらほど行きだいなら、あねさが行けばいいべ」

途端に幸子の形相が変わる。

「行げるものなら行ってる！」

「おお、おっかねえ」

虎之助は足早にその場を後にした。幸子はしばらく肩を怒らせ、弟の背中を睨みつけていたが、鏡子の視線に気づくと目を見開き、慌てて顔を伏せた。

「母上、ごめんなんしょ。やがましぐして」

「あれは虎之助がいけません。よく言っておきます。あなたも今は書の時間ではありませんか」

「はい。げんじょもミツが……」

　そう言いかけて、口を噤む。どんな理由があろうと、口答えは許されない。幸子には、その教えが骨の髄まで染みついている。徹底させたのは、姑の通子だ。初子である幸子はとくに厳しく躾けられたせいか、普段は虎之助を可愛がってはいるものの時々我が儘ぶりにひどく腹を立てる。

「幸子は虎之助のことを考えてくれたのでしょう。ミツが万が一を考えてしまうのも仕方がありません。私がいればあなたが口を出す必要もなかったのに、申し訳ないことをしましたね」

「母上のせいではねぇ！」

　幸子は慌てたように首をふった。が、母が理解してくれたことにほっとしたのだろう、険しかった目許はわずかに緩んだ。

「……なして虎は、あれほど什を厭がるんだべか。佐吉や次郎もみんな気のいいやつらなのに」

「什はただの遊び仲間ではありませんからね」

「したっけ、什でちゃんとせねば、あとあと困るのは虎だべ」

　什の繋がりは、大人になってからも続く。什の中で家柄は関係なく、重視されるのは年功序列だ。虎之助は体が弱いこともあり、ずいぶん甘やかされたせいか、年長者に逆らえない什はひどく居心地が悪いらしい。

「いずれ慣れるでしょう」

「そんならいいげんじょも……」

「幸子はよく什のことを知っていますね。えらいこと」

微笑みかけると、幸子はわずかに頬を染めた。

「虎の什仲間とは、よぐ遊んだし……このごろはもう、おなごとばかりだげんじょも」

幸子は家の中でこそ大人しいが、厳しい祖母の目が届かぬ外では、たいそうなお転婆だった。近所では、木登りや駆けっこで幸子にかなう者はいなかった。虎之助はいつもそのうしろをよたよたついていき、幸子の陰に隠れていることが多かった。

「什だって、私なら虎よりずっとずっとうまくできるのになし。同い年の男さにも、かけっこでも相撲でも負けだこどねぇ」

幸子は悔しそうに言った。幸子も八歳になり、今はさすがに男児と遊ぶことはなくなったので、虎之助がひとりできちんとやれているか心配な上、歯がゆくてならないのだろう。

きつく眉根（まゆね）を寄せる表情に、鏡子は強い既視感を覚えた。懐かしい面影が重なる。学問も剣術も男顔負けの、幼馴染（おさななじ）み。

ここ一、二年で幸子は急激に竹子に似てきたように思う。顔かたちは夫の篤成によく似て鼬（いたち）のように愛らしく、普段はあまり感情を出さず口ぶりが冷淡なところは通子に似ているが、その下に隠れた気質の激しさや目の強さは、森名にも青垣にもないものだった。

それが鏡子には不思議で、なにより嬉しかった。この子は、まっとうだ。そう思えるのは、幸せなことだ。

自分の腹から、幸子のような子が生まれたのは奇跡に近い。人はその環境によって人格が大きく左右されるものだというが、先天的な資質というものは覆せない。鏡子自身が人として大きな欠落を抱えて生まれ落ちたように、幸子は通子など太刀打ちできない光を道連れにこの世にやってきたのだ。

「そういえば私も、あなたぐらいのころは、兄よりも私のほうが武士に向いていると言われたことがありました」

鏡子の言葉に、幸子は大きく目を見開いた。

「母上が？」

「こう見えて私も薙刀はなかなかの腕前でしたよ。兄は気紛れで、子どものころは剣術の稽古や学問を嫌っていましたからね」

「伯父上は京でご立派な最期を遂げられた、会津藩士の鑑のようなお方だとうかがいました」

「ええ、そのとおりです。ですから今は幸子の目から見て不甲斐なくとも、虎之助はいずれ立派な森名の嫡男となるでしょう。それを支えてあげるのですよ」

もっともらしい言葉が、我ながら可笑しかった。ついさきほど、会津の滅びは避けられないと語ってきたばかりだというのに、どの口が言うのか。幸子や虎之助が成人するころには、もう藩も御家訓も存在していないかもしれない。二百六十年、当たり前のように存在していた枠組みが消える。それがどういうことか、鏡子には想像もつかない。だから、消える直前まで、もはや無意味とわかっていても、なにより大事なものとして教えねばならない。

「……はい。ほんなら、母上」

幸子はしばし逡巡した後、意を決したようにまっすぐ母を見上げた。

「私に、剣を教えてくなんしょ」

「剣？」

「虎にはまだ早ぇ。げんじょも、支えるためにも今から私が」

「あなたにもまだ早いでしょう。薙刀だって十二から始めるものですよ」

「はい。げんじょも……薩長は、その前に攻めでくっかもしれねぇ」

鏡子はまじまじと娘の顔を見た。

鳥羽伏見での敗北、いつのまにか会津が「朝敵」となったこと。子どもたちの前ではいっさい話してはいない。ミツたちにも、子どもの前では控えるように厳しく言い含めている。

　幸子や虎之助がもう少し年齢を重ねていれば、鏡子も篤成も話はしただろう。しかし、子どもの耳をふさげるものではない。じき、容保が戻ってくる。そうなれば、みな等しく事態を知ることになる。とはいえ、八歳と六歳。いかに武家とはいえ、何かをさせようという気は篤成にはないようだった。

「いざつぅ時さ守るすべはほしいだ。母上に手間さかけさせたぐはねぇ」

　幸子の黒目がちの目は、決意を漲（みなぎ）らせている。生半可なことでは引き下がらないだろう。

「わかりました」

　幸子は大きく瞬きをした。

「ほんとうが」

「はい。私も稽古を本格的に再開せねばなりませんからね。ひとり、いい先生を知っているのですよ。お願いしてみましょう」

「どなたでがし」

「江戸にいたころ、ともに薙刀を習っていた中野竹子さんというお方です。近々こちらに戻ってくるそうですから」

　赤岡大助の養女となり、大坂に移り住んでいた竹子は、昨年のはじめには江戸に戻っている。養子縁組を解消し、ひとりで江戸へ帰ったきっかけは、赤岡の甥との縁談だったらしく、憤激にまみれた文を読んだ時には、なんとも竹子らしいと口許が緩んだものだった。江戸に戻った竹子は、実家に帰ることもなくひとりで住まいと仕事を探し出し、悠々自適の生活を送っていたが、容保が江戸登城禁止となり、藩士たちも江戸にはいられなくなったために、家族とともに会津に戻ることになったという。竹子にとっては無念だろうが、会えるのは正直言って嬉しかった。こういうことでもなければ、会うこともなかっただろう。

「竹子さま。お強いのだがし」

幸子は興味津々といった様子で訊いた。

「ええ、もちろん皆伝です。そういえば竹子さんは、あなたぐらいの年から剣も薙刀も稽古をしていましたね。私たちの師は、照姫様にご指南なさった先生でね、その先生からもたいそう期待されて養女になられたお方ですよ」

「すごい！」

がぜん、幸子は目を輝かせた。

「養女になられたのは、薙刀の腕前ゆえだけではないのですよ。学問も男顔負けで、書の大家でもいらして最近はたしか、どこかの——たしか備中庭瀬藩でしたか、藩主の奥方様の御祐筆も務められていたはずです」

幸子の頰が興奮に染まっていく。彼女の心の裡が手に取るようにわかった。このわずかな時間に「中野竹子」は、幸子の憧れそのものになったのだろう。

竹子もまた、とびきりまっとうな人間だ。だが、まっとうな女かどうかはわからない。あの美貌、文武の才、苛烈ながら地道な努力を厭わぬ性格。いずれもまぶしいが、女としては——とくに会津の女としてはあまりに生きにくい。

しかし、これからの時代は竹子のような女を目指すほうがずっとよいのかもしれない。もし生き残れたらの話だが。

「幸子。薙刀の稽古を始めるにあたって、ひとつ条件があります」

笑いを口許に残したまま、鏡子は言った。

「なんだべ」

「あなたは自害の作法も学ぶ必要があります」

幸子は、息を止めた。大きく見開かれた目が、鏡子を映す。

「薙刀と同じく、毎日繰り返し稽古をするのです。いざという時、いっさいの淀みなく自裁できねば会津のおなごの名折れ。それができてはじめて、薙刀をもつ意味が生じます」

幸子の目が、徐々に凪いでいく。興奮は去っていき、唇が緊張に引き締まる。前のめりになっていた体を引き、姿勢を正した。

「はい。よろしくお願いします」

母をまっすぐ見据え、幸子は言った。一片の恐れも見られなかった。

幸子は、森名家の長子として生まれた。上士の娘だ。

『いざという時は、おめさまが全てを成すのでなし。それが、森名当主の妻のつとめ』

修理切腹の報が齎された翌日、通子は鏡子を呼び出して告げた。病魔に侵され痩せ衰えた体を、それでもしゃんと伸ばしていた。彼女もまた、修理の死で、会津の命運を悟ったのだろう。

いずれ、その日はやって来る。童の薙刀など、意味はない。しかし幸子が望むのであればそれも良いだろう。万が一生き延びることができたなら、幸子の前には新たに道が開けるかもしれない。そのほんのわずかな可能性にも備えるのは、悪いことではないはずだ。

自分自身にそう言い訳していることに気がつき、鏡子は苦く笑った。

自分も、人の親であるらしい。雪子の境地にはまだまだ至れぬようだった。

松平容保を筆頭に藩士の一団がいよいよ会津に戻ってきたのは、二月二十日のことだった。

郭内に住まう藩士の家族たちは、帰藩する者たちを出迎えるべく滝沢本陣に集まった。城下から白河、江戸へと至る、滝沢峠の城下側の上り口にあり、歴代藩主が白河街道を通る時に休憩所として利用された本陣である。

この日は出迎えの家族のために、雪積もる街道の両側に菰が敷かれ、鏡子は幸子と虎之助とともに正座して待っていた。今日は珍しく、姑も来ていた。ここ数日は寝込んでいたが、いよいよ息子が帰って来ると聞くなり起き上がり、鏡子たちがいくら止めても聞かずについてきたのだった。長時間、いくら菰があるとはいえ雪の上で正座をしているのはこたえるだろうに、おくびにもださないのはさすがだった。落ち着きのない虎之助も、今日は恐れている祖母がすぐ近くにいるせいか、おとなしく正座をして待っていた。しかしやはり辛いらしく、泣き出す寸前の顔をしていた。

そのせいか、曲がり角から行列の先頭が現れた時に鏡子の胸にまず浮かんだのは、喜びではなく安堵だった。ああ、やっと帰ってきた。これで虎之助が武家らしからぬ醜態をさらす前に帰ることができる。

薄情なことを考える鏡子をよそに、周囲では歓声が沸き起こった。いかに鳥羽伏見で負けたとはいえ、やはり家族が戻ってくるのは嬉しいものだ。幸子や虎之助も目を輝かせ、よく見ようと身を乗り出した。そのまま二人は、硬直してしまった。

理由は、すぐにわかった。

現れたのは、ただの敗残兵の群れだった。会津は大藩である。六年前、京都守護職の任に就くべく容保と千の藩士が出立した時も、ここで見送った。美しく勇ましい武装の兵士が延々と続く様は壮観だった。めったに心を動かされぬ鏡子ですらも、我が会津はなんと美しいのかと感心したほどだった。

それが今や、陽光にきらめいていた旗は汚れ、高らかに天を衝いていた槍は折れ、薄汚れた兵士たちは下を向き、足を引きずっていた。声を失った出迎えの人々を見返す者もなく、彼らはのろのろと通り過ぎていく。真冬だというのに、饐えた臭いが漂い、虎之助などは顔をしかめて鼻を摘まんだ。すぐにやめさせたが、やがて傷病兵の一団が現れた時には、鏡子も口を押さえたくなった。

互いを支え合い、体を引きずり進む彼らの動きは遅い。傷口から放たれる凄まじい悪臭は、耐えがたいものだった。いや、その出所は、黒い布で覆われた長持ちの群れなのかもしれない。

出迎えの家族たちはもはや一言も発さず、死が通り過ぎるのを見守っていた。

じき春だというのに、西から来たのは春ではなく、濃厚な滅びの気配。

鏡子はふと、ここにはいない雪子を思った。彼女ならば、この光景を見てなんと言うだろうかと。

中野竹子が鏡子のもとを訪れたのは、四月に入って間もないころだった。

薙刀を抱えて現れた彼女を一目見るなり、幸子はこの凛とした佳人にたちまち夢中になった。

「はじめまして、幸子さん。丁寧な文をありがとうございました。幸子さんは、とても良い字をお書きになりますね」

竹子は腰を屈めて目線を合わせ、幸子に微笑みかけた。幸子の白い顔が、みるみるうちに朱に染まる。蕾(つぼみ)が色づくようで、そういえばそろそろ桜も咲く季節だと思い至った。

「あ、ありがとうございます。竹子様は、母上と同じ言葉で話されるのですね」

たどたどしくも、幸子は懸命に江戸言葉で返事をした。

「そうなのです、私はずっと江戸育ちで、まわりの方もみなそうでした。今年はじめて、会津の地を踏んだのです。美しい故郷にようやく来られてとても嬉しいのです、ですからどうぞ会津の言葉で話してください」

「は、はい」

「私に気を遣ってくださったのですね。幸子さんはとてもおやさしいお方です」

幸子に向ける竹子の微笑みは、柔らかい。母性を滲ませるその目許に、離れていた月日をしみじみ感じた。

江戸で別れた時、竹子はまだ少女だった。まっすぐで苛烈で、その視線の鋭さに恐れをなして近づけぬ者もいた。あれからもう八年も経ったのだ。もとより美しい少女だったが、中野竹子は今や誰もが振り向かずにおれぬ佳人となった。端正な顔立ちに匂うような優美と垢抜けた空気を纏った彼女は、もしこの付近に住んでいればたいそう評判になっていたことだろう。口を開けば、昔ながらの切り口上で愛想に欠けるが、ふとした時に見せる微笑みは昔からは考えられぬほどやさしかった。

「よかったですね、幸子。竹子さん、帰ってきてまだいろいろ大変でしょうけれど、どうぞこの子に剣や薙刀を教えてあげてください」

「本当に私でよろしいのですか」

「竹子さん以外考えられません。それにこの子はまだ小さくて、薙刀道場では引き受けてくれぬのです」

「ああ、なるほど。では喜んで」

「今日は足をお運び頂きましたけれど、次からはこの子をお宅まで向かわせましょう」

竹子はぎょっとした顔をした。

「それはいけません！　私は坂下の寺に間借りしているのです。ここからは、子どもの足では遠いでしょう」

　中野家は代々江戸定詰だったので、会津に家がない。菩提寺も全て江戸だ。今は若松より離れた会津坂下の寺に間借りしているという。妹の優子も竹子によく似た美貌で、二人が揃えばあの周囲はさぞ華やかなことだろう。

「それも良い鍛錬になりましょう。幸子、よいですね。私もともに参ります」

「はい！　よろしくお願い申し上げます、お師匠さま」

坂下という地名に不安そうに首を傾けていた幸子も、「私もともに」という言葉にがぜん目を輝かせ、竹子にむかって深々と頭を下げた。

「厳しいお母様ですこと。親子ともども、容赦はいたしませんよ」

「望むところですよ」

「ならば結構。鏡子様、共に照姫様をお助けしましょうという約束、私はまだ忘れておりませんからね」

挑むような視線が、幼い時分の竹子に重なる。こういう顔をすると、やはり幸子ととてもよく似ていた。

「ああ、そうね。そんなことを言っていたわね」

「道は分かたれたと思った時もありましたが、こういう形で実現するとは不思議なものです。今は優子も、そして幸子さんもそこに加わるのですね。なんと心強いこと」

竹子は幸子の肩に手を置いた。幸子はどぎまぎした様子で竹子を見上げる。

「私も、照姫様をお助けできるでしょうか」

「もちろんですとも。いつおそばにあがってもお守りできるように、今日から鍛錬いたしましょう」

早速始まった稽古は、宣言通り厳しかった。さすがに、八歳のころから居合抜き千本を欠かしたことがないというだけある。今もその習慣は健在らしく、腰の据えかた、足さばき、何もかもが名人の域だった。

江戸でともに稽古に通っていたころは、鏡子とて「本気を出していない」と竹子に怒られる程度には拮抗していたはずなのに、今となってはその差は埋めようがない。竹子が一目散に高みに駆けていく一方で、鏡子は武芸から離れていたので無理もなかった。それを悔やんだことは一度もなかったが、こうして竹子の成長を目の当たりにすると、江戸に置いてきたはずの幼い心がまたむずむずと動くのも事実だった。

幸子はといえば、最初から容赦のない稽古に涙を滲ませながら、それでもいっさい泣き言を言わず必死についていっている。ようやく終わったころには、掌は破れ、長らく握っていた木刀の柄は血にまみれていた。

「よく頑張りましたね。痛かったら痛いと言ってよかったのですよ」

竹子はやさしく幸子の手を拭ったが、幸子は必死に涙をこらえながら首を横に振った。何も言わないのは、口を開けば泣いてしまうからだろう。その意地を、鏡子は愛おしく思った。

「幸子さんは、立派な会津のおなごとなるでしょう。共に頑張りましょうね」

手当を済ませると、竹子は最後にほつれた幸子の髪を調えた。

こうして見ていると、親子のようだった。たしかに鏡子が腹を痛めて産んだ子のはずなのに、今ここに自分がいることがひどく場違いのように感じる。

実際、場違いなのだろう。幸子はおそらく、本来は竹子のもとに生まれるはずだったのだ。しかし竹子は、妻や母となる道を拒んだ。ゆえに幸子は、鏡子の胎（はら）を借りてこの世に生まれ出てきたのだ。

我ながら馬鹿げた想像だと思ったが、笑い飛ばすことはできなかった。鏡子にとっては、手を打ちたくなるほど腑（ふ）に落ちる考えだったからだ。

やはり、まっとうな者は、まっとうな者に引き寄せられていくのだ。当然のことだ。

そして、外れてしまった者は、やはり同じ者へと惹（ひ）かれていく。それもきっと、どうしようもないことなのだ。


戸外で物を食べてはなりませぬ。この季節、什の掟（おきて）の中のこの項目が、子どものころは一番辛かったと篤成は言う。

「桑の実が大好きなんだ。外で熟している実を見ると、辛かったなあ。町では子どもたちが口許や手を真っ黒にして好きなだけ食べているのを見て、町人の子どもになりたいとよく思ったものだ」

懐かしそうに語ったのは、たしか鏡子が嫁いできて二年目のこの季節だった。木々の緑は色を増し、心地よい風に吹かれながら歩いている時に、大きな桑の木いっぱいに生った赤黒い実を見上げて言った。桑の実は、たしかにこの時期の恰好のおやつだ。江戸の家には桑の木があったので、よく親の目を盗みむしって食べた。好物というほどではなかったが、嚙んだ途端に口の中に広がる甘酸っぱい味は、いかにも初夏らしく悪くはない。

ただ、上士の嫡子である篤成が、そんなに熱っぽく語るほど珍しいものでもない。どこにでもある、本当にありきたりな木だ。しかしよくよく考えてみれば、たしかに森名家に桑の木はなかった。

外で、人の目を盗み、仲間とこっそり桑の実を食べる。この場合の仲間といえば什だから、みなで掟を破ることになる。それがまた、たまらなかったのだそうだ。

「子どもができたら、近くの桑の木を教えようとずっと思っていたのだ。しかしなかなか、その機会がなかったからな」

夫は笑って、鏡子と子どもたちを屋敷の外に連れ出した。五月もじき終わろうという日だった。川遊びにはまだ早く、祭りの時期でもない。遠出というほどでもなく、ただ近場をゆったりと散歩するだけの一日だった。それでも子どもたちは嬉しくてならない様子で、「この桑はお薦めだ」とか「この木は熟すのが遅いからしばし待て」

と教えてまわる父の言葉を、ひとつも聞きもらすまいとしていた。

　そしてその数日後、篤成は家を出た。二月の末にようやく江戸から帰ってきたというのに、家にいたのはわずか三ヶ月にも満たなかった。

　四月上旬に江戸城は東征軍に明け渡され、江戸幕府は名実ともに終焉を迎えた。一滴の血も流さずに済んだのは喜ばしいが、徳川家への処分を不服とした抗戦派が各地で挙兵し、東征軍はなおも東へ兵を進め、これを次々撃破していった。

　会津軍は奥羽列藩同盟の諸藩とともに奥羽の要衝・白河の護りを固め、東征軍を迎え撃つこととなり、篤成も出陣することとなったのだった。

「ほんでは、行ってくる」

　篤成は、勇ましく武装していても、どことなく剽軽な印象があった。

　京都に向かった時、篤成は上士としてごくごく平均的な軍装をしていたが、今日は黒羅紗の筒袖に袴を改良した段袋という、洋式の軍装だった。三月に会津でもようやく軍制改革があり、藩士は年齢別に玄武・青龍・朱雀・白虎の四隊に分けられ、軍装も一新された。布告とともに洋装の型紙がついてきたので、鏡子は急いで夫の軍装を仕立て、翌日から篤成は朱雀隊として訓練を重ねてきた。

　全体的にずんぐりとして丸い体に洋装は似合わず、本人も不満そうだったが、訓練を一月重ねれば服も馴染み、今では「こちらのほうが何かと動きやすいなし」とそれなりに気に入っているようだった。

「なぁに、夏に帰ってくるさ。さすけねぇ」

不安と緊張に青ざめた子どもたちの頭を、大きな手が順に撫でる。虎之助は必死に涙をこらえていた。昨日は子どもらしくはしゃいでいたが、今日は歯を食いしばり、一滴も涙をながすまいとしている。

「しっかりおつとめを果たしてきてくなんしょ」

彼らの傍らには、通子がいつも通りの無表情で立っていた。二ヶ月前に滝沢本陣まで迎えに出た際に体調を著しく崩し、一時は人事不省の状態が続いたが、数日前からはごく普通に起き上がり、生活している。以前のように全ての家事を仕切るわけではないが、幸子に裁縫を教えたり、書を読んだりと、隠居らしく振る舞っていた。今日も薄化粧を施し、往時と変わらぬ凛とした姿で息子を見送る。

「どうぞ、お気をつけて」

最後に鏡子が切り火を切り、夫の肩に火花を散らした。篤成は鼬に似た顔に柔和な笑みを浮かべると、「ではな」と出て行った。日々の訓練に出向くような気楽さだった。

夫が若党とともに門から消えると、途端に通子の体が傾ぐ。

「お義母様！」

「ばあさま！」

　鏡子と幸子がとっさに支えたのでそのまま倒れることはなかったが、顔色は紙のように白く、額には脂汗が滲んでいた。この数日、姑が無理をしていることぐらい鏡子もわかっていた。その心意気に感じ入り黙ってはいたものの、いつ倒れるか気が気ではなかった。篤成も気づいてはいたが、母の誇りを尊重して気づかぬふりを通してくれた。

「騒ぐでねぇ」

しかし、ぴしゃりと飛んだ声にはまだ力があった。嫁と孫の手を振りほどき、再び自分の足でしゃんと立つ。

「ご無理をなさらないでください。すぐにお部屋に」

「やらねばならぬことは、てんこもりだ。寝込んでいる暇などねぇ。鏡子さん」

通子は、ひたと鏡子を見据えた。冬の夜のような目だった。

「頼みましたよ」

ただ、一言。鏡子は一瞬息を詰めたのち、静かに頷いた。

言葉通り、篤成は夏——六月の終わりが近づいたころに、帰ってきた。ただし家に辿り着いたのは、首だけだった。持ち帰った若党の話によれば、隊を率いて勇猛果敢に戦うも最新式の銃の前になすすべなく、足と肩を撃たれていよいよ動けなくなり、足手まといになってはならぬと草陰で腹を切ったという。

白い布に覆われた首桶を腕に抱えると、ひどく重かった。人の首とはこんなにも重いのだな、と場違いな感想を抱いた。

さすがにこの時ばかりは、身も世もなく泣き喚く子どもたちを咎めることはできなかった。厳しい姑も、何も言わず、ただじっと首桶を見ていた。

終末は、着実に近づいていた。

三

立っているだけで、足下から溶けていきそうな心地がする。

立秋が過ぎ、戸外を吹く風からは熱が抜けている。しめやかに降る雨は冷たく、兵士たちはみな、できるだけ体を冷やさぬよう身を寄せ合っていた。が、通された部屋は暑い。いや、部屋が暑いのではない。伊織ひとりが汗をかいている。視線の先では、伊地知正治参謀が地図を広げた卓の前に座っていた。

政府軍は、白河城に続き、六月には東の棚倉城、そして七月二十九日には北の二本松城を攻め落とした。ここ二本松を掌中におさめたのは大きい。ここから北上して仙台・米沢に向かうことも可能になり、また西に転じて奥羽列藩同盟の核である会津に攻め入ることができる。江戸の総督府の意向は仙台・米沢を攻め、奥羽列藩同盟諸藩を刈って会津を枯らすことだったが、二本松を奪取した土佐藩の板垣退助と薩摩藩の伊地知正治は、このまま会津に攻め入り根元をまず枯らすことを主張した。結局は後者の意見が採択されたが、会津は四方を山に囲まれた盆地であり、百を超える峠がある。そのうちどこから攻め入るかが焦点だった。

「土佐は郡山から入る御霊櫃峠を推しちょっが、おいは母成峠がよかち思っ。おはんは猪苗代を訪れたこっがあっち聞いちょっが」

伊地知はぎょろりと目を動かし、伊織を見た。再び背中に汗が流れる。今まで、人と会ってひどく動揺したことといえば、片手で数えるほどしかない。昔、水戸の攘夷派に囲まれて、おまえは不忠な輩だと罵られた時ですらどうやって言い逃れるかということしか考えていなかった。それが、参謀に睨まれただけで竦み上がるとは堕ちたものだ。もっとも、その理由もわかっていた。人は疚しいことがあれば、どうしても他人の視線に弱くなるのだ。ぼろがでまいかと、焦りが生まれる。

顔には、出すまい。注意しながら、伊織は地図に目を向けた。

二本松から会津へは、鞍手山の北麓を通り、猪苗代湖北東部に出る中山峠を通るのが最も近い。ここは二本松と会津を結ぶ二本松街道の本街道であり、二本松が陥ちた以上は会津側も当然防御を固めてくるだろう。そこでその北方の母成峠か、猪苗代湖南の浜路に出る御霊櫃峠が候補にあがっているらしい。御霊櫃峠は会津と郡山を結ぶ街道にあり、こちらも重要な拠点ではある。が、二本松からだいぶ下る必要があり、峠を越えた先も湖の南なので、会津に至るには湖を渡るか大回りせねばならない。

「土佐が御霊櫃峠を推しちょっとは、母成峠から入っと十六橋(じゅうろっきょう)があっからじゃなかか」

伊織の言葉に、伊地知はわずかに口許を緩ませた。さすがによう知っとるな、と言われているようだった。

　母成峠から猪苗代領を渡ると、日橋川(にっぱしがわ)に差し掛かる。会津城下に向かうには、この川にかかる十六橋を渡る必要があった。

「そん通りじゃ。会津は必ず十六橋を破壊すって、どのみち迂回(うかい)せんと会津には入れん。そいなら、険しか母成峠より御霊櫃峠のほうが安全じゃ」

　これが夏であれば、橋がなくとも川に入ればことは済む。しかしすでに秋に入り水は冷たく、雨が多いため水かさがだいぶ増している。さすがに危険にすぎる。

「なるほど。おっしゃることはわかいもす。じゃっどん、そいでもやはり母成峠がよかち思いもす。要は、爆破すっ時間を与えねば済むこっじゃ。こん長雨ではそうそう爆破もできん。十六橋は、非常に頑強な石橋じゃっでなあ」

　会津には峠が多い。それはつまり、それだけ防御の兵を多く割かねばならぬということでもある。いまだ戦いが続く日光口(にっこうぐち)、越後口(えちごぐち)には多くの部隊が駐屯しているし、白河も然り、そして中山峠もおそらく精鋭で固められているだろう。現在、十六橋に多く兵を回しているとは思えない。

「拙速を尊ぶちゅうともっともじゃっどん、まあ母成峠を越えられたとして、果たして猪苗代をそう簡単に抜けらるるか？　母成峠ん先は、猪苗代北岸。亀ヶ城、そいと始祖保科正之公を祀った土津神社があっ。猪苗代領のまさに中心じゃ。そこを突っ切っとは容易ではなか。じゃっどん、御霊櫃峠から湖南に出っともそう変わらんとではなかか」

　伊地知はにこりともせずに言った。母成を推すと言ったのは自分のくせに、同意した伊織に真っ向から反論してくる。試されているのだとわかった。

　亀ヶ城に土津神社。まさに三年前、伊織が見聞した場所だ。

「いえ、亀ヶ城はすぐ陥ちもす。猪苗代は一日で抜けらるるっじゃろう」

　伊地知は目を細め、伊織の汗まみれの顔を見つめた。

「根拠は」

「猪苗代ん兵も峠の守備に出払っちょる。抜けてしまえば城は裸同然じゃ。地元の農兵たちは、若松から派遣された城代と会津兵が守る城なぞ見捨てもす。三年前の時点で、農民たちは不作にもかかわらず会津への年貢が年々増えちょるこっに大変不満を抱いておいもした。城代こそ会津の重臣じゃが、彼らがいかに説得しようが、会津のために戦うことはなかち思いもす。すぐにこちらに寝返るはずじゃ」

「じゃっどかい。こんあたりん連中の忠義心は、すさまじか」

二本松の激戦を思い返したのか、伊地知の眉間に皺が寄った。

五月、白河城はわずか五百の政府軍によって陥落した。会津側はその十倍近くに及ぶ増援をもって奪回せんとしたが果たせず、その一方で日光口から政府軍が続々と到着し、六月には東の棚倉城、そして翌月には北の二本松城に到達した。白河口の戦いに多数援軍を送っていた二本松藩の城下にはわずかな兵しかおらず、白河口から呼び戻そうにも退路は政府軍によって断たれており、二本松藩は老人や少年までかき集めて戦った。

「隣の三春藩は早々に我らに寝返り、道案内まで申し出たではあいもはんか。猪苗代は今でこそ会津領じゃが、成り立ちからして会津にはあまり好意的ではなかと。城代も、あん兵士たちや農民に囲まれて戦うとは無理じゃと悟っちょりもす。じゃっですぐに逃げ帰りもす」

「ふむ」

伊地知は満足そうに鬚を撫で、地図を指で叩いた。

「参考になった。やっぱい実地で知る者は強かな。城下に突入後も頼む」

「はっ」

さがってよし、と目で促され、伊織は敬礼し、その場を後にした。

外に出た途端、どっと力が抜ける。爽やかな風が吹きつけ、ほうと息をついた。汗を拭い、顔をあげれば、北西の方向に安達太良山が望めた。母成は、安達太良山南西部を越える峠だ。ほぼ間違いなく、母成越えで決まるだろう。

汗にまみれていた掌を握り込み、心臓のあたりに触れる。最近、よくやるようになった仕草だった。固い上衣の下で、かすかに紙が鳴る音がする。そこには一通の文があった。変わらず服の下にあることに安堵し、次に口の端が歪んだ。こんな紙を持ち歩いているから、冷や汗を搔くはめになる。さっと捨ててしまえば、疚しい思いも捨てられるだろうに。

「岡元さあ、お疲れ様です」

背後から声をかけられる。振り向く前に、隣に池上が並んだ。彼は白河口の戦いで左腕を負傷したが、後方に送られるのをよしとせず、今なお前線にある。腕にはいまだ汚れた包帯が巻かれていたが、それ以外はまったく怪我の気配を感じさせない。彼は頑強な肉体の持ち主だった。そしてそれに見合う心も備えている。

「伊地知さあに意見を求められたんじゃっどなあ。どう答えられたんですか」

池上は伊織の横顔をのぞきこむようにして尋ねた。その視線が、文を隠したあたりをさりげなく探っているように感じる。

「母成峠を勧めておいた」

「そうですか。三年前にわざわざ会津まで来た甲斐があいもしたなあ」

「このあたりの地理に詳しい者の意見を訊きたいとのことだったが、そんなもの、そのへんの農民や商人を捕まえて訊いたほうがよほど詳しいだろうに」

「そいこそ以前来た時に、農民たちからやたら話を聞いては書き込んでいたではなかか。あれは上でも好評のようじゃ」

　池上は伊織の背を叩いた。伊織は何も言わず、安達太良山を眺めていた。なんとなく、池上の目を見るのが怖かった。

　三年前は、薩摩側から睨まれての旅だった。いずれ役に立つこともあるかと、道中あれこれ聞き込み、情報を記した。言わば保険だ。帰って提出したところ大久保あたりには喜ばれた。今回の作戦にもいくらかは貢献しているかもしれない。

　戦は避けたいと口では言いながらも、いずれはこの地を攻める可能性は高いと当時から認識してはいた。効率的に攻められる進路や大砲の配置を、歩きながら考えては書き留めた。その甲斐あってか、鳥羽伏見の戦いが始まると参謀に抜擢され、それからは無我夢中だった。薩摩の勝利のために毎日頭を捻り、進軍してきた。

「予想以上に順調じゃ。冬の前には奥羽列藩同盟を片付けたいもんじゃが、どげん思いもすか」

「会津側の軍備を見るかぎり、城下まではたいして時間はかからん。だが城はそう簡単には陥ちないだろう。一月ぐらいはもつかもしれない」

「一月ですか」

池上の視線を追って、伊織も目を二本松城へと転じた。三年前にはたしかにそこにあった城は、今は無残に焼き崩れている。城に残り抵抗を続けていた家老たちが、自ら火を放った結果だ。火を放つにあたり、病床の藩主だけは半ば強引に脱出させたようだが、家老たちはみな城の中で自刃して果てていた。

「早々に降伏してくれればいいが……いや、それはないな」

「なかかと思いもす」

会津藩の忠義は、みな知っている。彼らと同盟関係にある二本松藩もこれほどの抵抗を見せた。会津がこれに劣るということはさすがにあるまい。

しかしいかに時間はかかろうと、会津は陥ちる。それはもう、ほぼ確定した未来だ。あの美しい城は燃えるのだ。そしておそらく城下の町も。三年前にこの目で見、この足で辿った場所。そこに住まう人ごと、燃えて塵(ちり)となる。世界は終わる。

「まあ、もう少しじゃ。全てが燃え落ちれば、我々の時代が来っ。楽しみではなかか」

「この一年、馬車馬のように働いたから、しばらく休みたいものだが」

「そげな暇はあいもはんど。そいからが岡元さあの本領発揮ではなかか。あいだけ勉強しちょったでなあ」

「江戸の知識が果たして新たな世に役立つものかわからんが」

「役立ちもす。和泉様も岡元さあの見識には感嘆されちょった。今度こそ側近として引き立てらるっと。その暁には、ぜひおいのことも思い出してくいやんせ」

「君は今度こそ医者になればいいんじゃないか」

「今更じゃ。医学の知識などもう忘れておいもす」

「尊攘に夢中だったからなあ、君は」

彼は一貫していた。信条に従い、ここまでまっすぐ走ってきた。そして自分は、それに引きずられてここまで辿りついた。

三年前の失敗を挽回すべく、文字通り奔走した。戦場に赴けば危険な場所も恐れず志願した。すでに時代は凄まじい勢いで流れ、止めることはできない。もっとも正しい選択は、この波に飲み込まれず、どんな手段を使っても目的地へ辿りつくことだった。つい先日までは会津との宥和を訴えていたことも忘れ、会津を滅ぼすと上が決定してからは、実現に力を尽くした。いや、三年前に会津を訪れた時から、すでに自分はその道を歩んでいた。決裂を避けようとすると同時に、決裂後の布石を打っていたのだから。

「岡元さあも最近は腹を括ってくれちょるようで何よりじゃ。あ、そうそう」

池上は懐から紙を取り出すと、伊織に渡した。

「なんだ？」

「岡元さあに倣い、漢詩を書いてみもした」

開けば、どうやら二本松落城に寄せた詩のようだった。池上は総じてどの分野もそつなくこなすが、漢詩はやや苦手のようで、凡庸な出来だった。

「悪くはないんじゃないか」

「やっぱい、駄目ですか。自分では傑作じゃと思っちょったんじゃが」

突っ返された紙を残念そうに見おろしてから、池上は伊織の胸元に視線を向けた。

「岡元さあのも見せてくいやんせ」

「まだ途中だ」

「いつもさらさらと書き上げちょるではあいもはんか。あの晩だって一心不乱に書いちょったのに」

「あの晩は感情が昂ぶっていたからな、情に流されてとてもではないが人に見せられるような代物ではない。合間を見て推敲しているところだ」

「そげじゃちか」

池上は意味ありげに、伊織の胸元を見る
「鶴ヶ城落城までには完成しちょるとよかじゃな。完成の暁にはぜひ」

池上は最後にもう一度背を叩き、去って行った。

遠ざかる後ろ姿に、息をつく。池上は鋭い。彼がああして近づいてくる時は必ず、伊織の中の嵐を察している。

漢詩、と彼は言った。とっさの言い訳でそう伝えたからだが、今懐に抱えているのはそんなものではない。池上も気づいてはいるだろう。今のところはまだ、騙されたふりをしてくれているが、注意せねばならない。

これは、文だ。内容はまったく他愛のない、しかしとても正気とは思えぬものだった。人に送ることを想定した文ではあるが、出すつもりは毛頭ない。燃え上がる城を見て、矢も盾もたまらず書き殴ったものだ。

二本松の戦いは、悲惨そのものだった。ここに至るまでに幾度も激戦を経験しているが、殊に応(こた)えた。もっとも戦力的には、激戦というほどでもない。二本松の主力は白河小峰(しらかわこみね)城へ援軍として出兵しており、城を守るのは槍を持つのもやっとの老兵と少年兵、そして町民や農民ばかりだった。とくに少年たちは本当に幼く、まだ十を過ぎたばかりといった子どもも多かった。あまりの幼さに驚き、さすがに撃ち殺すに忍びず、捕虜にしようと説得を試みたが、少年たちの攻撃は容赦がなく、最前線に取り残された彼らをやむなく全滅させた。

最後まで士気高く、死力を尽くして戦い散っていく姿は、敵ながら天晴(あっぱ)れだった。

そしてあまりに無残だった。彼らが守ろうとした城が燃え上がるのを見た瞬間、伊織の中で何かが決壊した。天を焼く炎、血にまみれた大地、そして横たわる骸、骸。柔らかい頬をもつ、少女のような容貌の子どもたち。誇り高く敵を睨みつけていた目は、茫洋と見開かれたまま濁っていく。

　鏡子も、こうなる。

気づいてしまった。会津を攻めるということは、そういうことだ。彼女が死ぬ。鏡子は決して逃げないだろう。三年前に再会した彼女は、一分の隙もない、完璧な会津婦人だった。上士の妻にして、母だった。白装束を纏い、炎の中でためらわず刃をおのれに突き立てる姿が見えるようだった。彼女はもう、舞いはしない。終末を求めてさまようことはしないのだ。

　彼女が死ぬであろうことなどとうに承知していたはずなのに、伊織ははじめて愕然とした。

　自分はそのために、ここまで来たのか。新しい世とやらをつくるために、そこで生きていくために、切り捨てたものの残骸を見るために。気づいた途端、伊織は錯乱した。あの時の自分は正しく気が触れていたと思う。体の中を暴れ回り、食い荒らすこの凶暴な獣をどうにかしなければ、何をしでかすか自分でもわからない。救いを求めるように筆をとり、猛然と紙面に走らせた。獣が疾駆するがごとき勢いだった。

政府軍は、今なお快進撃を続けている。旧幕府軍の抵抗は根強かったが、軍備の差はあまりに大きかった。味方の士気は高い。錦の御旗があるということは何にも勝る。正義は我にありと、一目で知れる。対するは朝敵、一人残らず殲滅(せんめつ)すべし。自分たちこそが新しく正しい世の尖兵(せんぺい)なのだと猛(たけ)り駆けていく。

熱狂は冷めない。待ち望んだ戦、血肉のある敵を前にして、もはや歯止めはきかぬ。だが周囲が正義に酔いしれれば酔いしれるほど、伊織の心は冷えていった。わかっている。これが正しい。ここで会津を叩かねば幕府の残党はいつまでも亡霊となって新時代にさまようだろう。理屈はわかる。

だが、本当に新しい世など来るのか。尊王を叫び、討幕を掲げて駆けてきた者たちは、その先にどんな未来を描いているのか。仲間内では、私欲なく帝と国体に命を捧げる本物の武士の時代が来るだとか、武士の中の不平等がなくなるだとか、夢のような話がよく出る。とにかく自分たちこそが、「本物」。彼らはそう信じて疑っていなかった。だが本物の武士とは何か。武家の時代をこの手で終わらせ、主上を中核に据えた世で武士が今まで以上に本分を尽くすことができると、信じているのか。

本当にそうか、と問いかける伊織を、池上などは必要だと言う。しかしたいていは疎(うと)んじられた。

冷静たれと、伊織は幼いころからおのれに課してきた。醒(さ)めた性質ゆえそうせざるをえなかったところもあるが、こう生まれついたのであれば活かそうと生きてきた。広範な知識を蓄え、能力はあれども何かと逸（はや）る同朋の手綱を引き、相容れぬ敵とも交渉をし、望む世へ進めていくという夢ぐらいはあったのだ。だがおそらくそれはもう、叶（かな）わない。かつては友に届いていた声は、巨大化した熱量の中に飲み込まれてしまった。

血濡（ぬ）れて横たわる骸に、懐かしい友の顔を幾度も見た。清河八郎、青垣万真。多くの志士たち。みな志半ばで果てた。何も成すことなく、何も見ることなく、世の隅で隠れるようにして斃（たお）れていった。そしてすでにその死も忘れ去られようとしている。それほど今の世は死が身近だ。みな簡単に死ぬ。

彼らとて無念ではあったろう。ただ、万真のように、安堵の笑みを浮かべて死ぬ者もいた。ここで終わることを祝福してくれと言う者も。今ならば、あの時の万真の気持ちがわかる。

絶望的な戦いを前に降伏を選ばず、戦うことを選んだ二本松の者たちの姿を清々（すがすが）しく感じた。その瞬間、理解した。自分はたしかに、こちら側なのだ。

西郷や大久保に遠ざけられるのも必然だった。自分では一貫して薩摩のために尽くしてきたつもりだったが、気がつけば滅び行く武士たちに惹かれていた。武士道や忠義など腹の足しにもならぬと長らく思ってきたはずなのに、いつしかそこに唯一無二の美を見いだした。

　時流に乗れぬがゆえの、諦めなのかもしれぬ。しかし、疑念を抱き、疑惑を抱かれながらただ口を閉ざして流されていくならば、いっそおのれの意思で滅びたいと思う。もう、会津を救う手立てがひとつも残されていないのならば、共に焼かれたほうがましではないか。焼け落ちた二本松城を見て、伊織は自分の中で暴れ回る感情を抑えきれなかった。そしてその思いを、文にぶつけてしまった。

　文字にしたところで、会津城下にいる鏡子に届ける手立てなどあるはずがない。わかっていても、彼女に語りかけたかった。今、自分の中に渦巻く激情を理解してくれるのは、この世に鏡子しかいないだろうから。

　ばけものたちは皆、人の皮をかぶり息を潜めて生きている。巧みであればあるほど、出会っても気づかない。

　だが自分たちは、出会ってしまった。かりそめの姿が剝がれ落ちる、あの夜に。一目でわかった。惹かれ、憐れみ、懼れ、手を伸ばし、突き放し――それでも自分はまだ諦められなかった。いつか人になれるかもしれないと、儚い望みを抱いていた。あの美しい女の目には、無駄なあがきを続けるこの姿が、いったいどれほど滑稽に映っていただろうか。

　だがもう、目を背けることはできない。全てが燃え尽きても、この中には一輪の白百合が凜と咲いている。あの花が散った後の世界になど、興味はない。無意味だ。

――必ずお迎えにあがります。どうか、私と共に来てください。全てを捨てて、私と生きてください。

赤裸々に思いの丈を綴った。鏡子には失笑されるやもしれぬという思いもあったが、恥とは思わなかった。ここに至って、隠すものなど何もない。さらけ出し、その上でどうかこの手を取ってほしいと希うしかないのだ。

高揚する一方で、この馬鹿げた計画をいかに実行に移すか伊織は冷静に考えた。落ち合うのに適した場所はどこか。なにより重要なのは、郭内の鏡子へ文を渡す手段だ。かつて会津周辺をくまなく見てまわった伊織には目算があった。城下周辺の農家には、奉公人として郭内の屋敷に仕える者も少なくない。彼らは武家にも好意的で、恩もある。政府軍も、無抵抗の農民を殺しはしない。多少の便宜をはかれば、郭内への遣いを引き受けてくれるだろう。

後から考えればずいぶん強引な計画だったが、あの時は実現可能と判断して、夢中で筆を走らせた。三年前に会津を訪れたのは、運命だったのだとすら思った。

文字にしたことによって興奮はひとたび落ち着いた。だが文字にしたことによって、妄想を現実にしたとも言える。だからいまだに捨てられなかった。まず城下に入らなければ届ける手立ては皆無だし、万が一届けられることになったとしても、鏡子も会津の武家の妻である。戦となった今、とうに覚悟は決めているのだろう。

だがもし、会津が早々に陥ち、彼女が生きていたならば。会津の抵抗が追いつかぬほど早く、政府軍が城下に迫り、もし降伏してくれたならば。その時は、改めて手渡してもよいかもしれない。拒絶されてもいい——いや、まちがいなくされるだろうが、それもひとつの結末だ。その日まで、懐に忍ばせておこう。岡元伊織という男の、最後の正気のよすがとして。

そう思っていた。


慶応四年八月二十一日。濃霧の中、政府軍の部隊二千名が母成峠を目指した。守備の会津兵はわずか二百、幕府陸軍の精鋭である伝習隊、二本松兵や仙台藩、土方歳三率いる新選組が援軍に駆けつけたが、それでも総勢七百。兵員も劣る上に、戦線を広げすぎたために大砲も母成峠の最終線である第三砲台にわずか五台のみという有様だった。政府軍は二十台、しかも性能は段違い。母成峠の守備隊は、わずか六時間で潰走した。そのまま会津盆地に雪崩れこんだ政府軍が見たものは、炎上する亀ヶ城だった。母成峠が突破されたことを知った城代は城に火を放ち、早々に鶴ヶ城へと退避したという。

退却する部隊があるならば、十六橋もすぐには爆破されない。政府軍は敗走する旧幕府軍を追って猪苗代を突き進む。折しも台風が到来し、あたりは凄まじい大雨だった。川村純義率いる薩摩隊は嵐をものともせず猛進し、二十二日夕刻には藩境の十六橋に到達した。橋は、まさに爆破される寸前だった。守備側もまさか一日でここまで政府軍が到達するとは思わなかったのと、大雨のせいで橋を破壊することができなかったらしい。

橋の爆破を急ぐ守備隊に、薩摩の一斉射撃が襲いかかる。

十六橋はほどなく薩摩藩に確保され、その先の戸ノ口で会津側と政府軍は激突した。しかしやはり主力はすでに各峠に出払っており、出迎えたのは郷士で編制された奇正隊、町人で編制された敢死隊などが中心だった。この二つは精強な部隊だったが武器は火縄銃で、他は槍をもった農兵である。応援に駆けつけた部隊は正規部隊のようで、他の者たちよりだいぶましな装備をしていたが、隊員は皆、非常に若かった。十代の藩士で構成された白虎隊である。

一方的な戦いだった。伊織は母成から戸ノ口原に至るまで雨の中をひたすら駆け抜け、戦い、全てを見てきた。会津兵が果敢に戦い無残に散っていく様も、あるいは旧幕府軍の精鋭を置いて情けなく敗走する様も。そして二本松に次ぎ、士気高い少年たちが戦い、傷つき、倒れ伏す様も。そのたびに伊織の心は削がれ、しまいこんだ文が音をたてた。

戸ノ口原を抜ければ、会津城下はすぐそこだった。

ああ、時は来た。

胸を押さえ、悟った。これを、手放す時が来たのだ。

*

半鐘が鳴ったのは、朝六ツ半時だった。

朝霧を切り裂く不吉な音に、鏡子はわずかに眉を顰(ひそ)めた。幸子が怯(おび)えたようにこちらを見ている。

「昨日の戸ノ口は勝ち戦と聞いたけれど」

安心させるつもりで言ってはみたが、効果はなかった。政府軍が会津藩境の母成峠を突破したとの知らせがもたらされたのは二日前、慶応四年八月二十一日のことである。昨夜はいよいよ、割り場の半鐘が鳴らされたらただちに城に入るべしと通告が来た。準備はすでに万端である。何も焦ることはない。早く城へと急(せ)かす幸子をおしとどめ、遅い朝食をゆっくりと味わった。

虎之助はすでに、家から出ている。他家に知られれば卑怯(ひきょう)と謗(そし)られるかもしれないが、森名の血を残すのは、通子の最後の望みだった。残るは幸子、そして通子、従僕たち。彼らには暇を出すが、森名家は、虎之助を残し全てここで絶える。

　この日のために、粛々と準備を進めてきた。篤成が生還していれば、皆で鶴ヶ城に走り、最後の一兵まで戦うという選択もあっただろう。いや、その場合でも通子は自害していたに違いないので、皆というのは正しくないかもしれない。ともかく、篤成が死んだことで、その選択は潰えた。

　病身の姑、そして戦うにはあまりに幼い娘。よく気がつくし、籠城でも役に立つかもしれないが、生き延びてもし敵の餌食になりでもしたら。抵抗する力は娘にはまだない。ならばここで会津の誇りを胸に果て、屋敷に火を放ち、城を護る壁とならん。姑とよくよく話し合ってそう決めた。

　決まりに従い、鏡子は食事のあと白装束に着替え、通子の部屋へと向かった。障子を開ければ、通子は身を起こしていた。鏡子と同じく白装束を纏っている。膝は、意識を失っても決して開かぬよう、きっちりと腰紐で縛られている。鏡子を見上げると、朝食を拒んで幸子の手を煩わせたことを、通子は詫びた。

「着替えまでは、どうにか済ませだなし。げんじょも、恥ずかしながら、もう手さ力が入らねぇなし」

　通子の痩せ衰えた手は、正座した腿の上に重ねて置かれていた。その下には、嫁入り道具だという細工の見事な懐刀があった。手の力の大部分を失って久しい姑には、もうこれを持つこともできないのだろう。

「お任せください、お義母様」

「最後まで世話をかけるなし」

姑はかすかに微笑み、瞑目した。手の下から、そっと懐刀を取る。鏡子は迷わず鞘を払った。

何度も繰り返し練習した。武家の女の自裁に、いっさいの躊躇いは必要ない。森名の名を護ることだけに命を捧げた女の最期は、森名として最も相応しいものであるべきだった。

城に入るつもりで準備をしていた幸子は、母の白装束姿を見て青ざめた。はじめのうちこそ戦いたいと抵抗してきたが、穏やかに諭せば納得した。森名の名を残すため、どちらか一人を生かすのならば、性別さえ抜きにすれば、おそらく幸子のほうが相応しかっただろう。しかし、ただ女であるという理由だけで、彼女はここで死なねばならない。せめて、自身で戦えるほどに育っていれば。不運だったとしか言いようがないが、武家の娘としては誉れある最期である。母と共に冥土へ向かう覚悟を決めた幸子を見ながら、ふと、桑の実をとりに行った時のことを思い出した。短いが、あれも楽しい旅だった。

　おそらく夫は、森名の家を捨ててでも、子どもたちに再びこの会津で桑の実を食べてほしかったのだろう。しかし上士であり、森名家の当主である彼は、決して願いを口には出来なかった。そして何も言わぬまま、会津藩士として死んだ。

　鏡子の兄のように、そして数多（あまた）の武士のように。

　ああこれでようやく終わるのだ。青垣鏡子として生まれ、森名鏡子として終わる人生が。思いがけず池の外に飛び出し、そのわりにはそれなりに生きられたのではないか。上士の家族は、自刃する者も多いだろう。きっとこれが、会津藩士・森名の「まっとう」なのだ。

　長かった。そして少しばかり疲れた。

　幼いころからのただひとつの望み、人生でたった一度しか訪れぬもの。終末が、すぐそこに迫っている。そう思うと、絶えて久しい高揚が、鏡子の体を震わせる。

　しかし、庭から駆け込んできた老僕に、水を差された。門の外まで出たらしい彼はびしょ濡れだったが、懐から差しだした文は乾いていた。このような時に文とは、なんと不粋な。受け取りたくもなかったが、全身濡れ鼠になりながらも危急の用かと外へ飛び出した老僕が気の毒で、仕方なく手にとった。

　開いた途端、血の気が引く。

差出人を見ずとも、その水茎でわかる。岡元伊織だった。信じられぬ思いだったが、内容はもっと信じがたかった。

どうか私と共に来てください。全てを捨てて、私と生きてください。そう記してあった。もし承諾してくれるのならば、郭外の明観寺に身を潜めて待っていてほしいとあった。この男、とうとう気が触れたのかと思った。

全てを捨てて共に生きる？　今まさに、全てを捨てて死にゆくところだというのに。薩摩と会津が共に生きられるわけがないではないか。迎えに行く？　どうやって？　仮に来られたとしても、それからどうするつもりなのか。全てを捨ててというからには、そのまま逃げるつもりか。あまりにも無謀だ。

馬鹿な男。今さらそんな夢物語を。もう、何もかも遅い。

今になって、やっと気づくなんて！

「母上」

幸子の怪訝そうな声に、はっと我に返る。円らな目が、じっと鏡子を見上げていた。鏡子は我知らず、よろめいた。娘の無垢な視線が、そのまま雷となって身を貫いたように感じた。

瞬きをする。視線を外す。呼吸をする。

「幸子」

名を呼ぶ。

返事はない。もう一度、名を呼ぶ。呼ぶ。

これはなんだ。目の前にいるものはなんだ。この声はなんだ。よく知っているはずなのに、まるで知らない生き物に見える。いや、ちがう。これは、私の娘。森名鏡子の娘、森名幸子だ。

いや、森名ですらない。この子は、幸子。私が産んだ娘。

「幸子」

四度名を呼ぶ間に、ぼやけていた娘の輪郭が徐々にくっきりしていく。そして再び目が合った途端、その瞳のあまりの美しさに胸が詰まった。

ああ、この若い命の、なんと輝かしいことだろう。私はこんなに美しい少女を見たことがあるだろうか。ただ相対しているだけで、心臓が引き絞られる。

「母上。私の着替えは……」

「幸子。よくお聞きなさい」

鏡子は膝を折り、娘と目線を合わせた。幸子が驚いたように目を瞠る。

「あなたは、ミツとお城に行きなさい」

「え？」

「準備した荷物をもって、そのままお城に行くのです。お城に行けば、おそらく竹子さんもいらっしゃるはず。彼女についておいきなさい」

「ま、待ってくなんしょ。母上は？」

「私は、行かねばならぬところができました」

途端に幸子は眦を決し、鏡子が手にしていた文を睨みつけた。

「その文ですか？　誰からです。どこさ行くのがし。私も一緒に行きます！」

「いいえ、あなたを連れてはいけません」

ぴしゃりと鏡子は言った。強い語調ではなかったが、そこに厳然たる響きを感じたのか、幸子は動きを止めた。

「あなたは、生きるのです。森名の名は、お忘れなさい。あなたは、あなたの望む通りお生きなさい。ただの幸子として生きるのは、何より辛いことかもしれません。ですがあなたは、そう生きるに相応しい」

「何を語っているのがし。森名の名を忘れるなどできぎね。ばあさまだって、ご自害なさったんだべ。置いていけというのがし！」

「お祖母様は、森名の人間として逝くことが望みでした」

「私だって……！」

「あなたは生きて、戦いたかったのでしょう？」

幸子は言葉に詰まった。城へ行くためにまとめていた荷物に、視線が流れる。今とて彼女は、生きたいのだ。母と黄泉路（よみじ）を行くのも悪くはないが、やはり生きたいと願っている。当然だ。いかに賢くとも、この子はまだ八歳なのだ。

「では、そうなさい。その結果、死が相応しいと心から思ったならば、自刃もよいでしょう。ですがまずは、あなたの心のままに生きるのです」

「何を語ってんだがわかんね。私の望みは、母上とともにあることです」

「ありがとう」

まちがいなく本心であろう言葉に、目頭が熱くなる。八歳。まだまだ母と手を繋いでいたい年だ。

「ですが、あなたと共には行けない。連れても行けない。身勝手な母を許せとは言いません。でも、ここからは私はひとりで行かねばならないのです」

「なんしてだがし。母上はいつも、私たちと一緒に……」

幸子はとうとうぼろぼろと涙をこぼし始めた。その涙を白い袖で拭ってやり、小さな体を抱き寄せる。

母として、生きてきた。幸せであったと思う。決して空々しく演じているだけではなかった。情はあった。我が子のために、家のために命を投げ出す覚悟は当たり前のようにあったはずだった。

だが、今この瞬間ほど、この子が愛おしいと思ったことはない。これほど美しく見えたことはない。外は篠突く雨で、なにもかもが灰色に霞んでいるというのに、庭の木が鮮やかに色づいて見える。軒先から落ちる滴すらも快い。そして腕の中のぬくもりの、なんとか細く、あわれで、愛おしいことか。

この子を、殺してはならない。

だからこそ、共に行くことはできない。我々はあまりに違ういきものだ。幸子は最初から、陸に生まれた。腐りかけた金魚などではない。大地を駆ける力強い足をもち、泥をつかむ手をもっている。自分の言葉を語る口がある。世界をありのままに見据える目があり、そして望みを抱く心があるのだ。

「ごめんなさい、きっとどう言ってもあなたにはわからないでしょう。でも、あなたの幸せを、心から願っています。あなたはきっと、新たな世のみごとな女になる。竹子さんたちが望んだような」

かなうことならそれを見届けたかった。だが、もう迎えが来てしまった。

「恨みます、母上」

くぐもった声で、幸子は言った。

「ええ。恨んでください」

「こんなひどい……、勝手な人だと思わねがっだ」

腕に強い抵抗を感じ、鏡子は手を緩めた。幸子はすぐに体を離し、鏡子を睨みつける。娘に、これほど烈しい目を向けられるのは初めてだった。その爛々と輝く瞳に、惹きつけられる。

「そうね。私は物心ついた時から、ひとでなしでした」

「どうあっても、行くのがし。もういいです、好きにしてくなんしょ」

幸子はぷいと背を向け、部屋から出て行った。おそらく、城に持ち込む薙刀を取りに行ったのだろう。

その小さな背に向けて、鏡子は深々と頭を下げた。娘にではなく、幸子という一人の人間に対し、頭を下げた。


大慌てで支度をしたミツが幸子を連れて門を出るころには、雨は止んでいた。雲は重かったが、ここ数日の嵐はもう去ったのだろう。

「幸子様は、命に代えてもお守りいたします」

仏頂面の幸子を抱え、ミツは泣きながら去って行った。半月ほど前に、ミツは一度「いざという時は、どうか幸子様だけは連れて行かせてくなんしょ」と鏡子に願い出たことがある。鏡子は一笑に付したが、忠実に仕えてくれたミツの真摯な言葉は耳に残っていた。その決死の一言がなければ、幸子を生かすという選択はなかったかもしれなかった。

彼女の涙には、別れの悲しみと、最愛の娘を手に入れたという喜びがまじりあっている。最後までこちらを見なかった幸子は、気づくよしもないだろうが、いずれにせよ真意などどうでもよいことだ。ミツのほうがよほど「母」としてはまともだろうし、何があっても幸子を守り通してくれるだろう。この時間ではもう城に入るのは難しいだろうが、へたに籠城するよりも、近隣の農村に逃げ込んだほうが生き残る可能性は高い。

彼女たちは、生きていく。会津も武家も関係のない、新しい世界で。今は一刻も早く、城下から逃れることを祈るのみだ。

じき、この城下町は火の海となる。本来ならば、この時間にはもうとっくにこの家にも火が放たれていたはずだ。

鏡子はひとり部屋に戻り、白装束から小袖に着替え、袴を身につけた。今年から再開した薙刀を取りに行き、最低限の荷物を纏め、仏間に向かう。

「旦那様。どうか、幸子と虎之助を御守りください」

手を合わせ、一心に祈る。ここで、母としての使命を放棄することに対し、謝罪はしなかった。そのような権利は自分にはない。どうあってもこれは、許されぬことなのだから。

「庄三、世話になりましたね。では私が去ったら、油を撒(ま)いて火を放ち、おまえたちもすぐに逃げるのですよ」

見送りに出た老僕に声をかけると、庄三はいまだに目を白黒させていた。

「へ、へえ。あの、どっちゃ行くのがし……」

「青垣の実家のほうを見てまいります。その後は、友と出会うまで戦います」

「友？　神保の雪子様でがし？　それとも中野の竹子様？」

「お二人とも会うかもしれませんね」

鏡子は微笑み、それ以上の問いを封じた。


門を出る。雨に洗い流された秋の空気が、どっと肺に流れこむ。ゆったりと吸い込み、吐き出すと、もう世界はまるで違って見えた。

見慣れた通りが、屋根が、なんということのない塀が、濡れて美しく輝いている。鏡子は生まれ変わった世界の中を、薙刀を抱えひた走る。

郭門近くまで来た時、遠くで鬨の声が聞こえた。大砲の音はひっきりなしに聞こえている。本当に、敵は近くまで来ているのだ。あの人も、すぐそこまで。

にわかに視界の端が明るくなる。視線を向ければ、近くの屋敷から火の手があがっていた。これから次々と、付近の屋敷は燃え上がることだろう。あの屋敷の中はもう、空だろうか。それとも、武家の誇りとともに息絶えた者たちの屍が重なっているのだろうか。

最期の無念か、それとも気高き誇りか、人の情念を吸い上げて炎は燃え上がる。鏡子は足を止め、しばし見入った。

あの地震の夜にも、炎は見た。美しいと思った。

だが今日は、記憶のそれよりも何倍も色鮮やかで美しい。


ああ、私は今、生きている。今はじめて、呼吸をしている。

体の底から湧き上がるような歓喜を感じ、鏡子は石畳を蹴(け)って走り出す。


甲賀町口門(こうかまちぐちもん)は、鶴ヶ城の十六ある郭門のうち、大手門としてとくに厳重な構えであった。聳える堅牢(けんろう)な高石垣を感嘆し見上げたのは、三年前のことである。

その甲賀町口門は、薩摩軍によってあっさりと破られた。

八月二十一日に母成峠を破り、猪苗代を瞬く間に制圧し、十六橋を突破して戸ノ口原の戦いも制し、鶴ヶ城下に雪崩れこむまでわずか二日。抵抗がなかったわけではない。が、政府軍の敵ではなかった。

「勝利は我にある！　進め！」

篠突く雨に負けじと、伊織は声を張り上げる。雄叫(おたけ)びとともに、兵士たちは破壊された門から郭内へと雪崩れこんだ。ここから城までは一本道。到達するのにそれほど時間はかからないだろう。美しく掃き清められていた通りは、今は惨憺(さんたん)たる有様だった。銃弾が飛び交い、会津兵たちが倒れている。その多くが槍を手にした老兵だ。会津藩は、藩境に多くの兵力を割いており、城下には主力が残っていないという予想は的中した。

孝明天皇の前で、松平容保以下千名の会津藩士が天覧馬揃えを披露し、賞賛を浴びたのはわずか五年前のことである。当時の会津藩は見事だった。規律の正しさ、美しさ、練度、どれをとっても一級品だった。しかしこの五年で世は激変した。それ以上に変わったのは、兵器だろう。会津の武器は、五年前とほぼ変わっていない。当時はなかった銃も、旧式のゲベール銃が中心だ。それでもまだ銃をもっていればいいほうだろう。最新の銃、そして凄まじい威力を誇るアームストロング砲の前に、槍で何をしようというのか。敵ながら、やるせなかった。

倒れ伏す兵士にまじり、逃げ遅れた者たちもあちこちに倒れていた。多くは城内に逃げただろうが、政府軍の動きが速すぎて、間に合わなかったのだろう。伊織は部隊とともに甲賀町通りを駆けながら、素早く死体を確認した。鏡子の嫁ぎ先は、城の近く。もっと先だ。こんなところにいるはずはないが、もし郭外に出ようとしていたならばわからない。いや、もし出るにしても甲賀町口門は使わないだろう。あるとすれば、東の天寧寺町口門か。あそこはまた別の部隊が向かっている。たしか土佐だっただろうか。城下に到達したのは、母成峠を突破した薩摩軍が一番早かったが、他の峠からも各部隊が城を目指して進軍しているはずだ。

郭内に住まうのはほとんどが上士だ。すでにあちこちから火の手があがっている。いずれはこのあたり一帯が、焼け野原になるだろう。この若松の町を利用しようとは政府軍側ももはや考えていないはずだ。徹底的に破壊する。それだけだろう。

城下がすでに炎に包まれていても、正面に見える鶴ヶ城はなお悠然と佇(たたず)んでいる。郭内は制圧できても、天下の名城を陥とすのはそうたやすくはないだろう。今までのようにはいくまい。だが、必ず陥ちる。それはもう明らかだ。ただ早いか遅いかの話。その時には、今まで見た城のように、やはりこの優美な城も自ら放った炎に包まれるのだろうか。

雨と火煙に煙る中、白く浮かび上がる城を視界に収めつつ、伊織は走る。砲弾と銃弾の音には、もうすっかり慣れた。しかしこの日ばかりは、心臓がやかましい。城が近づくにつれ、恐怖で喉(のど)がからからになった。

甲賀町通りには大砲が据えられ、目標は正面の鶴ヶ城・北出丸へと絞られた。号令とともに砲撃が開始される。負けじと、城からも砲撃と銃撃が浴びせられる。威力はたいしたことはないが、鶴ヶ城は奥羽一と称される堅城である。びくともしない。この状態でこれ以上近づくのは危険だった。実際、城からの砲撃で、付近の家老屋敷などが吹き飛ばされている。腕の良い砲手がいるのだろう。

　さらに、すでに十六の郭門のほとんどは政府軍の手に陥落していたが、南の天神口門が破られ、藩境から帰還した部隊が城へと合流した。この報に政府軍には一瞬動揺が走ったが、ここまで来て焦る必要はない。夕方には一度攻撃を止め、郭外へと退却した。陣を敷いて土塁の上に砲台を据え、天守閣を狙う計画に切り替えたのだった。

　土塁の上から眺めると、いまだ町のあちこちから火の手があがっていた。終わりの夜だ。この黒と朱、破滅のにおい。否応なく、記憶が刺激される。眼裏に浮かぶのは、舞うように歩く少女の姿。

　今も、血と瓦礫に覆われた若松の町を、あの類いなく美しい女が、炎を従えさまよっているような気がする。

伊織は目を閉じた。深々と息を吸う。空気は焦げついている。あの日と同じだ。鏡子はどこにいるだろう。城に入ったか。それとも自ら果てたか。あの手紙は果たして届いたのかどうか。届いたとしても、鏡子に自分の声が届くとは思えない。わかっている。それでも、もし生きているのなら。今、ようやく同じ場所に立つことができたこの奇跡を逃したくはない。

土塁を下り、近くの八角神社へと向かう。本来は昼日中でも森閑とした古い神社だが、今は丸に十の字の幟がはためき、夜だというのに賑わっている。聞こえてくるだみ声は薩摩弁だ。皆、明日にでも天守を陥とさんと息巻いている。

明日。さすがに一日二日で陥ちるとは思えないが、戦はわからぬものだ。急がねばならない。喧噪からさりげなく遠ざかり、人目を避けて神社を出る。見張りには「土佐の屯所に遣いを頼まれた」と言って、さらに東へと歩を進める。

「岡元さあ、どちらに行かるっとな」

背後から声をかけられたのは、人の通りが絶えた場所にさしかかったころだった。だいぶ前から気配には気づいていたが、予想通りの声に伊織は思わず目を瞑った。一番、気づかれたくない相手だった。なにげない表情で振り向くと、案の定、険しい顔をした池上が立っていた。もっとも、今宵は月も出ておらず、灯りらしい灯りは皆無だ。実際のところは顔など見えない。ただ気配が剣呑だった。

「どうした、早く休んだほうがいいぞ」

「そっくり返しもんそ。屯所はあちらじゃ」

「どうも気が昂ぶっていてな。地形を確認がてら散歩したら戻る。どうせ長期戦だ、把握しておいても損はない」

「土佐の屯所へ遣いと聞きもしたが。そげな指示は出ちょらんどな」

下手な言い訳を、池上はそっけなく切って返した。

「耳ざといな」

「もう一度訊きもす。どちらに行かるっとな」

夜の闇の中にあっても、白目の目立つ池上の目が光ったような気がした。伊織は息を吐いた。やはり、彼相手にこれ以上ごまかすのは無理だろう。

「天寧寺町口門のほうだ。土佐側なのは違いない」

「やっぱい」

いまいましそうな声だった。

「そこに、あん女がおっとじゃな」

「わからん」

「敵と通じちょったと見做(みな)してよかでごわすな」

声が近づく。闇に慣れた目がとらえたのは、刀に手をかける池上だった。

そうじゃない。そう言いかけて、口を噤んだ。通じてはいない。では自分がしでかしたことは何だというのか。説明できる気はしなかったし、するつもりもなかった。

「何も言わんとな」

「ならばどうする」

伊織は薄く笑い、自分もまた刀に手をかけた。

鯉口を切ろうか切るまいかの瞬間だった。もうすっかり耳慣れた、肉を断つ音がした。同時に、温かい水が顔にかかった。その直後に、右胸から左腹にかけて、灼熱が走った。痛くはない。ただ、熱いと感じた。

「抜きもせんとか」

呻くような声が聞こえた。斬られたのはこちらなのに、池上のほうがよほど苦しそうだった。

熱は瞬く間に激しい痛みに変わる。脈動とともに、血が噴き出る。良い腕だ。池上は、清河塾でも熱心に剣術を学んでいたことを思い出した。

抜いたところで、どうせ君には勝てない。そう言おうとしたのに、口から出るのは苦悶の呻きと鮮血だけだった。汗が噴き出す。気を抜けば膝をつきそうだった。しかし、どうあってもここで倒れるわけにはいかない。伊織は胸を押さえ、必死に踏ん張った。どうにか足を踏み出す。一歩ごとに、力が抜けていくのを感じる。それでも歩いた。池上とは、反対の方向へ。

足音が響いた。背中からまた食らうかもしれない。それでも、もうこうするしかなかった。

友は斬れない。だがここで立ち止まるわけにもいかない。

自分は行かねばならないのだ。ただそれを望みに、ここまで生きてきたのだ。

「武士が背中を見すっとは」

苦い失望を滲ませた声とともに、首にひたりと刃が当てられるのを感じた。不格好に体が揺れると、わずかに刃が皮膚に食い込むのを感じた。伊織は笑いそうになった。加減されている。押し当てているならば、今の動きで血管は切れているはずだ。甘い男だ。一度信じた相手はとことん信じる。頭は悪くないのに、詰めが甘い。

「俺は、はなから、武士などではなかった」

伊織は言った。不自然に途切れ、血を吐き、自分でも聞き苦しかった。池上に届いたのかどうかはわからない。しかし首からは、刀の感触が消えた。かわりに、鋼より冷えた声が鼓膜を震わせた。

「薩摩藩士、岡元伊織はここで死んだ」

声を背に、足を踏み出す。ただそれだけに力を集中して、一歩一歩、確実に。

「こいは武士の戦いじゃ。亡霊に用はなか」

冷たく沈んでいる声は、わずかに震えていた。そう感じたのは、おのれの感傷なのかもしれない。

足音が遠ざかっていく。伊織は息をついた。

すまない、池上。いや、ありがとうと言うべきなのか。どちらも相応しくないような気がして、結局なにも言えなかった。

彼にはとうてい、こんな想いは理解できないだろう。理解してほしくもない。彼は永遠に、知らなくていいことだ。

池上は昔から、友の危うさを案じていた。伊織自身よりも正確に、彼は友の心の揺らぎを見抜き、何度も彼らの世界に引き留めようとしてくれた。伊織とて何度も未来を思い描いた。池上とともに、理想の世界を築くために忙しく立ち働く自分を想像しようとした。そのように生きられたらどんなにいいだろうと思った。

この戦いは、武士の戦いだと池上は言った。幕府を倒し、武士が今度こそ正しい世をつくるのだと。この戦いに勝利し、地歩を得て、友とともに理想の実現に身を尽くす。池上にはどうか、そう生きてほしい。彼はそうあるべきだし、それが似合う。理想を食い荒らす現実の汚泥も、きっと彼ならうまく処理できるだろう。

伊織は歩いた。体が重い。血を失い、軽くなっているはずなのに、重くなっていくとは奇妙なものだ。体が思い通りに動かないというのは、ずいぶん面倒だった。

肉体というものは、かくも鬱陶(うっとう)しい。いつか見た幼い鏡子は、重力などまるで感じていないように歩いていたのに。体はたしかに目の前にあるのに、その足は地についていなかった。なにもかも異質で、圧倒的に美しかった。

あの時、彼女に出会わなければ。時々そう考えた。もしあの晩、鏡子と会わなければ、自分はまだ池上と同じ世界にいたのではないだろうか。

鏡子への文には、全てを捨てて共に生きてほしいと書いた。だが本当は、生きたいわけではない。ひょっとすると、会いたいわけでもないのかもしれない。

自分の願いは、ただひとつ。

鏡子と共に、ここで終わりたいのだ。

この時代に切り捨てられた亡霊とともに、朽ちたいのだ。

いや、ちがう。それも欺瞞だ。そんな美しいものではない。

自分は、あの美しい、異形の女がどうしても欲しいのだ。体はいらぬ。心もいらぬ。それはこの世に繋がれたものだ。この世に生きる、他人が手にいれたものだ。そんなものに、もはや用はない。

伊織が望むのは、たったひとつ。鏡子という現象の、終焉だ。それは誰にも触れられぬ、まっさらの処女地。たったひとりだけに、与えられるもの。彼女の最期を、どうしても手に入れたいのだ。

自分でも度し難いと思う。口が裂けても言えない。鏡子への文にすら書けなかった。

それでも、確信がある。彼女はきっと、理解する。そして理解したならば、必ず来る。全てを打ち捨てて、やって来る。あの晩のように、全てから解き放たれ、身軽に、この上なく幸せそうにやって来る。

ああ、あの光景をもう一度。願わくは、もう一度だけ。

伊織はただ一心に願いながら歩いた。霞む目をこらし、鉛のような足を引きずって、ただただ、約束の地を目指した。


鏡子が明観寺に辿りついたのは、二十四日の払暁だった。

天寧寺町口門から外に出ようとしたが、すでに破られる寸前だったので、仕方なく他の門から出た。そこから寺へと向かおうとしたものの、敵兵があまりに多い。近くの農家に駆け込んだ鏡子は、いくばくかの金子とともに頼みこみ、しばらく納屋に潜んでいた。

砲撃の音を聞き、間断なく揺さぶられながら、鏡子はただじりじりと時が過ぎるのを待った。人生でこれほど長いと感じる時間は、おそらく初めてだったろう。心臓に手をあてれば、かつてないほど激しく脈打っていた。邂逅が待ち遠しいような、この時間が少しでも長く続いてほしいような、不可解な気分だった。

手持ち無沙汰だったので、小刀で髪を切った。長い髪がばさりと地に落ちて、蛇のように一瞬うねる。あまりに身軽になって驚いた。ああ、これで身ひとつで駆けていけると思った。

日が暮れ、攻撃が止んだのを見計らい、外に出る。慎重に進むつもりだったが、敵兵に会えば、薙刀で打ち払うつもりだった。女と知れれば、どうなるかは明白だ。だが、いくらこの身が汚れようともかまわない。どうせ、じき脱ぎ捨てる器にすぎぬ。ただ、彼のもとへ駆けていく足さえあればよい。それまではなんとしても、死ぬものか。覚悟を決めて駆け出したが、幸いなことに敵には見つからなかった。こちらは二度ほど警邏（けいら）の兵を見つけたが、不思議なことに向こうは鏡子のことを見つけられなかった。まるで幽霊にでもなったかのようだった。

思い返せば、あの時もそうだった。あの地震の晩。全てが変わった日。

まだ幼い子どもの足で、鏡子は人波を掻き分けて進んでいた。いや、掻き分ける意識もなかった。ごく自然に、ふらふらと歩いていた。人々は鏡子を自然に避（よ）けた。同じぐらいの子どもが転んで無残に踏まれるところも見たのに、鏡子は誰かと激しくぶつかるようなこともなかった。あの晩の自分は、実体をもたぬまぼろしのようだった。

同じことが起きている。そう思えば、ごく自然と納得できた。

今、自分は真実の姿を取り戻している。だからきっと、認識できないのだ。見えているのに、見えていない。

それでも大胆に走り抜ければさすがに見つかる可能性が高いので、鏡子は慎重にあたりをうかがい、夜陰にまぎれて進んだ。月もない暗い夜で助かった。

気がつけば、空が白みはじめていた。農家を出たのは日付が変わって間もないころだったので、そんなに歩いていたのかと驚いた。

　ようやく寺に辿りついたころには、すでに疲労困憊だった。普段ならばどうということのない距離だというのに、足の裏が痛かった。それでも、心は高揚している。逸る心を抑え、通用門に耳を押し当てる。音はしない。この寺は、屯所にはなっていないようだ。ほっとした。

　細心の注意を払い、門を開く。閂がかかっていたらおしまいだったが、開いていた。ということは、伊織が来ている可能性が高い。心臓が高鳴った。

　急ぎ中に滑り込み、あたりをうかがう。伏兵の気配はない。あってもかまうものか。鏡子は薙刀を構え、本堂に向かって駆けた。

　そこに、人影がひとつ。階段の上、誰かが座っている。鏡子は一度足を止めた。ここからは暗くて顔が見えない。ひとつ呼吸して、ゆっくりと歩き出した。

　違和感に気づくのに、そう時間はかからなかった。一歩ごとに、血臭が強くなる。境内に入った時には気づかなかった。あまりに血の臭いを嗅ぎすぎたのだ。しかしここに至れば、厭でも気づく。ふと足下に視線を落とせば、階段には転々と血が続いている。

　鏡子は表情を消し、階段を上った。そしてとうとう、伊織の目の前に来た。

　本堂の壁に寄りかかるようにして、彼は座っていた。その目は、閉じられていた。

それが永遠に開くことがないことは、一目見てわかった。

しらじらと明け行く空のもと、その顔は静かだった。首から下は血にまみれていたが、その顔は白く透き通っていた。口許には、仄(ほの)かに笑みがある。ごく穏やかな、幸せそうな笑みだった。

鏡子は長い間、伊織を見つめていた。そう気づかせたのは、薙刀が落ちた音だった。けたたましい音に、はっと瞬きをする。伊織は目を覚まさない。

「……あなた」

鏡子は薙刀を拾いもせずに、つぶやいた。震えてひしゃげた、老婆のような声だった。

「あなた、またなの」

満足げな微笑を、睨みつける。虚脱の後に凄まじい勢いで噴き上がるのは、怒りだった。

またか。またこの男は、逃げるのか。

「ようやく、認めたと思ったのに。来いと言ったのは、あなたなのに！」

いつも、そうだった。わかっているようなふりをして、踏み込めばするりと逃げた。もうとっくに切り捨てて生きてきたのに、ふいに現れて、手を伸ばす。それでも、摑(つか)みはしなかった。そんな勇気はないのだ、この男は。

それでも最期に、やって来た。ようやく認めた。これで共にいける。そう思ったのに、この男は最後まで死に逃げた。すっかりやり遂げたような顔をして。

「……仕方ないわね」

髪が逆立つほどの憤怒に身を任せていたのは、わずかな時間だった。夜が明けたということは、攻撃が始まる。このあたりにも敵が雪崩れこんでくるだろう。門を開けさえすれば、どうやっても見つかってしまう。

鏡子は薙刀を拾い、本堂の壁に立てかけた。そして伊織の傍らに膝をつき、頬にそっと触れる。一瞬震えが来るほどに冷たい。絶命してだいぶ経つのだろう。

青白い顔には、よく見れば血を拭った跡がある。逢瀬に気を遣ったのかもしれない。

そう思うと、おかしかった。

血の跡に指を這わせ、鏡子はそっと顔を近づけた。一瞬だけ触れた唇は、氷のようだった。それなのに、わずかに血の味がした。

「仕方のない人」

最後まで逃げて、先に逝ってしまった。仕方がない。彼は男だから。生き方を変えるのには時間がかかり、変えてしまえば性急なのだ。そういうものだ。

だが、ここにやって来た。それだけでも、上出来だ。そういうことにしてやることにした。

鏡子は微笑み、彼の隣に改めて座り直した。襷(たすき)をほどき、膝を縛る。胸元から懐剣を抜き、鞘を払う。

白刃に映るふたつの目は、深く澄んでいた。

主要参考文献

『京都守護職始末　旧会津藩老臣の手記』１・２
著：山川浩　校注：遠山茂樹　訳：金子光晴／平凡社
『徳川後期の学問と政治　昌平坂学問所儒者と幕末外交変容』
眞壁仁／名古屋大学出版会
『会津戊辰戦争史料集』編：宮崎十三八／新人物往来社
『志ぐれ草紙』【復刻版】小川渉／歴史春秋社
『全国藩校紀行　日本人の精神の原点を訪ねて』中村彰彦／ＰＨＰ研究所
『会津藩儒将　秋月韋軒伝』徳田武／勉誠出版
『落花は枝に還らずとも　会津藩士・秋月悌次郎』上・下　中村彰彦／中央公論新社
『江戸幕府崩壊　孝明天皇と「一会桑」』家近良樹／講談社
『さつま人国誌　幕末・明治編３』桐野作人／南日本新聞社
『幕末・会津藩士銘々伝』上・下　編：小桧山六郎、間島勲／新人物往来社
『会津藩の女たち　武家社会を生きた十人の女性像』柴桂子／恒文社
『女たちの会津戦争』星亮一／平凡社
『安政江戸地震』野口武彦／筑摩書房

『武家の女性』山川菊栄／岩波書店
『武士の娘』著：杉本鉞子　訳：大岩美代／筑摩書房

出版にあたっては、大石学先生（東京学芸大学名誉教授）、東川隆太郎先生（かごしま探検の会）、渡邉裕太さんにお世話になりました。厚くお礼申し上げます。

解説

吉田大助

凄まじい切れ味の「幕切れ」小説だ。これ以外、これ以上にこの物語にふさわしい結末はなかった。ラスト六ページ、いや、ラスト一行に辿り着いた人ならば必ずそう思うはずだ。

思えば「幕開け」から強烈だった。慶応四年（一八六八年）八月、政府軍が迫る会津の武家の屋敷で、白装束を着た母が娘の前に現れる。共に自害するためだ。ところが、母のもとに突然一通の文が届けられ、文を開いた途端その顔色が変わる。いったい何が書かれていたのか。少女の運命は？　いつか再来する「幕開け」の場面を待ちながら、ページをめくり続けることとなる。

本作『荒城に白百合ありて』は、須賀しのぶが初めて手掛けた幕末ものである。著者は少女小説のジャンルからキャリアをスタートさせ、近現代が舞台の野球小説や音楽小説も数多く発表しているが、歴史もの、特に第二次大戦期のそれを主戦場としてきた。例えば、『神の棘』（二〇一〇年）では第二次大戦下のドイツ、第一五六回直木賞候補&第四回高校生直木賞受賞作『また、桜の国で』（二〇一六年）では同時期のポーランド。

本作と直接的な影響関係にある一作は、関東大震災から第二次世界大戦の敗戦までの日本を舞台にした『紺碧の果てを見よ』（二〇一四年）だ。海軍士官となりやがて海防艦の艦長にまで上り詰めていく主人公・鷹志は、盟友たちの命が次々に散っていくなかで、戦争の大義を信じ切れなくなっていく。戦火のさなかで脳裏をよぎるのは、会津出身の父に伝えられかつての自分は反発した「喧嘩は逃げるが、最上の勝ち」という教えだ。幕末の戊辰戦争（会津戦争）で旧幕府側に付いた会津藩は、薩摩藩・土佐藩を中心とする明治新政府軍を前にして、逃げずに戦って完膚なきまでに負けた。会津藩士の家に生まれた父は、郷里の歴史への反省から学びを得たのだ。

過去の戦争の記憶や教訓が、現在の新たな惨劇を救う。ここにこそ歴史を学ぶ確かな意義がある、と著者は『紺碧の果てを見よ』において力強く綴っていった。ならばこそ、その過去を作った人々、幕末の悲惨な現実を生きた会津の人々を、慈しむ気持ちが噴出していったのではないか。著者は埼玉県出身であるが、両親は福島県出身であり、会津藩の歴史には幼少期から馴染みがあったという。その経験が、ここで生きた。

本作は、幕末期を生きた二人の男女の、運命の出会いと別れの物語である。

まず現れるのは会津藩士の娘、鏡子だ。ペリー率いる黒船が浦賀に再来航した嘉永七年（一八五四年）、世間の喧騒とは裏腹の、鏡子の穏やかな日常を描くことから物語は始まる。二十年前に郷里を出て江戸で役人として働く父、母、六つ上の兄とともに暮らす江戸城内の会津屋敷が、美しき少女の人生の全てだった。屋敷の「外」へ出ることもままならず、文武両面で才を持つ娘に対して母はこう告げる。「私たちは、考えてはならないのです。私たちが考えるべきは親のこと、長じては夫のこと、そして我が子のこと。それだけです」。この考えは当時、決して特殊なものではなかった。江戸時代は男権優位社会化が進み、女性の地位が劇的に低下したことで知られている。そのうえ、会津藩初代藩主・保科正之が定めた会津御家訓十五箇条のひとつは〈婦人女子の言、一切聞くべからず〉。叫んでも聞く耳を持たれないならば、思いを飲み込むしかない。「箱入り娘」とは江戸時代にできた言葉だが、江戸城内において会津の娘であることは、二重三重の分厚い「箱」――作中の表現を使うならば「箱庭」あるいは「匣」――の中で生きることである。だから彼女は、目を瞑ると江戸が燃える夢を見てしまうのだ。〈世界が壊れ〉ることは、〈自分が壊れ〉ることと同義である。鏡子の内側にある欲望を、まかり間違っても自死願望と捉えてはならない。彼女が壊したいもの、壊れて欲しいと願っているものは、「箱」だ。

次いで現れるのは、薩摩藩士の岡元伊織だ。将来有望で誰からも好かれるたちである美青年は、江戸にある幕府唯一の官学教育機関『昌平坂学問所』へと留学してきた。頭では「薩摩隼人」として藩のために奉公せんとする武家思想が詰まっているが、そこに漂う偽りの匂いを本人も感じている。彼が〈この命を燃やすに値するものを、切望していた〉理由は、周囲に合わせた仮初めの自分を生きているからだ。伊織は鏡子とは別様な「箱」を持つものであるとともに、鏡子と同様のからっぽな自己を抱える人物である。

そんな二人の奇縁が交わり、安政二年（一八五五年）の大地震をきっかけに江戸の路上で邂逅する。阿鼻叫喚の地獄絵図の中で、一一歳の少女と二〇歳の青年は運命的な繋がりを得る。二人にとって他者とは常に、自分は彼らとは種類が違う「いきもの」である、と知らしめる存在であった。しかし、目の前の存在は「同じいきもの」だった——お互いが運命の相手であることを表現するうえで、最もシンプルで最も説得力のある言葉だ。しかし、果たしてその出会いは幸福か。それとも、己の孤独に改めて気付かされる呪いとなるか。

会津藩と薩摩藩。のちの歴史が明らかにしているように、両者の関係は旧幕府軍と討幕派であり、敗者と勝者だ。シェークスピアの戯曲『ロミオとジュリエット』、その原典とされる中世の伝説『トリスタンとイゾルデ』のように、絶対に結ばれるはずのない立場を生きる男女である……という構図は当初、確定的なものではなかった。

なぜなら二つの藩は当初、幕府との距離感の違いが大きくなかったからだ。それゆえに伊織は大地震の際に鏡子を救った命の恩人として、青垣(あおがき)家の屋敷に歓待される月日を過ごし、嫁入りの一語が口に出されることもあった。ところが、二人の運命の歯車に、歴史という歯車が絡み始める。やがて会津藩と薩摩藩は、絶対的な敵対関係を結ぶことになってしまう。その歴史的推移を、どうしてこんなことになってしまったのか……という登場人物たちの心情とともに、つまびらかに記録していく。史実を追いつつ、小説家ならではの想像力をふんだんに盛り込みながら。

本作の魅力であり著者の歴史ものに共通して存在するフェアネスは、歴史的事象を、現在進行形の出来事として、当時を生きる人々の地べたの目線から書く点にある。歴史を知る後世の人間からすれば、歴史の真っ只中(まただなか)にいる人間には、見えていない現実がたくさんある。もどかしい。視野狭窄(きょうさく)だ。そんなふうに思う場面もあるかもしれない。しかし、著者は当時の人々を、現代の価値観をもって断罪するようなことはしない。その当時はそう考えそう生きるしかなかった、いわば幕末という時代の「箱」の中にいたという現実を、実直に書いていく。個人の思惑をやすやすとねじ伏せる、時代の「流れ」というものの存在が記録されている。

そのようなフェアネスが貫かれた文章を追いかけていく結果、読み手の内側に何が起こるのか。自分自身が持っている「箱」の存在や、現代人もまた幕末とは別の「流れ」に身を置いていると思いを馳せることになる。普段の日常では意識しづらい「箱」や「流れ」の存在を、歴史ものの小説を読むことで人は学ぶ。体感する。

「歴史ものって、登場人物たちが時代だとか周囲の環境によって流されていく姿を書いているのかもしれない、と思うことがあります。自分の人生は常に自分の意思で選択してきたと言う人でも、一歩引いた視点から見てみると、流されているんですよね。決してそれは悪いことではないんですよ。ただ、〝流されているんじゃないか？〟と感じられるようになることは、現代を生きる私たちにとっても大事なんじゃないかなと思うんです」（「ＣＲＥＡ」二〇二〇年二・三月合併号掲載、単行本刊行時の著者インタビューより）

自分は、自分の人生を選べているか？　自分という存在を、どれほど理解できているのか。人生のフィナーレを自らの意思で飾った、凄まじい切れ味の「幕切れ」の先で、思考がずっと止まらなかった。

本書は、二〇一九年十一月に小社より刊行された単行本を加筆修正のうえ、文庫化したものです。

荒城に白百合ありて

須賀しのぶ

令和4年 11月25日　初版発行

発行者●山下直久

発行●株式会社KADOKAWA
〒102-8177　東京都千代田区富士見2-13-3
電話　0570-002-301(ナビダイヤル)

角川文庫 23416

印刷所●株式会社暁印刷
製本所●本間製本株式会社

表紙画●和田三造

ISBN 978-4-04-113006-3　C0193

角川文庫発刊に際して

角　川　源　義

第二次世界大戦の敗北は、軍事力の敗北であった以上に、私たちの若い文化力の敗退であった。私たちの文化が戦争に対して如何に無力であり、単なるあだ花に過ぎなかったかを、私たちは身を以て体験し痛感した。西洋近代文化の摂取にとって、明治以後八十年の歳月は決して短かすぎたとは言えない。にもかかわらず、近代文化の伝統を確立し、自由な批判と柔軟な良識に富む文化層として自らを形成することに私たちは失敗して来た。そしてこれは、各層への文化の普及滲透を任務とする出版人の責任でもあった。

一九四五年以来、私たちは再び振出しに戻り、第一歩から踏み出すことを余儀なくされた。これは大きな不幸ではあるが、反面、これまでの混沌・未熟・歪曲の中にあった我が国の文化に秩序と確たる基礎を齎らすためには絶好の機会でもある。角川書店は、このような祖国の文化的危機にあたり、微力をも顧みず再建の礎石たるべき抱負と決意とをもって出発したが、ここに創立以来の念願を果すべく角川文庫を発刊する。これまで刊行されたあらゆる全集叢書文庫類の長所と短所とを検討し、古今東西の不朽の典籍を、良心的編集のもとに、廉価に、そして書架にふさわしい美本として、多くのひとびとに提供しようとする。しかし私たちは徒らに百科全書的な知識のジレッタントを作ることを目的とせず、あくまで祖国の文化に秩序と再建への道を示し、この文庫を角川書店の栄ある事業として、今後永久に継続発展せしめ、学芸と教養との殿堂として大成せんことを期したい。多くの読書子の愛情ある忠言と支持とによって、この希望と抱負とを完遂せしめられんことを願う。

一九四九年五月三日

角川文庫ベストセラー

白磁の薔薇 あさのあつこ

山の中腹に建つ豪奢なホスピス。入居者は余命短い富裕層ばかりだった。ある夜、冬の嵐による土砂崩れでホスピスは孤立してしまう。恐慌の中、看護師長の千香子は普段通りのケアに努めるが、殺人事件が起きて！

霧笛荘夜話 新装版 浅田次郎

とある港町、運河のほとりの古アパート「霧笛荘」。誰もが初めは不幸に追い立てられ、行き場を失ってここにたどり着く。だが、霧笛荘での暮らしの中で、住人たちはそれぞれに人生の真実に気付き始める――。

長く高い壁 The Great Wall 浅田次郎

従軍作家として北京に派遣された小柳逸馬は、突然の要請で検閲班長の川津中尉と万里の長城へ向かう。第一分隊全員が原因不明の死を遂げた事件の真相を探るうち、小柳は日中戦争の真実と闇に迫ってゆく――。

運命の恋 恋愛小説傑作アンソロジー 池上永一、角田光代、中島京子、村上春樹、山白朝子、唯川恵、編／瀧井朝世

村上春樹、角田光代、山白朝子、中島京子、池上永一、唯川恵。恋愛小説の名手たちによる〝運命〟をテーマにしたアンソロジー。男と女はかくも違う、だからこそ惹かれあう。瀧井朝世編。カバー絵は「君の名は。」より。

アトミック・ボックス 池澤夏樹

父の死と同時に現れた公安。父からあるものを託された美汐は、殺人容疑で指名手配される。張り巡らされた国家権力の監視網、命懸けのチェイス。美汐は父が参加した国家プロジェクトの核心に迫るが。

角川文庫ベストセラー

キトラ・ボックス　池澤夏樹

考古学者の三次郎は奈良山中で古代の鏡と剣に巡り合う。剣はキトラ古墳から持ち出されたのか。ウイグル出身の研究者・可敦と謎を追ううち何者かに襲われた可敦を救うため三次郎は昔の恋人の美汐に協力を求める。

天地明察 (上)(下)　冲方丁

4代将軍家綱の治世、日本独自の暦を作る事業が立ち上がる。当時の暦は正確さを失いずれが生じ始めていた——。日本文化を変えた大計画を個の成長物語として瑞々しく重厚に描く時代小説！　第7回本屋大賞受賞作。

光圀伝 (上)(下)　冲方丁

なぜ「あの男」を殺めることになったのか。老齢の水戸光圀は己の生涯を書き綴る。「試練」に耐えた幼少期、血気盛んな〝傾寄者〟だった青年期を経て、光圀はやがて大日本史編纂という大事業に乗り出すが——。

はなとゆめ　冲方丁

28歳の清少納言は、帝の妃である17歳の中宮定子様に仕え始めた。宮中の雰囲気になじめずにいたが、定子様に導かれ、才能を開花させる。しかし藤原道長と定子様の政争が起こり……魂ゆさぶる清少納言の生涯！

スウィングしなけりゃ意味がない　佐藤亜紀

1939年ナチス政権下のドイツ、ハンブルク。15歳のエディが熱狂しているのは頽廃音楽と呼ばれる〝スウィング〟だ。だが音楽と恋に彩られた彼らの青春にも、徐々に戦争が色濃く影を落としはじめる——。

角川文庫ベストセラー

バルタザールの遍歴　佐藤亜紀

ウィーンの公爵家に生まれたメルヒオールとバルタザール。しかし2つの心に用意された体は1つだけだった。やがて放蕩と転落の果てに、ナチスに目を付けられた2人は——。世界レベルのデビュー作！

天使・雲雀（ひばり）　佐藤亜紀

第一次世界大戦前夜。生まれながらに特殊な力を持つジェルジュは、オーストリアの諜報活動を指揮する権力者の配下となる。彼を待ち受ける壮絶な闘いが圧巻の『天使』とその後を描く『雲雀』を合本した完全版。

ミノタウロス　佐藤亜紀

ロシア革命直後のウクライナ地方。成り上がり地主の次男坊ヴァシリの、書物に耽溺した生活は、父の死後一変した。生き残るために、流れ者のドイツ兵らとともに略奪と殺戮を繰り返し、激動の時代を疾走する。

男役　中山可穂

男役トップになってすぐに事故死して以来、宝塚の守護神として語り継がれてきたファントムさん。一方、新人公演で大抜擢されたひかるを待ち受ける試練とは？愛と運命の業を描く中山可穂版・オペラ座の怪人！

娘役　中山可穂

宝塚の娘役と、ひそかに彼女を見守り続ける宝塚ファンのヤクザの組長。決して交わるはずのない二人の人生が一瞬、静かに交差する——。『男役』に続く、好評の宝塚シリーズ第二弾。

角川文庫ベストセラー

銀橋
中山可穂

キザればキザるほど、生きる力が湧いてくる。萌えれば萌えるほど、人生は楽しくなる――。愛と青春の宝塚シリーズ第3弾！　解説・早花まこ（元宝塚歌劇団雪組娘役）

西郷（せご）どん！　前後編
林　真理子

薩摩の貧しい武家の子に生まれた西郷吉之助は、なぜ維新の英雄として慕われるようになったのか。幼い頃から親しんだ盟友・大久保正助との絆、名君・島津斉彬との出会い。激動の青春期を生き生きと描く！

彩雲国物語　1〜3
雪乃紗衣

世渡り下手の父のせいで彩雲国屈指の名門ながら、どん底に貧乏な紅家のお嬢様・秀麗。彼女に与えられた大仕事は、貴妃となってダメ王様を再教育することだった……少女小説の金字塔登場！

悪玉伝
朝井まかて

大坂商人の吉兵衛は、風雅を愛する伊達男。兄の死により、将軍・吉宗をも動かす相続争いに巻き込まれてしまう。吉兵衛は大坂商人の意地にかけ、江戸を相手の大勝負に挑む。第22回司馬遼太郎賞受賞の歴史長編。

商売繁盛
時代小説アンソロジー

朝井まかて・梶　よう子・西條奈加・畠中　恵・宮部みゆき
編／末國善己

宮部みゆき、朝井まかてほか、人気作家がそろい踏み！　古道具屋、料理屋、江戸の百円ショップ……活気溢れる江戸の町並みを描いた、賑やかで楽しい〝お店〟小説の数々。

角川文庫ベストセラー

蒼天見ゆ　葉室　麟

秋月藩士の父、そして母までも斬殺された臼井六郎は、固く仇討ちを誓う。だが武士の世では美風とされた仇討ちが明治に入ると禁じられてしまう。おのれは何をなすべきなのか。六郎が下した決断とは？

はだれ雪　(上)(下)　葉室　麟

浅野内匠頭の〝遺言〟を聞いたとして将軍綱吉の怒りにふれ、扇野藩に流罪となった旗本・永井勘解由。若くして扇野藩士・中川家の後家となった紗英はその接待役を命じられた。勘解由に惹かれていく紗英は……。

孤篷のひと　葉室　麟

千利休、古田織部、徳川家康、伊達政宗――。当代一の傑物たちと渡り合い、天下泰平の茶を目指した茶人・小堀遠州の静かなる情熱、そして到達した〝ひとの生きる道〟とは。あたたかな感動を呼ぶ歴史小説！

天翔ける　葉室　麟

幕末、福井藩は激動の時代のなか藩の舵取りを定めきれず大きく揺れていた。決断を迫られた前藩主・松平春嶽の前に現れたのは坂本龍馬を名のる1人の若者。明治維新の影の英雄、雄飛の物語がいまはじまる。

青嵐の坂　葉室　麟

扇野藩は財政破綻の危機に瀕していた。中老の檜弥八郎が藩政改革に当たるが、改革は失敗。挙げ句、弥八郎は賄賂の疑いで切腹してしまう。残された娘の那美は、偏屈で知られる親戚・矢吹主馬に預けられ……。